1

Ein Kriminalroman von Axel Fischer

Copyright © Axel Fischer 2014
Covergestaltung: Heike Fischer
Textbearbeitung: Heike Fischer
E-Mail: manax22@web.de

Herstellung und Verlag:
BoD - Books on Demand GmbH, Norderstedt
ISBN: 978-3-738607208

Bereits erschienen von Axel Fischer

Ihre letzte Chance
BoD - Books on Demand GmbH, Norderstedt
ISBN: 978-3-73228256-2

Der Schneekrieg
BoD - Books on Demand GmbH, Norderstedt
ISBN: 978-3-8482-2370-1

Ein Neuanfang nach Maß
BoD - Books on Demand GmbH, Norderstedt
ISBN: 978-3-8391-4167-0

Späte Rache

Kapitel 1

Sanft plätscherten die winzig kleinen Wellen des Atlantiks in der Mittagssonne vor sich hin. Die angenehme Wassertemperatur des Meeres lud förmlich jeden Badegast am Strand von Alvor auf eine Abkühlung ein. Doch die meisten Sonnenhungrigen hatten sich in den Schatten eines Felsvorsprungs oder unter einen Sonnenschutz verzogen. Es war Mittagszeit. Die portugiesische Sonne brannte unerbittlich vom wolkenlosen Himmel herab und heizte den Sand so stark auf, dass die wenigen Strandläufer sich einfacher Sandalen bedienten, um sich nicht die Füße beim Schlendern durch den Sand zu verbrennen. Kein ortskundiger Portugiese, der im Kreis seiner Großfamilie am feinen Sandstrand nach Erholung von der Arbeit der Woche suchte, setzte seine Haut um diese Zeit der Sonne aus. Man verbarg sich gut mit Sonnencreme eingecremt unter Sonnenschirmen und nahm mitgebrachte leichte Speisen und Obst aus großen Kühltaschen zu sich und vergaß dabei auch nicht dazu ausreichend zu trinken. Peter McCord lag dösend auf einer großen Decke im Sand, eingerahmt von Tochter Gina und seinem Adoptivsohn Mahmud, den die McCords nach Peters letztem Einsatz im Iran vor gut vier Jahren in ihre Familie aufnahmen, nachdem die Schergen des damaligen iranischen Regimes die ganze Familie des Jungen brutal ermordet hatten. Die renommierte Kinderärztin Dr. Theresa Sanchez-McCord, Peters Frau, hatte sich von ihren beiden großen Männern eine breite Liege an den Strand schleppen lassen, auf der sie sich relaxt lang ausgestreckte und einen Krimi las. Ganz nah an sie geschmiegt, und deshalb leider ordentlich zusätzlich wärmend, lag ihr Sohn Raoul, der tief und fest schlief. Dass der Kleine sich gerade seinen Mittagsschlaf gönnte, auch wenn er wie ein Heizöfchen an ihrer Seite wirkte, war ihr allemal lieber, als wenn er wieder auf seinen kleinen Beinchen durch den Sand auf Entdeckungstour ging. Wenn der Kleine erst einmal losmarschierte, hatte sie Augen und Ohren zu wenig. Mit Raoul hatten sie letzten Samstag im Kreis der Familie und der Paten ganz groß seinen vierten Geburtstag gefeiert. Sogar die bildhübsche britische Kampfpilotin Francis McHillcock, Raouls Patin, die Peter für den MI6 zu seinem letzten Einsatzort in den Nahen Osten geflogen hatte und mittlerweile Theresas beste Freundin war, hatte sich es nicht nehmen lassen, zum Ehrentag ihres Patenkindes einzuschweben. Natürlich war auch Sam Burton, Peters bester Freund, ehemaliger Agentenkollege und ebenfalls Pate von Raoul, der seinen Ruhestand an der Algarve genoss, mit seiner Frau Ricarda gekommen.

Theresa legte vorsichtig und ohne Raoul aufzuwecken ihr Buch beiseite und schaute zu Peter herüber, der auf dem Bauch lag und im Schatten des Sonnensegels scheinbar fest eingeschlafen schien. Ihr Blick wanderte an seinem Körper entlang. Lächelnd stellte sie wieder einmal fest, dass Peter es als Mittvierziger noch problemlos mit zehn Jahre jüngeren Geschlechtsgenossen aufnehmen konnte. Fettpölsterchen kannte sein Körperbau nicht, was ganz sicher auch der gesunden Lebensweise und dem vielen Sport zuzuschreiben war, den Peter noch fast täglich trieb. Dass Theresa ihre Zunge bei diesem Anblick über ihre Lippen gleiten ließ, bemerkte sie selbst überhaupt nicht. Doch Peters makelloser Body wies auch deutliche Wundmale von schweren Verletzungen auf, die er sich in den mannigfaltigen Einsätzen während seiner aktiven Zeit als Auslandsagent des britischen Geheimdienstes zugezogen hatte. Mit Schrecken dachte sie an die Zeit der

Angst zurück, an die Ungewissheit, die sie ständig plagte, ob Peter noch lebte, und ob es ihm wohl gut ging. Dann die Nachricht der schweren Verwundung im Iran. Nur am seidenen Faden hing sein Leben noch, als ihn der Hubschrauber ins Feldlager der britischen Streitkräfte verbrachte. Und als es ihm dann wieder besser ging, stürzte sich ein Attentäter auf ihn, was seine Vorgesetzten dazu veranlasste, ihn nach Schottland in eine militärisch abgesicherte Reha-Klinik zu verlegen, wo Peter jedoch ebenfalls nicht sicher war. Theresa schüttelte es, als sie so darüber nachdachte. Ihr Blick fiel auf Mahmud, dessen Körperbau Peters in nichts nachstand. Die Beiden joggten gemeinsam und trieben viel Sport zusammen. Der Junge war Theresa wie ihre eigenen Kinder fest ans Herz gewachsen, und er hatte sich prächtig entwickelt. Als Peter ihn vor vier Jahren als vierzehnjährigen Guide während seines Einsatzes im Iran bei der Befreiung der drei Sanitätssoldatinnen aus dem Gefängnis in Teheran kennen lernte, sprach Mahmud nur wenig Englisch und kein Wort Portugiesisch. Jetzt mit gut achtzehn Jahren hatte er gerade sein Abitur mit Auszeichnung bestanden und sich als Medizinstudent an der Universität in Lissabon eingeschrieben. Theresa war sehr stolz auf den Jungen, der vielleicht sogar mal ihre Praxis übernehmen könnte. Er besaß ein Händchen dafür, auf Kinder einzugehen. Gina und Raoul vergötterten ihren Stiefbruder. Und wenn sie sich den jungen Kerl so betrachtete: Mahmud war ein wirklicher Mädchenschwarm geworden. Sein muskulöser Körper, die stets braune Hautfarbe, die auf seine arabische Herkunft hindeutete, seine riesengroßen schwarzen Augen und die Art, wie er auf Menschen zuging, machten ihn für jedes Mädel interessant. Peters durch und durch schottische Haut dagegen erstrahlte in schneeweiß, besonders betont auf der dunkelblauen Decke, obwohl er jetzt doch schon so viele Jahre an der Algarve lebte. Ein Lächeln huschte Theresa übers

Gesicht. „Hast du mir jetzt auf den Hintern geschaut, mein Engel?" „Wie kommst du denn nur darauf, Peter?" „Weil ich dich mit meinen geheimen Augen im Hinterkopf beobachtet habe. Gefalle ich dir immer noch?" „Nun ja, der erste Lack ist schon ab und einige Falten lassen sich nicht mehr so leicht verbergen, aber im Großen und Ganzen erscheint mir ein Austausch deiner Person gegen einen zehn Jahre jüngeren Gigolo noch verfrüht." Theresa musste sich den Mund zuhalten, um nicht vor lachen laut loszuplatzen. Peter dagegen erhob sich blitzschnell von seiner Decke. Er machte zwei Schritte und stand sogleich an Theresas Liege. Sachte, aber beherzt zog er seine Frau, ohne Raoul aufzuwecken, von der Liege fort und packte sie fest an Nacken und Po. Theresa ahnte, was ihr jetzt blühte, denn Peter marschierte bereits dem in der Mittagssonne glänzenden Atlantik entgegen. Sein Schritt wurde immer schneller. Das letzte Stück Weg zum Wasser rannte er bereits, dabei trug er den zappelnden Körper von Theresa fest umklammert in seinen Händen. Immer tiefer Peter rannte ins Wasser, bis ihm der Atlantik um die Hüften streifte. Nicht ganz unerwartet ließ er Theresa los. Mit einem Plumps fiel sie in die kühlen Fluten. Ihr Schrei hallte bis an den Strand und ließ Mahmud und Gina erwachen, die das Balgen der beiden Erwachsenen mit einem Grinsen verfolgten. „Mama und Dad benehmen sich schon etwas peinlich. Meinst du nicht auch, Mahmud?", kommentierte die pubertierende Gina das Liebesspiel ihrer Eltern. „Lass sie doch. Besser die beiden Senioren toben noch herum wie zwei Verliebte, als wenn sie sich nur anmeckern", erwiderte Raoul auf die Bemerkung seiner Halbschwester. „Na ja, ich kann ja auch so tun, als würde ich die beiden nicht kennen. Da vorn liegt Jorge mit seiner ganzen Familie. Was soll der denn von mir und meiner Familie denken!" „Nur weil du scharf auf diesen Schönling bist und hoffst, dass der dich auf den Abschlussball der Tanzschule begleitet, Gina, müssen unsere Eltern ja hier nicht keusch still neben einander liegen wie zwei ältere Herrschaften. Ist doch super, dass sie sich immer noch so lieben." „Trotzdem müssen sie sich ja nicht gleich so auffällig benehmen und es hier fast am Strand tun." „Mein Gott Schwesterlein, bist du etwa eifersüchtig auf Mama oder sauer, weil dich dieser Jorge nicht auf seinen Händen ins Meer trägt?" „Du bist ja so was von doof, Mahmud. Als wenn ich mich von einem Mann in aller Öffentlichkeit so anmachen ließ." „Na, dein Jorge wird dich wohl niemals in den Atlantik schleppen, wenn ich mir die Blondine so anschaue, die sich gerade neben ihn auf sein Handtuch gelegt hat." Augenblicklich verstummte die Diskussion zwischen den Halbgeschwistern. Argwöhnisch sah Gina zu ihrem Schwarm herüber, der sich seinen Rücken von einem hübschen Mädel mit langen wallenden blonden Locken eincremen ließ. Ganz sicher konnte Gina von ihrer Optik her und mit ihrer schlanken Figur problemlos mit der Blondine neben ihrem Schwarm mithalten, doch sie war nun einmal leider nicht blond. Gina hatte die kräftigen schwarzen Locken ihrer Mutter geerbt. „Ihr Männer schaut doch immer nur den Blondinen hinterher, und wenn die dann auch noch eine gute Figur haben, bist du als dunkelhaariges Mädchen abgeschrieben." „So ein Unsinn, Gina. Du siehst doch toll aus. Du hast eine Superfigur und ein hübsches Gesicht. Vergiss doch diesen schleimigen Angeber." „Gibt es Probleme?", mischte sich unerwartet Theresa in das Gespräch der Kinder ein, während sie ihre Hand nach ihrem Handtuch ausstreckte, um sich trocken zu reiben. „Ach, Gina hat sich in diesen Schleimbolzen Jorge verliebt, und der lässt sich gerade von einer Blondine massieren." „Ach Teufelchen, lass doch diesen Schönling laufen. Es gibt so nette Jungs, da brauchst du ganz sicher nicht diesem Jorge nachzurennen", versuchte Peter jetzt auch die Situation zu entspannen, während er sich ebenfalls abtrocknete. „Du hast ja keine Ahnung,

Dad, und nenn mich nicht immer Teufelchen." Gina sprang von ihrem Handtuch auf und marschierte wutschnaubend dem Atlantik entgegen. „Ihr Kerle habt mal wieder keine Ahnung, was Frauen fühlen, wenn sie verliebt sind." Theresa legte sich ihr Handtuch um ihre Schultern und lief ihrer Tochter hinterher. „Keine Sorge, Dad, die Ladies werden sich ganz sicher wieder einkriegen." „Das sehe ich auch so." Peter öffnete die große Kühlbox, entnahm dieser eine Flasche Limonade und gönnte sich erst mal einen ordentlichen Schluck. Um sich vor der Sonne zu schützen, streifte Peter ein T-Shirt über. Mahmud saß auf seiner Liege und schaute seiner Halbschwester und Theresa nach, die Arm in Arm am Meer entlang schlenderten und ziemlich in ein Gespräch vertieft wirkten. Peter ließ sich langsam auf seine Liege gleiten. Bevor er sich jedoch ganz lang ausstreckte, griff er nach seinem Roman, den er bereits halb ausgelesen hatte.

„Stör ich dich, wenn ich dich jetzt etwas frage, Dad?" „Unsinn, Mahmud, komm setz dich zu mir. Was liegt dir auf der Seele, Kumpel?" Peter hatte sich bereits wieder aufgesetzt und bot seinem Adoptivsohn, den er über alles liebte, einen Platz neben sich an. Auch Peter war nicht entgangen, wie prächtig sich der Junge entwickelt hatte, und wie gut er die fürchterlichen Ereignisse in seiner iranischen Heimat und die Ermordung seiner Familie verkraftet hatte. „Was ist los, mein Junge?" Mahmud druckste ein wenig herum. „In ein paar Wochen muss ich wegen des Studiums weg von zu Hause nach Lissabon. Davor habe ich ein wenig Angst. Ich kenne es überhaupt nicht, in einer Großstadt zu leben, weit weg von meiner Familie. Als ich das letzte Mal das Haus meiner Familie verlassen habe, sah ich keinen von ihnen lebend wieder." Der Junge legte seinen Kopf zur Seite und schaute Peter ein wenig traurig an. „Jetzt lass mal den Kopf nicht hängen, Mahmud. Du hast einen Wagen zur Verfügung und du kannst jederzeit mit dem Flieger nach Faro kommen." „Das weiß ich ja alles, Dad, aber ich bin ein Familienmensch und werde die Abende mit euch wie auch mit Oma und Opa sicherlich sehr vermissen." „Du musst aber auch erwachsen werden, Mahmud, und damit beginnen, ein eigenes Leben zu führen. Lissabon ist eine tolle Stadt, und du wirst auf dem Campus ganz sicher eine Menge Leute kennen lernen und vielleicht sogar ein nettes Mädel finden, mit dem du zusammen bleiben möchtest. Wer weiß das schon immer im Voraus. Also lass den Kopf nicht hängen. Wir sind alle nicht aus der Welt, mein Junge, und in den Semesterferien kannst du bei Theresa in der Praxis arbeiten, wenn du magst." Peter nahm seinen Sohn in seinen rechten Arm, der seinen Kopf gleich an seine Schulter legte. „Und wenn du wirklich ein Problem hast, Mahmud, sind wir in null Komma nix in Lissabon um dir zu helfen. Theresa wird wie eine Löwin für dich kämpfen, wenn dir jemand nicht wohl gesonnen ist." Die beiden Männer mussten lachen. Wenig später trafen auch Gina und Theresa wieder ein, die sich sogleich auf ihre Ruhestätten warfen und sich von den beiden Männern ihre Rücken eincremen ließen.

Kapitel 2

Sophia Ramirez lag splitternackt in eine Decke gewickelt auf ihrer ausladenden Sofalandschaft und genoss die Ruhe, die ihr der Samstagabend bot. Schon ganz früh am Morgen, nach knapp sechs Stunden Tiefschlaf, beschloss sie, diesen Tag zu ihrem Beautytag zu erklären. Die letzten drei Wochen waren die Hölle gewesen. Die bildhübsche, schlanke vierzigjährige Witwe des Drogenbarons Ernesto Ramirez war aus pekunären Gründen ganz sicher nicht dazu gezwungen, einer eigenen Tätigkeit nachzugehen, obgleich ein Großteil des

10

illegal erworbenen Vermögens ihres Gatten von den Behörden beschlagnahmt wurde. Doch Sophia wollte nach der Befreiung aus den Krallen ihres brutalen Ehemannes, der sein gewaltiges Vermögen nur durch Drogenherstellung, Waffenschieberei, Prostitution und Geldwäsche in großem Stil erworben hatte, auf eigenen Füßen stehen. Den immer noch nicht unerheblichen Rest des blutigen Geldes ihres Mannes, wie sie es nannte, hatte sie bisher nicht angerührt. Ernesto hielt und behandelte sie wie eine Sklavin, nachdem er sie als Siegerin einer Misswahl in Kolumbien gleich von der Bühne weg geheiratet hatte. Sofort drehte sich ihr der Magen herum, als sie an die furchtbare Zeit mit Ernesto zurückdachte. Sie war als arme Einwanderin aus Mexiko illegal mit ihren Eltern nach Bogota eingereist in der Hoffnung, dort ihr Glück zu finden. Sophias Vater versuchte als Schuhmacher seine Familie durchzubringen, doch schon bald konnte er das Schutzgeld an den Clan des Drogenbarons nicht mehr zahlen. Zuerst schlugen sie ihn mehrfach zusammen. Wenig später zerstörten die Schergen des Kartells das winzige Ladenlokal. Weil ihr Vater nun überhaupt kein Einkommen mehr besaß, verdingte er sich als Drogenkurier und erreichte damit wenigstens, dass weder seine Frau noch seine Tochter auf dem Straßenstrich von Bogota anschaffen gehen mussten. Sophia konnte die Schule besuchen und schaffte sogar ihr Abitur. Ihr Traum war es immer gewesen, schöne Kleider zu entwerfen und dafür tat sie einfach alles. Als man sie irgendwann auf der Straße ansprach, doch als Kandidatin zur Wahl der Miss Bogota mitzumachen, war sie gleich Feuer und Flamme gewesen. Sie wurde zum Casting eingeladen. Um dort so sexy wie möglich aufzutreten, lieh sie sich von einer Freundin deren Highheelsandaletten aus. Den dunkelblauen Minirock hatte ihr ihre Mutter aus einem Stück Gardinenstoff genäht und ihr Oberteil, das sie tief ausgeschnitten trug, stylte sie selber aus einem weißen Hemd ihres Vaters. Den breiten, goldfarbenen Gürtel, der ihre schlanken Hüften betonte, und für den sie lange gespart hatte, erwarb sie in einer Boutique. Das Casting fand im Hinterzimmer einer schmuddeligen Bar statt, der ein zweifelhafter Ruf voraus eilte und vom Kartell als Kontakthof für Prostituierte fungierte. Die Jury bestand aus drei fetten, feisten Typen, die schwitzend unter einem Deckenventilator saßen und sie förmlich mit ihren Augen auszogen, als sie das Hinterzimmer betrat. Der älteste der drei Männer ließ sie sich hin und her drehen. „Das machst du sehr gut, Kleine. Hier hast du einen Bikini. Zieh ihn mal an." Obwohl sie mit bereits neunzehn Jahren genau wusste, was Männer anmachte, zögerte sie. „Geh hinter den Vorhang da, wenn du dich genierst, Kleine." Sophia wollte unbedingt an der Misswahl teilnehmen, zumal der Hauptpreis mit fünftausend Dollar dotiert war. Sie dachte nicht mehr lange nach und verschwand in dem winzigen Verschlag, dessen arg verschmutzter Vorhang sie vor den Blicken der Männer schützte. Als sie sich jedoch den Bikini genauer betrachtete, handelte es sich lediglich um einen ziemlich schmutzigen String und ein viel zu enges Oberteil, dass wohl nur die Brustwarzen ihrer üppigen Brüste verdecken würde. Sie holte ein paar Mal tief Luft, entkleidete sich und zog sich den viel zu kleinen Bikini an. Mutig trat sie aus dem Verschlag hervor und stellte sich in die Mitte des kleinen Raumes. Dem mittig sitzenden Mann fiel beinahe die dicke Zigarre aus dem Mund, als er den makellosen Körper von Sophia erblickte, den nur noch drei winzige Stofflappen bedeckten. Wieder ließ er Sophia sich hin und her drehen. „Du bist dabei, Mädel. Komm her und schreib deine Personalien hier auf. Die Startgebühr beträgt 50 Dollar. Zahlbar sofort." Sophia hatte den Hinweis auf die sofort zu entrichtende Startgebühr in ihrer Euphorie glatt überhört und den Vertrag unterschrieben.

Sie wollte sich schon wieder in der Kabine anziehen gehen, als sie der Chef der Castingtruppe am Arm festhielt. „Du musst noch die fünfzig Piepen zahlen, Chica", forderte er sie unmissverständlich auf. „Aber ich habe nicht soviel Geld. Können Sie nicht einmal eine Ausnahme machen?", antwortete sie naiv flehend. „Ja, was können wir denn in diesem Fall machen, Jungs?" Ein Grinsen legte sich auf die schwitzenden Gesichter der männlichen Anwesenden. „Wenn du ein bisschen nett zu uns bist, Chica, können wir ausnahmsweise mal eine Ausnahme machen. Dafür musst du aber schon verdammt nett zu uns sein", ließ der feiste Typ noch folgen, und die beiden anderen Männer lachten laut auf. Ohne ihr Einverständnis abzuwarten, packte der Chef Sophia im Nacken und zwang sie in die Knie. Als sie sich heftig zu wehren begann, schrie er sie an: „Hör zu, Chica, wir können hier auch ganz anders. Wenn du bei der Misswahl mitmachen möchtest und dafür keine Kohle hinlegen kannst, wirst du es uns einfach richtig besorgen. Also?" Zögernd gab sie ihren Widerstand auf und hoffte, dass es nicht allzu schlimm werden würde. Schließlich hing davor ihre Teilnahme an der Misswahl ab, und dafür war sie bereit alles zu tun. Doch nicht einmal der fürchterlichste Albtraum, den sie je geträumt hatte, war annähernd so grausam wie das, was sie nun erdulden musste. Der Gestank, der ihr hart in die Nase stieß, nachdem der Chef seine Hose öffnete und sie mit Daumen und Mittelfinger zwang ihren Mund zu öffnen, raubte ihr beinahe die Besinnung. Würgend und immer wieder hustend erduldete sie die sexuelle Nötigung. Als sie schon glaubte, die Tortur wäre gleich vorüber, riss der Mann sie an ihren Haaren hoch. Die beiden anderen Männer packten sie und warfen sie rücklings auf den Schreibtisch. Gegen die schraubstockähnlich eingesetzten Hände ihrer Peiniger hatte Sophia keine Chance.

Mit seinen groben Fingern riss der Chef der drei Männer ihr den String beiseite und drang ohne den Ansatz einer Pause tief in sie hinein. Nie zuvor hatte sie in ihrem bisherigen Leben einen ähnlich gewaltigen Schmerz erlebt oder gar ertragen müssen. Entsprechend laut war der Schrei, den sie dabei ausstieß. Die zweite Vergewaltigung erlebte sie nur noch dumpf, während der dritten wurde sie ohnmächtig. Als sie erwachte, fand sie sich irgendwo auf der Straße wieder. Zwei Ordensfrauen kümmerten sich um sie und beseitigten die blutigen Überreste der Vergewaltigung. Als sie jedoch die Eintrittskarte zur Misswahl in ihrer Hand erblickte, begann sie glücklich zu lächeln. Doch Sophia durchzuckte es auch heute noch, nach über zwanzig Jahren, wenn sie an die Schmerzen und die Demütigungen dachte. Schutz suchend zog sie die Decke noch enger um ihren Körper, als wollte sie damit verhindern, dass man sie je wieder vergewaltigen könnte. Wieder verfiel sie in Gedanken. Eine Woche später gewann sie tatsächlich die Wahl und wurde Miss Bogota. Zwar konnte sie nach wie vor nicht schmerzfrei aufrecht gehen, da ihre Wunden noch nicht ganz verheilt waren, doch sie strahlte voller Glück. Als sie dann noch der reiche Ernesto Ramirez auf der Bühne um ihre Hand bat, schien ihr Leben endlich eine positive Wendung genommen zu haben. Glücklich und zuversichtlich willigte sie sofort ein, eine Entscheidung, die sie später hundertfach verteufelte. Ramirez entpuppte sich rasch als äußerst gewalttätiger Verbrecher, der jeden, der sich ihm in den Weg stellte, ermorden ließ. Sein Repertoire an Grausamkeiten schien unerschöpflich zu sein, was auch Sophia sehr schnell zu spüren bekam. Ihre erste Vergewaltigung durch die drei Männer blieb nicht ihre letzte. Ihr Ehemann nahm sie in Folge beinahe nur mit Gewalt, was irgendwann dazu führte, dass ihr die Fähigkeit Kinder zu gebären verloren ging. Tränen rannen ihr die Wangen herunter, obwohl die Zeit der Brutalitäten endlich vorüber war, nachdem der britische Geheimagent Peter McCord im Auftrag seiner Regierung und der gesamten EU sie, wie lange ersehnt, zur Witwe machte. Den Mann hätte sie gern für sich erobert und beinahe wäre ihr dies sogar gelungen, doch McCord hatte sich bereits für die Tochter ihres Nachbarn entschieden.

Sophia griff nach dem gewaltigen Rotweinglas, das vor ihr auf dem flachen Tisch stand. Die einheimische Spezialität, die dunkelrot im Licht der Kerzen schimmerte, besaß genau die zurückhaltende Süße und die Temperatur, die sie liebte. Die Kälte, die sie eben noch verspürte ob der Erinnerungen, die sie mal wieder überfielen, war wie weggeblasen. Lasziv wickelte sie sich aus ihrer Decke. Langsam stand sie auf. Nackt wie sie war schwebte sie der großen Terrassentüre entgegen. Sie nahm einen tiefen Schluck aus ihrem Weinglas und beobachtete die Sterne über dem Meer. Sehnsüchtig schaute sie in die Ferne des Firmaments, und wieder fiel sie tief in Gedanken. Endlich hatte sie es geschafft. Sie war nun nicht mehr, egal in welcher Form, von einem Mann abhängig. In ihrem Job als Modedesignerin mit einem eigenen Modelabel konnte sie all ihrer Kreativität freien Lauf lassen, und eine Menge Geld verdiente sie damit obendrein. Sie brauchte keinen Mann mehr. Wenn sich ihr Körper nach einer erholsamen Entspannung sehnte, schickte sie einfach nach Mona, der bezaubernden Thailänderin, die sich, wenn gewünscht auch mit einer jungen Kollegin, wohltuend nicht nur um ihre verspannten Muskeln kümmerte. Sie spürte förmlich die zarten kleinen Hände von Mona, die sanft ihre Haut streichelten. Abgelenkt von allerlei erotischen Träumen bemerkte sie viel zu spät, dass es an ihrer Haustüre geläutet hatte, und Maria, ihr Hausmädchen, bereits auf dem Teppich in der Eingangshalle in einer Blutlache lag und ihren letzten Atemzug tat.

Kapitel 3

Peter und Theresa McCord hatten es schon seit Jahren zu einem Ritual werden lassen, dass sonntags die ganze Familie ausschlief und anschließend gemütlich zusammen frühstückte. Peter bereitete stets für alle das Frühstück mit frischen Brötchen, Marmelade und verschiedenen Eierspezialitäten, wie er es aus seiner Heimat Schottland gewöhnt war. Natürlich ließ er es auch nicht an frischem Obst und selbst gemachtem Müsli fehlen. Frisch gepresster Orangensaft rundete die morgendliche Mahlzeit noch ab. Gegen zehn Uhr weckte meist der Duft von frisch aufgebrühtem Kaffee und Kakao den Rest der Familie auf. Mahmud und er, beide eingefleischte Frühaufsteher, waren zu dieser Zeit schon gut zehn Kilometer gejoggt und wenn es die Kondition noch hergab, schwammen sie einige Kilometer im Kraulstil an der Küste entlang. Peter musste jedes Mal schmunzeln, wenn er sah, wie die joggenden Mädels ein Auge auf Mahmud warfen, sobald er sein T-Shirt über den Kopf streifte und nur noch in knapper Badehose ins Meer rannte. Erst heute hatte ihm ein schlankes und sehr sportliches Geschöpf mit langen schwarzen Haaren ihre Telefonnummer in die Hand gedrückt und ihn um ein Date gebeten. Wie es schien, hatte Mahmud sich für den heutigen Abend mit ihr verabredet. Hoffentlich wollte er nicht wieder Papas Cabrio für diesen Ausflug geliehen haben. Es ging Peter ganz sicher nicht um einen Kratzer oder eine kleine Beule, die der Junge seinem Coupe beibrachte. Ihm war es nur lieber, wenn sein Wagen auch nur von ihm gefahren wurde, um etwaige Verwechslungen zu vermeiden. Noch immer, obwohl seine Zeit als Agent des britischen Geheimdienstes nun schon viele Jahre zurück lag, sorgte er sich, dass einer seiner früheren Gegner sich seiner erinnerte, um sich an ihm zu rächen.

Nacheinander trafen alle Familienmitglieder am Frühstückstisch ein. Mahmud und Peter standen schon mit Kaffee und Kakao bereit, um die hungrigen Mäuler des Familienclans zu verwöhnen. Theresa sah einfach umwerfend aus. Sie hatte bereits geduscht und duftete wie ein Strauss frischer Frühlingsblumen. Ihre lockigen Haare hatte sie zu einem Zopf zusammengebunden. Sie trug ein kurzes, weißes, tief ausgeschnittenes Strandkleid, das Peters Hormone in Wallung brachte. „Hi Mam, siehst verdammt gut aus", begrüßte sie Mahmud in seiner ehrlichen, offenen Art. „Danke, Sohnemann. Wenigstens dir fällt auf, dass hier eine attraktive Frau am Tisch Platz genommen hat." Ihr Grinsen sprach mal wieder Bände. Peter lief gleich um den Tisch herum und gab ihr einen Kuss. „Du siehst einfach toll aus, mein Engel", begrüßte er seine Frau bei Tisch und blinzelte Mahmud zu, der lachen musste. Gina eiferte ihrer Mutter nach. Sie hatte sich ebenfalls schon geduscht und ihre lockige Mähne, ebenfalls zu einem Zopf gebunden. Raoul war wohl im Kampf mit seiner Zahnbürste unterlegen. Der weiße Fluorschutz versiegelte gerade nicht nur seine Zähne, sondern auch Teile seiner Wangen wie auch seines Schlafanzuges. Nach etwa einer Stunde des Schlemmens und Erzählens klingelte es unerwartet an ihrer Haustüre. Weil Theresa und Peter darauf bestanden, dass am Wochenende das Hauspersonal stets frei hatte, erhob sich der Hausherr und marschierte zur Eingangstüre. Bevor er jedoch öffnete, schaute er wie gewohnt auf den kleinen Monitor, der rechts neben der Türe eingebaut war.

Vor der Haustüre stand ein gern gesehener Gast der Familie. Peter öffnete sogleich. Fabio Mugalla, der Chef der Polizeibehörde von Faro, trat ein. Peter nahm seinen sehr guten Freund in den Arm und begrüßte ihn. „Bist du jetzt zum Frühaufsteher geworden oder hat dich deine Frau rausgeworfen? Morgen, Fabio." „Hallo, Peter. Weder noch." „Dann komm erst mal rein." Peter führte seinen Gast ins Esszimmer. „Onkel Fabio, hallo", begrüßte Gina einen ihrer Lieblingsonkel, der jedoch mit ihrer Familie weder verwandt noch verschwägert war. Mahmud und Fabio fielen sich ebenfalls um den Hals. „Darf ich jetzt die Prinzessin des Hauses begrüßen?" „Aber natürlich, hallo, Fabio, ich erwarte deine Küsse auf meinen Wangen", antwortete Theresa. Sofort lief der drahtige Polizeichef um den Tisch herum, um die Hausherrin gebührend zu herzen. Das er sich dabei einen kurzen Blick in Theresas Ausschnitt gönnte, blieb ungesühnt. „Setz dich zu mir, Cowboy, und lass dich von Peter mit Kaffee verwöhnen. Was tust du überhaupt schon so früh hier in dieser Gegend? Hat dich Veronique rausgeworfen, weil du ständig anderen Frauen in den Ausschnitt schaust?" „Aber nicht doch. Sie liebt mich so wie ich bin, Theresa. Ich hatte in der Gegend zu tun", wich Mugalla aus. Peter servierte ihm gleich einen starken Kaffee, den er dankend entgegen nahm. „Wir haben uns eine ganze Zeit schon nicht gesehen. Wann kommt ihr uns mal wieder zusammen besuchen, Fabio?" „Erst seid ihr wieder dran bei uns zu essen. Veronique ist nur im Moment sehr mit einigen Fällen beschäftigt, die sie vor Gericht unbedingt durchpauken möchte, und da bleibt für Privates nicht mehr viel Zeit. Selbst für mich hat sie kaum noch Zeit." „Ohh, mein armer Fabio. Du wirst mir doch wohl nicht am Hormonstau erkranken? Komm morgen einfach kurz mal in meiner Praxis vorbei. Ich werde dir ein Rezept für eine Libidobremse ausstellen. Die hilft bei Stieren und wird auch einem Bullen helfen." Bis auf Gina und Raoul mussten alle herzlich über Theresas Kalauer lachen. „Mhhhm, dein Kaffee ist aber lecker, Peter." „Freut mich, dass er dir schmeckt." „Sag mal, kann ich dich gleich mal eben unter vier Augen sprechen? Ich hab da einen Fall, bei dem lege ich besonderen Wert auf deine Beurteilung." „Na klar. Komm gehen wir in mein Büro." „Nein, ich wollte dir kurz etwas zeigen." Peter verstand sofort, dass Fabio etwas sehr wichtiges auf dem Herzen hatte. „Ja, gleich, ich bin fertig mit frühstücken." „Bist du sehr böse, wenn ich dir jetzt deinen Mann für eine kurze Zeit entführe, Theresa?" „Nein, haut ab ihr zwei. Aber bring ihn mir in einem Stück zurück, hörst du?" „Aber das ist doch Ehrensache, Theresa. Tschöö Kinder, bis bald." Peter verabschiedete sich ebenfalls kurz und folgte Fabio Mugalla zu seinem Dienstwagen.

Kapitel 4

Das bullige Dreiliterdieselaggregat aus bayrischer Produktion, das den Dienstwagen von Fabio Mugalla antrieb, brummte heftig auf, als der Polizeichef ihm die Sporen gab. „Jetzt mal raus mit der Sprache, Fabio, was ist los? Du kommst doch nicht grundlos sonntags bei mir vorbei, nur um dir meinen Rat in einem Fall einzuholen." „Du hast ja völlig Recht, Peter, aber ich wollte vorhin am Frühstückstisch nicht erzählen, worum es wirklich geht." „Und worum geht es nun tatsächlich?" „Du kennst doch die Witwe Ramirez?" „Ja, natürlich. Ich hab sie ja schließlich während der Operation Schneekrieg zur Witwe gemacht und sie aus den Fängen ihres Gatten befreit. Er hielt sie wie eine Sklavin. Ihr Mann galt als der gefährlichste Verbrecher an der Algarve. Mit der Drogenproduktion auf seiner Pousada wollte er ganz Europa überschwemmen und tausende junge Leute in die Abhängigkeit treiben. Außerdem tätigte er Waffengeschäfte in ganz großem Stil. Mit seinem Waffenarsenal hätte er einen Kleinkrieg führen können. Ich werde wohl nie vergessen, was er mit den vielen jungen Mädchen gemacht hat, die für ihn anschaffen gehen mussten. Er hat sie wie Vieh gehalten, und wenn sie nicht spurten, wurden sie gefoltert, vergewaltigt und später einfach abgeschlachtet. Ramirez war ein echtes Schwein. Es war furchtbar! Aber warum fragst du mich nach Sophia? Sie wollte nach dem Tod von Ramirez mit mir anbändeln, und wenn ich vorher nicht Theresa kennen und lieben gelernt hätte, wer weiß schon, was dann geschehen wäre." „Sophia Ramirez ist tot. Sie wurde heute Morgen vom Sicherheitsdienst auf ihrer Pousada tot aufgefunden. Es war ein Ritualmord." „Ein was?" „Es handelt sich vermutlich um einen Ritualmord. Ich möchte, dass du dir den Tatort selbst ansiehst. Ich warne dich aber schon mal vor: Es ist eine Riesensauerei." Den Rest der Fahrstrecke saßen die beiden Männer schweigend nebeneinander bis Mugalla in die Einfahrt zur Pousada abbog.

Der Vorplatz vor dem Herrenhaus der Pousada stand voller Fahrzeuge der Polizei, der Feuerwehr, der Spurensicherung sowie der Staatsanwaltschaft. Der Polizeichef schlüpfte mit seinem 3erBMW in die nächste freie Lücke vor dem Haus. Mit einem Griff befreiten sich die beiden Männer von ihren Sicherheitsgurten und verließen die Limousine. Mugalla heftete Peter eine Polizeimarke an sein Poloshirt und ging dem Eingang entgegen. Es war ein dauerndes Kommen und Gehen. Beamte in weißen Schutzanzügen bewegten sich wie Bienen in und um das Herrenhaus herum. Fabio Mugalla betrat als erster den Eingang, Peter folgte ihm in kurzem Abstand. Sofort stieg Peter ein Geruch in die Nase, den er lange nicht ertragen musste, dessen Einzigartigkeit er aber sofort wieder erkannte. Es roch nach Eisen und Kupfer und überlagerte damit sogar den süßlichen Gestank des Todes. Eine Menge Blut musste ausgetreten sein, dass selbst dieser Geruch beinahe neutralisiert wurde. Als Peter in den Dielenbereich eintrat erkannte er, warum es nach Blut stank. Eine junge Frau in der weiß-schwarzen Bekleidung eines Hausmädchens lag tot in einer großen Blutlache. Aus zwei großen Einschusslöchern, einem im Stirnbereich sowie einem weiteren in der linken Brust, war Blut in großer Menge ausgetreten. Der erfahrene Pathologe drückte gerade als letzte Ehrerbietung dem jungen Mädchen die starr ins Leere blickenden Augen zu und nickte still Peter und Fabio zum Gruß zu. Auch wenn Peter der Tod des Mädels sehr leid tat, musste er sich keineswegs abwenden. Er hatte in seinem Leben als Auslandsagent schon so viele Leichen ansehen müssen, deren Körper durch Folter, Qualen oder schwerste Verletzungen fürchterlich entstellt wurden, dass ihm der Anblick des toten Hausmädchens nicht mehr wirklich etwas ausmachte.

Peter folgte Polizeidirektor Mugalla zu einer schweren mit Intarsien verzierten, zweiflügeligen Holztüre, von der der rechte Flügel ein kleines Stück offen stand. Peter hätte seinen Freund beinahe umgerannt, der urplötzlich vor der halb geöffneten Türe stehen blieb. „Was du jetzt zu sehen bekommst, Peter, ist nur sehr schwer zu verkraften. Ich möchte dich nur vorwarnen." „Na, nun dramatisiere mal nicht, Fabio. So schlimm wird es wohl nicht sein. Ich habe schon verdammt viele Tote ansehen müssen." „Warte es ab." Mugalla griff, nachdem er sich Gummihandschuhe über seine Hände gestreift hatte, nach dem Türknauf und zog den schweren Türflügel auf. Der gewaltige Wohnraum wurde von starken Halogenscheinwerfern taghell erleuchtet. Mugalla zog sich gleich ein Taschentuch aus der Hosentasche, dass er gegen den Geruch des Todes vor seine Nase drückte und trat in den Raum ein. Peter bemerkte bereits am Gestank, der ihm aus dem Raum entgegen waberte, dass sein Freund offensichtlich nicht übertrieben hatte. Doch als Mugalla zur Seite trat, und Peter das ganze Ausmaß der Tat und das Szenario betrachten konnte, musste er heftig an sich halten, dass sich das von ihm am Morgen mit so viel Liebe zubereitete Frühstück nicht verselbstständigte. Zwei Drittel der etwa sieben Liter Blut, die als Lebensstrom in Sophia Ramirez

Körper einstmals ihren Dienst versahen, verteilten sich in einer gewaltigen Lache mitten auf dem weißen Marmorboden des großen Wohnraumes. Den Rest hatte der oder wohl eher die Täter an die weiß gekalkten Wände des Wohnzimmers verspritzt. Von einem der alten Deckenbalken herab hing, kopfüber und breitbeinig an den Füßen gefesselt, der leblose Körper von Sophia Ramirez. Von der ehemaligen Schönheit des Gesichts der Hausherrin war nichts mehr übrig. Ohren und Zunge hatte man ihr entfernt und ihre Augen wohl mit einem glühend heißen metallischen Gegenstand geblendet. Mehrere abgeschnittene Finger und Zehen sammelte gerade ein Mitarbeiter der Spurensicherung mittels einer Pinzette aus dem gewaltigen Blutsee unterhalb der Leiche in einen Plastikbeutel. Der junge Mann verschloss emotionslos den Beutel luftdicht und legte ihn in einen großen Kühlkoffer zu einem weiteren, jedoch viel größeren Plastikbeutel, in den er bereits vorher die abgetrennten Brüste des Opfers eingetütet hatte. Fabio Mugalla musste sich abwenden, um sich nicht zu übergeben, und auch Peter drehte sich der großen einstmals weißen Wand zu, auf der mit dem Blut des Opfers geschrieben stand: *Wir werden jeden, der für den Tod von Ernesto Ramirez verantwortlich ist, töten.* Der Polizeidirektor schoss mit seiner Handykamera ein paar Aufnahmen von den Worten, die an der Wand zu lesen standen, und zog Peter weg vom Tatort raus ins Freie, wo vergnüglich viele Vögel zwitscherten.

„Das sieht ja schlimmer aus als das es in einem Hannibal Lektor Film je hätte dargestellt werden können", bemerkte Peter, der ein wenig nach Sauerstoff rang, um sich zu beruhigen. „Ich habe so etwas noch nie mit ansehen müssen, und ich bin jetzt schon verdammt lange Bulle." „Ich musste in diversen Krisenregionen auf dieser Welt schon häufiger zerstückelte Leichen ansehen, aber das was hier abgelaufen ist, sprengt jeden Rahmen." „Peter, ich habe dir das hier nicht gezeigt, weil ich dir den Sonntag verderben wollte oder weil ich einen Gesprächspartner brauche, mit dem ich über diese Gräueltat reden kann. Du hast Ramirez damals geschnappt und ihn in die Umlaufbahn gesprengt. Zwar hast du damit vielen Menschen das Leben gerettet, aber so wie es aussieht, hast du jetzt ein gewaltiges Problem." „Wenn die Täter wirklich für Ramirez Tod späte Rache nehmen wollen, gebe ich dir unumwunden Recht, Fabio." „Du scheinst dir ob der Tragweite dieser Drohung nicht so ganz im Klaren zu sein, alter Freund. Du, deine ganze Familie, unser Freund Sam Burton nebst seiner Frau Ricarda wie auch ich und Veronique könnten sich im Fokus der Täter befinden." „Und was schlägst du vor?" „Ich werde gleich heute eine Sonderkommission zusammenstellen, die sofort die Ermittlungen aufnehmen wird. Könntest du mit Sam Burton sprechen?" „Ja, ich rufe ihn gleich von zu Hause aus an. Wir alle benötigen sofort Personenschutz. Bist du dir darüber im Klaren?" „Natürlich weiß ich das, nur habe ich dafür überhaupt kein Personal zur Verfügung. Ich habe ohnehin überhaupt noch keinen einzigen Ansatzpunkt, wie wir in die Fahndung nach den Tätern einsteigen können. Komm, ich fahre dich zuerst wieder nach Hause." Obwohl sie eigentlich eine Menge zu besprechen gehabt hätten, saßen die beiden Freunde nachdenklich nebeneinander und schwiegen, wobei jeder seinen eigenen Gedanken nachging. „Bring es Theresa so schonend wie möglich bei. Sie wird ganz sicher wieder ausflippen. Und sag ihr, dass ich mein Bestes tun werde, um euch und uns alle zu schützen." „Ja, sag ich ihr, Fabio. Wir sollten auf jeden Fall alle unsere Aktionen haargenau abstimmen." „Ja, natürlich. Sobald ich erste Ergebnisse vorliegen habe, melde ich mich bei dir. Wir sehen uns, alter Kumpel." „Das hoffe ich auch und möglichst noch oft", antwortete Peter, dessen Worte mit ein wenig englischem Humor gespickt zu sein schienen.

Kapitel 5

„Hallo, Papi. Gehen wir Eis essen?", begrüßte Raoul seinen Vater gleich an der Haustüre mit einem Herzenswunsch, den Peter ihm nur schwerlich verweigern konnte. „Ja später, Raoul. Ich sag dir Bescheid, wenn es losgeht. Einverstanden?" „Ja Papi, eine Waffel mit zwei großen Kugeln Schoko und Vanille Eis." „Ok, mein großer Krieger, die sollst du haben." „Und wann fahren wir Eis essen?" „Heute Nachmittag, wenn du brav dein Mittagessen aufgegessen hast." „Und wann essen wir?" „Da musst du Mama fragen." Theresa hatte die Diskussion ihrer Männer verfolgt und mischte sich ein. „Wir essen gegen drei, Raoul. Bis dahin musst du noch warten. Hier, iss einen Apfel." Doch das von seiner Mutter angebotene Obst zauberte dem jüngsten Familienspross lediglich eine eher säuerliche Grimasse in seine Gesichtszüge. Blitzschnell verschwand er im Garten. „Da bist du ja wieder. Du siehst blass aus, Peter. Was gab es denn so Wichtiges, das Fabio dir zeigen wollte?" Weil Peter nicht so recht mit der Sprache rausrückte, bohrte Theresa natürlich weiter. „Peter, ich kenne dieses Gesicht an dir, wenn du mir etwas verheimlichst. Also, was ist los?" „Komm mit ins Büro. Ich erzähle es dir." Zwanzig Minuten später stürmte Theresa tränenüberströmt aus Peters Büroraum direkt in ihr Schlafzimmer. Mit Schwung warf sie die Türe zu, die laut ins Schloss fiel. Peter blieb an seinem Schreibtisch sitzen und legte den Kopf in seine Hände.

„Was ist los, Dad? Habt ihr euch gestritten?" „Nein, Mahmud, gestritten haben wir uns nicht. Theresa hat furchtbare Angst bekommen, nachdem was ich ihr berichtet habe." „Hängt das mit dem Besuch von Fabio zusammen?" „Genauso ist es." „Sagst du es mir?" „Ja, warum eigentlich nicht." Peter berichtete Mahmud in gleicher abgeschwächter Version wie auch Theresa von den Ereignissen, über die ihn Fabio Mugalla vor Ort informiert hatte. Mahmud sah sehr nachdenklich aus, als Peter mit seinem Vortrag endete. „Das heißt, dass wir irgendwie alle in Lebensgefahr schweben. Selbst Fabio, seine Familie und Sam und Tante Ricarda und irgendwie sogar Oma und Opa." „Das hast du sehr genau analysiert, mein Junge, und das Schlimmste daran ist, dass wir nicht einmal wissen, woher uns die Gefahr droht. Fabio tappt noch völlig im Dunkeln. Ich weiß auch noch keinen Rat." „Du musst auf jeden Fall alle warnen, Dad, und wir müssen ganz besonders auf die beiden Kleinen Acht geben. Ich hab da eine Idee, Dad." „Da bin ich aber mal gespannt: Schieß los, mein Großer."

„Wir bringen die beiden Kleinen für drei Wochen zu Oma und Opa nach Schottland in eurem Herrenhaus unter. Dein Vater weiß ganz bestimmt genau, wie er das Castle in eine Festung umrüsten kann. Ich cancele meinen dreiwöchigen Urlaub mit meinen Kumpels auf Ibiza und mach bei Mami ein Praktikum in ihrer Praxis. Ich leihe mir von Opa Hugo die neue Heckler mit der hülsenlosen Munition aus und passe auf Mutti und mich auf. Sam und Tante Ricarda ziehen für ein paar Wochen in die Pousada von Opa Hugo und Oma Estella ein. Sam könnte gleich noch ein paar Jungs von seinem Sicherheitsdienst mitbringen, die auf die Familie aufpassen können. Das ist zwar nicht absolut wasserdicht, aber sicher eine erste Maßnahme und vielleicht gelingt es ja Fabio, die Täter kurzfristig aufzuspüren." „Das ist wirklich eine sehr gute Idee, die du da entwickelt hast, Mahmud, aber woher weiß du von der Maschinenpistole?" „Das war so, Dad: Ich habe letzte Woche mit Opa seine neuen Waffen getestet und darunter war auch diese Maschinenpistole. Ein tolles

Teil." „Das darf ja wohl nicht wahr sein! Ich glaube, ich muss mit Opa mal ein ernstes Wörtchen reden." „Aber wieso denn? Bist du etwa sauer, dass ich noch vor dir die Waffe ausprobiert habe? Vielleicht rettet dies jetzt unser Leben." „Das muss ich alles erst noch mit Fabio abklären, Mahmud, aber ich glaube, wir haben keine andere Wahl. Lass mich jetzt mit Sam telefonieren."

Peter zeigte sich von Mahmuds Ideen mehr als beeindruckt. Wahrscheinlich würde dies die einzige Möglichkeit darstellen, die Familie so weit als möglich zu schützen. Peter griff nach dem Bedienerteil seines Telefons und wählte eine mehrstellige Sondernummer. Wenig später nahm Sam Burton, Peters bester Freund und ehemaliger Agentenkollege beim MI6, dem er während eines Einsatzes mal das Leben gerettet hatte, das Gespräch entgegen. „Hallo, Peter. Schön, mal wieder von dir zu hören. Du hast dich in der letzten Zeit ein wenig rar gemacht. Aber warum meldest du dich über den abhörsicheren Anschluss?" „Hallo, Sam, altes Haus. Ich freue mich, dass es dir gut geht. Der Baum brennt lichterloh." „Ich habe verstanden. Wir kommen gleich zum Kaffee zu euch, einverstanden?" „Ja, bis gleich." Schon war ihr Gespräch beendet. Peter stellten sich leicht die Nackenhaare hoch, weil er sich in die alten Zeiten zurückversetzt wähnte, doch diesmal war nicht er der Jäger, sondern der Gejagte.

Bereits eine Stunde später klingelte es an der Haustüre von Theresa und Peter. Peter begab sich selbst an die Türe und kontrollierte zuerst genau, wer da wohl um Einlass bat. Als er das bärtige Gesicht seines Freundes im Monitor erkannte und daneben dessen Frau Ricarda, öffnete er sofort die Türe. Die Begrüßung gestaltete sich wie gewöhnlich sehr herzlich. Für die Kinder hatte Tante Ricarda große Portionen Eis mitgebracht und traf damit wie immer die Geschmäcker von Raoul und Gina. Mahmud dagegen liebte eher die etwas herzhafteren Snacks. Die Kleinen verzogen sich mit ihren Eisportionen auf die Terrasse, während sich die Erwachsenen am großen Tisch im Esszimmer versammelten. Theresa hatte geweint. Ihre Augen wiesen deutliche Spuren von übermäßigem Tränenfluss auf, die sie mittels eines Taschentuches zu beseitigen versucht hatte. Tante Ricarda, die Schwester ihrer Mutter und Gattin von Sam Burton, saß gleich neben ihr und versuchte sie ein wenig zu beruhigen. „Was schlägst du vor, Peter? Wie sollen wir uns gegen den oder die Täter schützen?", stieg Sam gleich ohne Umschweife ins Thema ein. „Der Vorschlag stammt eigentlich von Mahmud, den ich aber für praktikabel und sinnvoll halte: Die beiden Kleinen werden für einige Wochen Urlaub in McCords Manor im Herrenhaus meiner Eltern in Schottland verbringen. Die Kinder waren immer gern bei Oma und Opa in Schottland und die Anlage der McCords ist wie eine Festung gesichert. Alle übrigen Familienmitglieder und du, Ricarda wie auch Fabios Frau Veronique werden zusammen in die Pousada meiner Schwiegereltern ziehen, die ebenfalls gut zu bewachen ist. Was meint ihr?" Die beiden Frauen saßen schweigend am Tisch. „Das hört sich sehr vernünftig an, Peter. Ich werde die besten Leute meiner Sicherheitsfirma für den Job abziehen und auf die Pousada beordern. Für jeden der Jungs lege ich meine Hand ins Feuer." „Ich möchte meinen Abiurlaub mit meinen Kumpels auf Ibiza verschieben und bei Mum ein Praktikum in ihrer Praxis absolvieren. Dort kann ich am besten auf Mama aufpassen." „Hoffentlich drehen meine Mädels nicht durch, wenn du den ganzen Tag mit ihnen zusammenarbeitest." „Wenn dies das einzige Problem in deiner Praxis darstellt, Theresa, kriegst du das ganz sicher in den Griff", äußerte sich Peter. Mahmud schmunzelte ein wenig. „Gibt es denn schon Anhaltspunkte, wer für die Tat in Frage kommen könnte?" „Leider überhaupt noch nicht, Theresa. Gleich nach Peters Anruf habe ich meine alten Informationskanäle zum MI6 aktiviert und erwarte noch heute Abend erste Ergebnisse." Noch während Sam sprach, läutete das Telefon. Peter nahm gleich ab. „Hallo, Fabio. Wir sitzen hier gerade zusammen und überlegen, was wir nun machen sollen." „Sehr gut, Peter. Erzähl mir nichts übers Telefon. Kommt bitte morgen gegen zwölf Uhr in die Hafentaverne, du weißt schon wo. Dann kann ich euch mehr berichten. Bis da hin geht bitte keine Risiken ein und meidet die Öffentlichkeit. Außerdem verstärkt eure privaten Sicherheitsmaßnahmen zu Hause. Telefongespräche bitte nur noch per Handy über die bekannte, gesicherte Rufnummer." „Alles klar, Fabio. Wir sehen uns morgen gegen zwölf." „Grüß mir alle Anwesenden, Peter." „Und du bitte Veronique." „Mach ich." Ohne weitere Worte zu verlieren hatte der Polizeichef das Gespräch beendet.

„War das Fabio Mugalla?" „Ja Sam. Wir treffen ihn morgen gegen 12:00 Uhr zum Essen in Faro." „Sehr gut. Holst du mich ab?" „Ja sicher, Sam." Sam Burton fuhr zwar gern mit seinem Jaguar-Cabrio spazieren, doch seit er vor vielen Jahren während eines gemeinsamen Einsatzes mit Peter beide Unterschenkel verloren hatte und nur mit Spezialprothesen laufen konnte, vermied er jede unnötige, dienstliche Fahrt. Am späten Nachmittag verließen Ricarda und Sam das Haus der Sanchez-McCords und fuhren nach Hause. Um sich ein wenig abzulenken, tobte Theresa mit Gina und Raoul im Pool herum. Peter stand mit tiefen Sorgenfalten auf der Stirn hinter der großen, gepanzerten Wohnzimmerglaswand und beobachtete das glückliche Treiben. Er ärgerte sich maßlos darüber, dass ihn mal wieder seine Vergangenheit eingeholt hatte, wie das letzte Mal vor gut vier Jahren, als ihn sein Chef für die Operation zur Befreiung der drei

Soldatinnen aus dem Teheraner Gefängnis reaktiviert , und er mal wieder sein Leben in höchste Gefahr gebracht hatte. Das war gerade zu dem Zeitpunkt, als Theresa mit Raoul schwanger war. Obwohl seine Frau derzeit nicht schwanger war, brachte diese ungeahnte Situation wieder Angst und Ungewissheit in ihr geregeltes Familienleben. „Du machst dir Sorgen, Dad, nicht wahr?" „Ja Mahmud, die mache ich mir wirklich. Die Situation ist doppelt gefährlich, weil wir unseren Gegner nicht kennen." „Wir werden das gemeinsam überstehen, Dad." Mahmud nahm seinen Stiefvater in den Arm, um ihn ein wenig aufzubauen. „Das hoffe ich auch. Hast du denn keine Angst?" „Ach, weißt du, Dad, ich habe in meinem Leben schon so viel Schreckliches erlebt und überstanden, mich bringt so rasch nichts mehr aus der Ruhe", entgegnete Mahmud vielleicht ein wenig altklug.

Kapitel 6

„Hallo, Vater, ich hoffe du bist bei bester Gesundheit. Wie geht es Mutter?" „Das ist aber mal eine Überraschung. Haben wir Erntedank oder gar schon Weihnachten, dass du dich mal wieder deiner Familie entsinnst?" Peters Vater musste über seine eigene Art der Formulierung lachen. Doch er wurde sofort wieder ernst, weil Peters Lachen eher gequält wirkte. „Mutter geht es auch gut, danke der Nachfrage. Du hast aber etwas auf dem Herzen, mein Junge. Das hör ich." „Stimmt, und es ist mir sehr ernst." Peter setzte seinen Vater über den Sachverhalt in Kenntnis. „Das hört sich verdammt gefährlich an. Ihr könnt selbstverständlich alle so lange zu uns ins Herrenhaus ziehen, bis die Polizei die Täter gefasst hat." „Nein Dad, das ist sehr lieb von dir, aber wir wollen auch nicht weglaufen. Nur ..." „Sprich nicht weiter, mein Junge. Wenn euch etwas zustoßen sollte, werden wir uns um die Kleinen kümmern, so war mir Gott helfe."

„Danke, Dad. Das ist eine wirkliche Beruhigung." „Das ist doch kein Thema. Wie geht es Theresa und den Kindern überhaupt?" Peter berichtete in kurzen Worten. „Wann möchtest du uns die Kleinen bringen?" „Wir organisieren zurzeit alles neu, aber ich denke in den nächsten Tagen." „Kein Problem. Ich stocke unseren Sicherheitsdienst wieder auf und lasse die alte Zugbrücke noch mal warten. Unsere Mauern haben im Mittelalter dem Angriff Heinrichs widerstanden. Sie werden auch meine Enkel schützen. Gina kann den ganzen Tag reiten. Uns wurden übrigens gerade vierzig Fohlen geboren. Bis sie diese alle kennt, ist bei euch ganz sicher wieder Ruhe eingekehrt und die Täter gefasst. Raoul nehme ich mit zum Angeln. Da lernt der Junge wenigstens mal etwas Anständiges. Sag einfach kurz Bescheid, wann ihr die Kinder bringen möchtet. Wir sind für euch da." Peter bedankte sich noch bei seinem Vater und bestellte Grüße an seine Mutter. Ein wenig beruhigt beendete er das Telefonat.

„Habt ihr Lust, für drei Wochen zu Oma und Opa nach Schottland zu fliegen?", fragte Theresa Gina und Raoul während des Abendessens. Vielleicht hätte sie besser bis zum Ende des Abendbrotes warten sollen, denn von da an herrschte nur noch Jubelstimmung, zumal Peter berichtete, dass gerade viele Fohlen zur Welt gekommen waren und Opa mit Raoul angeln gehen wollte. Das die beiden nicht sofort ihre Koffer packen gingen lag nur daran, dass es zum Nachtisch von Theresa selbst gemachten Schokopudding mit Vanillesauce gab, der sich einer besonderen Beliebtheit erfreuten. „Fährt Mahmud auch mit?", erkundigte sich Raoul bei seiner Mutter. „Nein, mein kleiner Ritter, der muss jetzt anfangen zu arbeiten." Mit dieser Antwort gab sich der kleine Sanchez-McCord zufrieden.

„Nimm den Kombi, Mahmud, und verschließ sofort die Zentralverriegelung, wenn du eingestiegen bist. Wohin möchtest du das Mädel heute Abend ausführen?" „Ich hatte an Pedros Restaurant gedacht und möchte mit ihr dort ein paar Tapas essen." „Schon weder essen? Das ist ein Scherz, mein Junge. OK, ich rufe Pedro an und avisierte dein Kommen. Ich reserviere einen Tisch für zwei bei ihm, und wenn du mich nicht verrätst, sage ich Pedro, er soll mir die Rechnung ins Büro schicken." Mahmud strahlte. „Danke, Dad." „Bleibst du über Nacht weg?" „Psst, warte, da kommt Theresa." „Was habt ihr beiden wieder für Geheimnisse vor mir? Ich sehe doch, dass ihr schon wieder hinter meinem Rücken tuschelt. Hier, Mahmud, ich hab ein paar Kondome für dich." Sprachlos schauten sich die beiden Männer an. „Da staunt ihr, was? Haltet ihr mich für blöd oder für eine alte Anstandsdame? Tob dich ruhig aus, mein Großer, aber halte dir so lange den Rücken mit der Gründung einer Familie frei, bis du auf eigenen Füßen stehen kannst. Und hier sind fünfzig Euro und nun ab mit dir. Das Mädel wartet sicher schon auf dich. Und pass bitte gut auf dich auf. Unterschätze die Leute nicht, die mal wieder hinter Peter her sind. Und nimm dein Handy mit." Peter zwinkerte Mahmud zu und drückte ihm die Schlüssel für den C-Kombi in die Hand. „Schönen Abend." „Ich danke euch." Mahmud verschwand noch kurz im Bad. Als er es verließ folgte ihm ein ordentlicher herber After Shave Duft. Mahmud winkte noch kurz und verließ das Haus.

Gina und Raoul lagen bereits in den Federn. Sorgenvoll betrachtete Peter seine beiden Kinder, die tief und fest schliefen. Er hatte einen Rundgang durchs Haus unternommen und alle Fenster und Türen fest verschlossen. Theresa bemerkte, dass Peter in den Keller gegangen war. Leise schlich sie ihm nach. Sie wollte vor Peter verheimlichen, dass sie ihn längst durchschaut hatte und wusste, wie viel Sorgen er sich wirklich machte. Peter hatte die gepanzerte Stahltüre zu seinem eigenen Keller geöffnet. Hier lagerten in diversen Waffenschränken verborgen die verschiedensten Pistolen und Revolver aller Kaliber und die entsprechende Munition dazu. Er entnahm einem Schrank zwei Pistolen Kaliber 9 mm, mehrere Magazine dazu, Halfter und eine erkleckliche Menge an Munition. „Denkst du, dass es wirklich so ernst ist, Peter?" Erschrocken drehte er sich zu seiner Frau um und nahm sie in seine Arme, nachdem er die Waffen beiseite gelegt hatte. „Es ist noch viel schlimmer, mein Engel, und ich möchte nichts unversucht lassen, euch zu schützen." Theresa nahm eine der schweren Pistolen aus deutscher Produktion in ihre Hand. „Ich hasse diese Dinger, aber wenn ich damit unsere Kinder beschützen kann, möchte ich auch eine Waffe haben." „Ist das jetzt dein Ernst, Theresa?" „Mein hundertprozentiger Ernst, Peter." „Dann möchte ich dir morgen im Schießkeller deines Vaters zeigen, wie man mit einer Waffe umgeht, und wenn du die Handhabung kennst, gebe ich dir auch eine." „Ok, Peter. Wir haben einen Deal." Hand in Hand gingen sie die Kellertreppe hinauf. Theresa ging gleich zu Bett, während Peter noch mal in sein Büro schlenderte. Er nahm die Bedieneinheit seines Telefons in die Hand und wählte die persönliche Rufnummer seines Schwiegervaters. „Peter hier, hallo, Hugo. Bist du schon im Bett?" „Guten Abend, Peter. Dass du so spät noch anrufst ist unüblich. Ist dir etwa meine Tochter davongelaufen?" Sein lautes Lachen verriet Peter, dass Hugo ihm den Anruf zur vorgerückten Stunde bereits verziehen hatte. „Nein, es ist leider sehr ernst, Hugo." „Dann lass mal hören, mein Junge." Peter berichtete seinem Schwiegervater, was geschehen war. „Das ist in der Tat ernst. Ruf Sam an und sag ihm, er soll morgen mit Ricarda und seiner Truppe bei uns einrücken. Wir bauen die Pousada zur Festung aus. Wann bringst du die Kinder weg?" „Vermutlich Mittwoch." „OK, Peter, ich werde hier alles veranlassen. Macht euch keine Sorgen, wir kriegen das schon hin." „Theresa möchte morgen bei mir schießen lernen." „Das ist ja mal eine gute Nachricht. Ich versuche ihr das schon seit über dreißig Jahren beizubringen. Schade nur, dass der Anlass sehr unerfreulich ist. Auch das schaffen wir noch auf ihre alten Tage. Sag ihr aber bloß nicht, dass ich auf ihre alten Tage gesagt habe." „Ich kann doch schweigen, Hugo. Grüß Estella von mir." „Mach ich mein Junge. Bis morgen. Grüß du auch schön." Schon hatte Theresas Vater das Gespräch beendet. Peter wusste jedoch, dass er sich voll und ganz auf ihn verlassen konnte.

Bevor er selbst zu Bett ging rief er noch bei Sam Burton an, um ihn über den Stand der Dinge zu informieren und eventuell selbst noch etwas von ihm zu erfahren, doch Sam hatte noch keine neuen Infos. „Treffen wir uns auf der Pousada von Hugo?" „Geht klar Sam. Ich hole dich gegen 11:15 Uhr bei meinen Schwiegereltern ab." Die beiden Männer verabschiedeten sich zur Nachtruhe und legten auf. Leise stieg Peter die Treppe in den ersten Stock des Hauses hoch. Hier verteilten sich die Kinderzimmer, ihr Schlafzimmer, mehrere Gästezimmer und das große Bad, das er betrat. Peter wusch sich, steckte sich die elektrische Zahnbürste in den Mund und schlüpfte in seinen kurzen Pyjama. Als er sich den Mund ausgespülte und den Kopf hob, betrachtete er sich im Spiegel. Mit dem, was er dort sah, zeigte er sich zufrieden. Außer das die Schläfen grauer geworden waren und die Zahl der Lachfältchen zugenommen hatte, konnte er sich noch überall sehen lassen. Eigentlich hatte er gehofft, dass sich mit seiner Kündigung beim MI6 sein Leben beruhigen würde. Doch dies schien weit gefehlt. Erst seine Reaktivierung durch seinen früheren Arbeitgeber vor gut vier Jahren, als man ihn zur Befreiung der drei britischen Soldatinnen in den Iran geschickt hatte, und nun die späte Rache für Ramirez Tod, den er hier an der Algarve liquidiert hatte. Ramirez war ein skrupelloser Gangster, der über Leichen ging und dabei keinen Unterschied machte, ob er junge Mädchen wahllos töten ließ oder den ein oder anderen Arbeiter auf seiner Pousada, weil er zu neugierig geworden war. Seine an den Tag gelegten Grausamkeiten standen denen der Mörder an seiner Frau von letzter Nacht nur wenig nach. Er musste jetzt besonders umsichtig sein damit er keinen Fehler machte. Deshalb beschloss er, noch einmal in sein Büro zu gehen um zu telefonieren.

Kapitel 7

Peter tippte die Zahlen einer Handynummer in sein Telefon, die er nirgendwo notiert hatte, die ihm jedoch irgendwann in Fleisch und Blut übergegangen war. „Hallo, Peter", tönte es ihm schon nach wenigen Sekunden entgegen. „Guten Abend, Chief Sharp. Ich hoffe, ich störe Sie nicht gerade." „Ach Peter, Sie wissen doch, dass es in meinem Job keinen wirklichen Feierabend oder Urlaubstag gibt. Ich habe Ihren Anruf schon erwartet. Sam Burton hat sich bereits heute bei seinen ehemaligen Kollegen gemeldet und um Hilfe gebeten. Wir arbeiten schon daran, allerdings ohne wirklichen Auftrag. Weder Burton noch Sie arbeiten noch für uns, und die Belange der britischen Krone sind auch nicht betroffen. Es liegt auch von Seiten der Portugiesen kein Amtshilfeersuchen vor. Aber wir sind dran, Peter, und sobald ich etwas habe, melde ich mich. Wie geht es Ihnen und Ihrer Familie?" „Gut, danke der Nachfrage, Chief." „Das freut mich zu hören. Also, Peter, wenn mir neue Infos vorliegen, melde ich mich. Halten Sie die Ohren steif und grüßen Sie mir Ihre Frau." „Danke Sir, ich werde Ihre Grüße weiterleiten." Peter wollte noch etwas sagen, doch sein ehemaliger Chef, der Direktor des MI6, hatte die Verbindung bereits gekappt. „Sharp hat sich nicht im Geringsten verändert. Vielleicht wird man so, wenn man zu lange den Vorsitz eines Geheimdienstes innehat", sprach Peter leise vor sich hin. Er griff nach den beiden Pistolen und ging nach oben ins Schlafzimmer.

Theresa lag in ihre dünne Decke eingewickelt und las in einem Buch. „Du bist ja noch wach, mein Engel. Ich soll dich von Chief Sharp grüßen." „Ich kann nicht einschlafen, Peter. Danke für die Grüße. Hast du ihn angerufen?" „Ja." „Und? Wird er uns helfen?" „Ja, Theresa, sie arbeiten bereits daran, obwohl dies nicht ganz einfach ist, weil weder Sam noch ich beim MI6 beschäftigt sind und auch England nicht betroffen ist." „Na super! Ein Politikum, aber wenigstens kümmern sie sich ein wenig darum." „Ja, so ist es. Uns bleibt leider nur abzuwarten und zu schauen, was die portugiesische Polizei ermittelt." Theresa legte ihr Lesezeichen in ihr Buch ein und schob es in die Schublade ihres Nachtschrankes. Langsam schlängelte sie sich an Peter heran und krabbelte unter seine Decke. „Ich wüsste da etwas, was dir das Einschlafen sicher erleichtert." „So? Ich weiß gar nicht was du wohl meinst, mein lieber Mann." „Warte, ich gebe dir einen kleinen Hinweis." Peter nahm Theresa in seinen Arm und küsste sie sanft. Zärtlich ließ er seine Lippen an ihrem Hals entlang gleiten. Theresas Atemfrequenz nahm zu. Peter sah, wie sich ihr Brustkorb schneller auf und ab bewegte und sich ihre kleinen festen Kirschen aufrichteten. Den ersten schnurrenden Laut von ihr nahm er wahr, als sich seine Lippen über ihre Brustwarzen legten und sanft an ihnen saugten. Vorsichtig bahnte sich seine Zunge den Weg zum Bauchnabel, vorbei an winzigen kleinen Härchen auf ihrer Haut, die sich ob seiner liebevollen und erregenden Zungenspiele aufstellten. Theresa nahm Peters Kopf in ihre Hände und führte so sein Geschmacksorgan weiter an ihrem Körper herunter, wo sie von keinem noch so winzigen Härchen mehr aufgehalten wurde. Als er den kleinen Venushügel überwunden hatte und seine Zunge tief in sie eindrang, schrie sie kurz auf. Einen kurzen Moment lang genoss Theresa noch die Liebkosung ihrer Scham, bis sie es nicht mehr aushielt. Sie stieß Peters Kopf beiseite. Geschickt befreite sie ihren Mann vom störenden Beinkleid und bestieg ihn wie sie sonst auf ihr Pferd aufsaß. Ein wenig half sie noch mit ihrer kleinen Hand nach, bis Peter tief in sie eindringen konnte. Ihre rhythmischen Bewegungen sowie Peters Hände, die fest ihre kleinen Brüste massierten, ließen sie beide sehr rasch höchste Gefühle erleben. Als Theresa bemerkte, dass er sie langsam verließ, legte sie sich auf ihn und kuschelte sich an ihn heran. Peter ließ noch ein wenig seine Hände über ihren zarten Körper gleiten. Ein wenig erzitterte sie unter seiner Liebkosung. „Das war einfach schön. Und wie gut es tat", schwärmte sie ihm leise ins Ohr. Sanft legte sie ihre Lippen auf seinen Mund. Doch der nun folgende Kuss blieb ihnen verwehrt. Ein gewaltiger Knall im Haus ließ Theresa wie eine Feder von Peter in ihr Bett springen.

„Was war das, Peter? Ich hab Angst." „Ich gehe nachschauen. Schließ die Türe hinter mir ab." „Aber die Kinder!" „Ich schaue nach ihnen. Bleib ruhig, Theresa." Peter stieg in seine kurze Pyjamahose und entnahm der Nachttischschublade eine der beiden Pistolen. Sekunden später stand er im hell erleuchteten Flur. Weil er Geräusche aus dem Erdgeschoss vernahm, rannte er auf Zehenspitzen die Treppe hinunter. Sofort sicherte er das Terrain. Die Bürotüre fand er noch im gleichen verschlossenen Zustand vor, wie er sie vor dem Zubettgehen verlassen hatte. Als er sich umwand bemerkte er Licht in der Küche, dass jedoch gleich wieder erlosch. Peter überwand mit wenigen Schritten die

Distanz zur Küchentüre, die einen Spalt breit offen stand. Rücklings platzierte er sich neben den Türrahmen. Dreimal holte er tief Luft. Dann stürzte er sich in die Ungewissheit, die stets blieb, wenn man einen Raum stürmen musste, ohne vorher das Szenario abschätzen zu können. Seine Augen benötigen ein paar Sekunden, bis sie sich an die Dunkelheit gewöhnt hatten. Die Küche schien clean zu sein. Die Türe zur Terrasse stand sperrangelweit offen. Sofort versteckte er sich hinter der Rücheninsel. Peter konnte nicht abwägen, ob er seinem Gegner jetzt in irgendeiner Weise in die Falle gegangen war. Verschloss dieser jetzt die Küchentüre vom Flur aus, war er ausgesperrt. Peter ärgerte sich über seine Dummheit, doch ließ sich das jetzt nicht ändern. Zur Not würde er das Türschloss eben aufschießen müssen. Er versuchte jetzt erst etwas im Garten zu erkennen. Durch verändern seiner Position erhielt er einen anderen Blickwinkel. Plötzlich konnte er in der Scheibe der Terrassentüre eine Gestalt ausmachen, die eine Pistole in der Hand hielt. Jetzt galt es den eigenen Blutdruck herunterzudrücken. Der Fremde schien auf seiner Waffe einen Punktstrahler oder ähnliches montiert zu haben, da er ständig mit der Waffe hin und her fuchtelte. Als die Gestalt die Waffe absenkte war für Peter der Moment gekommen hinaus zuspringen, um sich den Gegner zu schnappen. Beherzt sprang Peter auf. Er rollte über die Schulter auf dem harten Terrassenboden ab und hielt seinem Gegner seine Waffe entgegen, bereit sofort abzudrücken. „Hallo, Daddy, ich muss doch den bösen Löwen erschießen, der meinen kleinen Hund fressen möchte. Hilfst du mir dabei?" Blitzschnell ließ Peter den Sicherungsstift seine Waffe blockieren, damit sich kein Schuss mehr lösen konnte. „Was machst du denn hier draußen, Raoul?" „Da war ein großer Löwe in meinem Zimmer. Der hat meinen kleinen Hund gefangen, um ihn aufzufressen. Ich hab mir meine Pistole genommen und bin auf die Jagd gegangen. Jetzt habe ich ihn aber totgeschossen." Peter rieb sich seine rechte Schulter, die nach dem harten Aufprall auf den Terracottaboden heftig schmerzte. „Du hast bestimmt geträumt, mein kleiner Held. Komm her, ich bring dich zurück in dein Bettchen." Raoul legte seinem Vater seine kleinen Ärmchen um den Hals und den Kopf auf seine linke Schulter.

Peter verschloss die Terrassentüre wieder sorgfältig. Vorsichtig trug er seinen müden Großwildjäger die Treppe hoch. Am Schlafzimmer machte er kurz halt. „Theresa? Ich bin`s, Raoul hat wohl etwas Schlimmes geträumt. Er ist daraufhin im Garten auf die Jagd nach einem Löwen gegangen, der seinen kleinen Hund fressen wollte. Ich bringe ihn zurück in sein Bett." Sofort öffnete Theresa die Schlafzimmertüre. „Komm, gib mir mal den kleinen Helden. Lass mich ihn in sein Bett tragen." Wenig später, als sie ihren kleinen Sohn zurück in sein Bett gebracht hatte, schlief Theresa erschöpft in den Armen von Peter ein.

Kapitel 8

Schon von weitem erkannte Peter, dass es jedem Fremden beinahe unmöglich sein durfte, ungebeten die Sanchez Pousada zu betreten. Sam hatte mal wieder ganze Arbeit geleistet. Seine Spezialisten, alles Jungs, die durchweg in Sondereinheiten des SAS in allen möglichen Erdteilen und Ländern dieser Welt gedient hatten, sicherten jeden Zugang. Auch er selbst musste sich legitimieren, um Einlass zu erhalten. „Hallo, Sam", begrüßte Peter seinen besten Freund, nachdem er bereits Ricarda, Estella und die Kinder nach einander in seine Arme genommen hatte. „Hugo ist ins Büro gefahren." „Ja, ich weiß, Sam, ich habe schon mit ihm gesprochen." „Er sagte, er fühle sich in der Firma sicher genug. Ich habe ihm jedoch zwei meiner Jungs mitgegeben, für alle Fälle.

halt." Eigentlich hätte sich der alte Industriebaron längst zur Ruhe setzen können. Die Holding wurde von seinen Söhnen Paolo und Robinho unter Beisitz von Peter geführt, der sehr erfolgreich als Direktor der Brauereien und Getränkeunternehmen fungierte. „Das ist Chuck Miller, Peter, mein Geschäftsführer und gleichzeitig meine rechte Hand. Er ist pensionierter SAS-Soldat und als Leibwächter für die königliche Familie tätig gewesen. Ihm habe ich das Kommando für die Pousada wie auch für die Sicherheit von uns allen in seine Hände gelegt. Chuck schläft nie, trinkt nicht und dürfte dir auch noch aus alten Zeiten bekannt sein." „Ja, natürlich, Indien, Pakistan und Afghanistan habe ich Recht?" „Ja, genau, hallo, Commander." Er benutzte Peters letzten Dienstgrad als Agent in seiner Anrede." „Peter bitte." „Gern, Chuck." Der Händedruck, mit dem der eher bärbeißig wirkende Hünen mit den kurzen roten Haaren Peter begrüßte, hätte ihm beinahe den Handwurzelknochen gebrochen. „Können wir dann?" „Ja, Sam, Auto steht vor der Türe." Sam Burton griff sich seine 45er aus seiner Aktentasche und schob sie in den Unterarmholtster. „Dann lass uns fahren. Fabio wird uns sicher schon erwarten."

Peter hatte statt seines Cabrios die E-Klasse bevorzugt, die weniger auffällig war. Er startete den Achtzylinder und schob den Wahlhebel der Automatik in Stufe D. Hart biss die schwere Maschine zu und übertrug ihre gewaltigen Kräfte auf die vier schussbeständigen, überbreiten Reifen, die sich gnadenlos in den Asphalt krallten. Eine gute halbe Stunde später ließ Peter die dunkelblaue Limousine auf dem großen Parkplatz in Hafennähe in Faro in eine Parklücke ausrollen. Obwohl Faro heute von vielen Touristen besucht wurde, die ebenfalls ihre Mietautos hier abgestellt hatten, war noch eine Menge Parkraum vorhanden. Wie nicht anders zu erwarten, hinkte gleich eine wüst aussehende Gestalt auf Peter und Sam zu und bat um eine Spende für sich mit dem Hinweis, dass er auf den schönen Wagen während ihrer Abwesenheit acht geben würde. Dies war in Portugal nicht unüblich und wurde von der Polizei geduldet, wenn es auch verboten war. Sam kannte die Gepflogenheiten mittlerweile genau und drückte dem armen Kerl fünf Euro in die schmutzige, zittrige Hand. Er wusste aber auch genau, dass wenn er kein Trinkgeld gab, ihr Wagen bei ihrer Rückkehr ganz sicher einige Kratzer aufweisen würde. Beinahe zeitgleich fuhr auch Fabio Mugalla auf den Parkplatz und parkte sein Auto direkt neben ihnen. Als der Kleinkriminelle jedoch sah, wer da aus dem zweiten Auto sprang, wollte er gleich loslaufen, doch Fabio war sofort bei ihm. „Hör zu, Pedro, hier sind drei Euro für deine Arbeit. Pass gut auf die Autos auf. Gnade dir Gott, wenn ich später auch nur den Hauch eines Kratzers auf dem Lack finde." „Ganz bestimmt nicht, Chef, ich passe gut." „Das ist gut so. Ich denke dann auch an dich bei der nächsten Razzia. Wenn etwas passiert, rufst du mich. Hast du gehört? Wir sind bei Eusebio in der Bar." Der hagere Mann nickte kurz und verschwand so schnell wie er aufgetaucht war. „Keine Sorge, ich kenne Pedro. Der passt gut auf unsere Autos auf. Sonst wandert er nämlich bei der nächsten Drogenrazzia ins Kittchen. Hallo, Peter, hallo, Sam, schön euch lebend zu begegnen." „Hallo, Fabio, jetzt übertreib aber mal nicht", entgegnete Peter. „Ich und übertreiben? Wartet mal ab. Wir haben schon den nächsten übel zugerichteten Toten, und der hatte mit dem Ableben von Ramirez wirklich nur ganz am Rande zu tun. Aber lasst uns erst mal zu Eusebio gehen."

‚Eusebios Seemannsgrab', so hatte er sein äußerlich ziemlich heruntergekommenes Restaurant umbenannt, nachdem er es vor gut drei Jahren vom Vorbesitzer übernahm, hinterließ nur beim Anblick der Fassade einen verwahrlosten Eindruck. Hatte man sich als Besucher erst einmal überwunden, die abgebrochene und schmutzige Klinke der Eingangstüre herunterzudrücken, betrat man einen einfachen, jedoch pikobello sauberen Gastraum. Auf blank gescheuerten Holztischen dominierten frisch gestärkte rote Platzdeckchen, schneeweißes, wenn auch einfaches Geschirr, weiße Stoffservietten sowie strahlend glänzende Gläser. Die Bestecke lagen akribisch ausgerichtet neben den Tellern. Für die Erfüllung der Gästewünsche und den Service sorgte Claudine, die kreolische Schönheit aus der Karibik, die, so wurde hinter vorgehaltener Hand gemunkelt, auch für das Wohlbefinden des Patrons wie auch gegen Gebühr für willige Gäste zuständig war. Wenn die attraktive, kakaobraune Endvierzigerin, bekleidet mit ihrem tief ausgeschnittenen Seeräuberbrautkleid, an den Tischen vorbei schwebte und dabei ihre ausladenden Hüften und Brüste schwang, war es um die meisten braven wie auch um die nicht braven Männerherzen sofort geschehen.

Fabio betrat als erster das Restaurant und wand sich gleich der kleinen Theke zu, hinter der Eusebio gerade einer kleinen Portugiesin erklärte, wie man die Gläser ordentlich sauber spülte und polierte. Als der Patron Fabio erblickte, zeigte er eine Menge weißer Zähne und kam gleich hinter seiner Theke vor. Die beiden Männer begrüßten sich freundlich, jedoch nicht mit Überschwang. Sie kannten sich lange genug und beherzigten den Deal, den sie einstmals geschlossen hatten. Fabio und seine Behörde drückten beide Augen zu, wenn mal wieder die Creme der Unter- und Halbwelt im Hinterzimmer um viel Geld pokerte oder Eusebio das ein oder andere Zimmer, das oberhalb der Schänke lag, den Mädels von der Straße gegen Entgelt für ein Schäferstündchen zur Verfügung stellte. Dafür erhielt Fabio häufig äußerst wichtige Tipps vom Patron, wenn es um die Belange des organisierten Verbrechens ging. „Hallo, mein Freund. Du hast Gäste zum Essen mitgebracht und benötigst einen verschwiegenen Tisch? Guten Tag, die Herren." „Bom dia, Eusebio, genauso ist es. Ich habe hier eine Anzeige von der Hafenmeisterei. Kann es sein, dass du zwei Mädels auf die Straße schickst, um Freier in deinen Räumlichkeiten zu bedienen?" Peter hatte nie zuvor in unschuldiger blickende, tief schwarze Männeraugen geschaut als heute. „Aber Fabio, ich bin doch ein Ehrenmann. Wie kannst du nur so etwas behaupten?! Das muss ein Irrtum sein." „Dachte ich mir, Eusebio." Fabio Mugalla zerriss das Formular und warf es in den an der Türe stehenden Papierkorb. „Gibt es etwas, dass du mir zu berichten hast?" Fabio legte Eusebio den Arm um seine Schulter und drehte den Patron zur Seite. „Ich bin auf der Suche nach Fremden, wahrscheinlich aus Kolumbien. Sehr üble, skrupellose Zeitgenossen, mit denen nicht zu spaßen ist. Ich warne dich deshalb besonders vor. Hör dich mal um. Es könnte sein, dass es um große Mengen Drogen geht, die auch an der Algarve verdealt werden sollen und den Markt verändern werden. Und um Morde, die noch begangen werden." „Fabio, was denkst du nur von mir, mit was für Menschen ich Kontakt habe?" „Ich denke nicht, Kumpel, ich weiß es." Der Patron nickte kurz. Er führte seine Gäste einem Tisch in einer Nische zu, deren Wände keine Ohren hatten, die jedoch ganz sicher schon schweigend eine Menge Dinge mitbekommen hatten, deren Inhalt für hunderte von Jahren Zuchthaus ausreichten.

„Was hast du heute Gutes anzubieten, Eusebio?" „Vorspeise: Im Sud gekochte Königskrabben mit aufgeschlagener Zitronenmayonnaise oder eine Fischsuppe. Hauptgericht: Gemischte Fischplatte mit Salat und frischem Baguette oder Entrecote vom brasilianischen Rind mit zartem Gemüse, Sauce Bernaise und Bratkartoffeln." „Hört sich alles verdammt lecker an.

Wir beratschlagen." Wenig später trat Claudine an ihren Tisch. „Bom dia, die Herren. Habt ihr schon gewählt?" „Wir verzichten auf die Vorspeisen und nehmen zweimal die Fischplatte und einmal das Entrecote. Dazu eine große Flasche Wasser, zwei Gläser Weißwein sowie ein Glas Rotwein." „Diese Claudine ist doch wirklich ein hübscher Anblick", stellte Sam unverhohlen fest, nachdem sich die üppige Kreolin der Küche zugewandt hatte. „Nun krieg dich bloß mal wieder ein, du Nimmersatt", scherzte Fabio Sam an, der jedoch Spaß verstehen konnte. „Auch auf die Gefahr hin, dass euch gleich der Appetit vergeht, setze ich euch zuerst über den Stand der Dinge und der Ermittlungen in Kenntnis. Ganz ehrlich gesagt wissen wir fast noch nichts darüber, warum Sophia Ramirez sterben musste. Wir haben bereits einen zweiten Toten, einen ehemaligen Offizier der portugiesischen Luftwaffe, der Peter während der Operation Schneekrieg vor Ort unterstützte. Beide Opfer wurden bestialisch abgeschlachtet. Laut unserem Chefpathologen wurden Sophia Ramirez bei vollem Bewusstsein die Brüste, ihre Zunge und ihre Ohren entfernt, nachdem sie mehrfach mit einem Elektrostab in Anus und Vagina penetriert und vergewaltigt wurde. Als sie das Bewusstsein verlor, hängten die Täter, wir gehen mittlerweile von mindestens drei oder vier Personen aus, sie mit den Füßen an einen Deckenbalken. Dabei durchschlugen sie ihre beiden Mittelfußknochen mit großen Zimmermannsnägeln und fixierten sie zusätzlich mit Stahlketten. Um sie wieder aufzuwecken, fügten sie ihr weitere Schmerzen zu. Mit einem Messer stachen sie ihr in den Unterleib und in die Leber. Danach öffneten sie ihr die Pulsadern und ließen sie ausbluten wie ein Tier. Sie muss furchtbar gelitten haben und das über Stunden, einfach nur grausam, furchtbar. Ich habe schon viel gesehen in meiner Zeit als Bulle, aber so eine Ausgeburt an Gewalt war nie darunter. Den Soldaten haben sie ebenfalls zu Hause aufgesucht.

Auch er wurde mittels Elektrostab vergewaltigt. Die Täter trennten ihm bei lebendigem Leib seine Zunge sowie seine Ohren, seinen Penis und die Hoden ab. Zum großen Finale ließen sie ihn ebenfalls ausbluten. Dazu hingen sie ihn an seinen Deckenventilator. Durch die Drehbewegung des Lüfters wurden alle Wohnzimmer-wände mit Blut bespritzt. Der Anblick war einfach unfassbar! Beide Opfer wurden sogar noch mittels eines heißen Gegenstandes geblendet. Ich kann dies alles überhaupt nicht fassen. Wir fanden in der Wohnung des Soldaten auch an einer Wand den gleichen Text wie bei Sophia Ramirez: *Wir werden jeden, der für den Tod von Ernesto Ramirez verantwortlich ist, töten.* " Claudine servierte ihren drei Gästen derweil Brot, Oliven und Knoblauchmayonnaise sowie die Getränke. Peter und Sam waren einfach verstummt ob der vorgetragenen Grausamkeiten und um Claudine nicht aufmerksam werden zu lassen.

„Was habt ihr denn schon unternommen, um euch und eure Familien zu schützen? Ich habe leider nicht die Leute, um einen Personenschutz rund um die Uhr zu stellen. Das müsst ihr verstehen." Peter und Sam nickten verhalten und berichteten, welche Maßnahmen sie bereits eingeleitet hatten. „Das hört sich doch schon sehr gut an. Fliegen die Kinder mit einer Linienmaschine nach Edinburgh oder charterst du einen Jet, Peter?" „Ich glaube, es ist sicherer, sie mit einem Linienflugzeug reisen zu lassen." „Wer begleitet sie?" „Wahrscheinlich fliegt Theresa mit und bleibt ein paar Tage bei meinen Eltern." Claudine servierte ihr Mittagessen. Obwohl der Anlass ihres Treffens ganz sicher nicht fröhlicher Natur war, aßen die drei Männer mit Heißhunger ihre Mahlzeiten auf. Als Dessert wählten sie Bikas, die portugiesische Variante des Espresso. „Konntest du noch nichts über deine Kontakte im MI6 herausbekommen, Sam?" „Nicht wirklich. Der an die Wand gemalte Text bei Sophia Ramirez, der sich ja auch in der Wohnung es Offiziers wieder findet, wird zurzeit in alle Richtungen analysiert. Das braucht leider einige Zeit. Erste Vermutungen jedoch lassen darauf schließen, dass entweder das Kartell, für das Ramirez tätig war, jetzt Rache üben möchte, was allerdings völlig ungewöhnlich wäre oder ein Verwandter von Ramirez sich rächen möchte. Aber nachvollziehbare Informationen liegen mir leider noch nicht vor." „Gut oder auch nicht gut. Wir bleiben auf jeden Fall in Kontakt. Wenn ihr Neuigkeiten habt informiert mich bitte umgehend. Wahrscheinlich seid ihr mir ohnehin mit euren Beziehungen immer einen Schritt voraus." Peter übernahm die Rechnung für ihr Mittagessen und drückte Claudine noch ein üppiges Trinkgeld in die Hand. Mit einem lasziven Hüftschwung und einem viel sagenden Augenzwinkern bedankte sich die Lady dafür bei ihm. Beim Verlassen des Restaurants verabschiedeten sie sich noch dankend beim Patron für das hervorragende Essen und schlenderten dem Parkplatz entgegen. „Eusebio ist schon eine etwas merkwürdige Gestalt. Findet ihr nicht?", fragte Peter in die Runde. „Er ist auf jeden Fall ein sehr umtriebiger Mensch. Er heuerte als Jugendlicher nach seiner Lehre als Segelmacher und Schiffszimmermann auf einem Viermaster an, der anfangs als Lastensegler fuhr und in Folge Touristen durch die Karibik schipperte. Als eines Tages der Schiffskoch an einem Herzinfarkt auf See verstarb, beorderte der Kapitän des damaligen Lastentransportschiffs Eusebio in die Kombüse. Schon nach dem zweiten Mittagessen war die Mannschaft von seinen Kochkünsten begeistert. Von da an hat er auf den verschiedensten Kreuzfahrtschiffen gekocht. Doch er kam immer wieder mit den ermittelnden Behörden in unterschiedlichen Ländern in Konflikt. Häufig dealte er an Bord mit Drogen und ließ ein paar Mädels für sich arbeiten, meist junge Hostessen auf den großen

Hotelschiffen, die er irgendwie unter Druck setzte, damit sie mit Gästen ins Bett gingen und viel Geld heran schafften. Als eines der Mädchen in Marseille von der Polizei tot aus dem Hafenbecken gefischt wurde, der man die Kehle durchschnitten hatte, fiel der Verdacht sofort auf ihn. Er saß in Frankreich fast ein Jahr in Untersuchungshaft, doch man konnte ihm den Mord nie wirklich nachweisen und ließ ihn laufen. Er ist dann zurück in seine portugiesische Heimat gegangen und hat hier in Faro die Kneipe übernommen. Kochen kann er zweifelsfrei hervorragend. Das Resultat habt ihr heute Mittag zur Verkostung erlebt. Aber auch hier macht er so manchen Euro illegal mit Kokain und Prostitution. Wir haben ihn schon ein paar Mal verhaftet. Doch er ist sehr kooperativ, wenn es um Informationen geht, die das organisierte Verbrechen betreffen. Er hat schon so einige finale Tipps gegeben, wenn die Russenmafia mal wieder ein großes Ding an der Algarve durchziehen wollte. Er ist aber immer noch auf Bewährung draußen, und deshalb weiß er ganz genau, wie weit er bei mir gehen kann. So wäscht noch eine Hand die andere, doch nur so lange, wie er nicht wirklich austickt. Dann schnappe ich ihn mir, und das weiß er auch genau." Ihre Autos standen wie nicht anders zu erwarten unberührt auf ihren Parkplätzen. „Wir telefonieren, sobald wir etwas Neues haben", versprach Fabio. Peter und Sam stimmten nickend zu und verabschiedeten sich von ihrem Freund.

Kapitel 9

Schweigend fuhren Peter und Sam zurück zur Sanchez-Pousada. „Was denkst du, Sam, können wir unsere Familien ausreichend schützen?" „Das ist schwer zu sagen. Wenn es sich bei den Tätern um Profis handelt, werden sie wahrscheinlich Mittel und Wege finden, uns gefährlich zu werden. Und damit rechne ich. Ich glaube nicht, dass wir es mit Anfängern zu tun haben. Deshalb ist es schon mal gut, wenn deine Kinder sicher bei deinen Eltern untergebracht sind. Die Absicherung von Theresa und Mahmud übernimmt Chuck mit seinem Team, der dir als ehemaligem Kameraden und Landsmann bis in den Tod die Treue halten wird. Der Junge ist wirklich gut. Ich habe aber auch etwas Angst um Ricarda und deine Schwiegereltern. Gerade was Hugo betrifft: Er hat damals dich und die Behörden maßgeblich bei der Fahndung nach Ramirez unterstützt. Hugo steht sicher ganz oben auf der Liste der Killer, von dir mal abgesehen. Nach meiner Ansicht haben wir bis jetzt alles richtig gemacht. Wir dürfen nur nicht nachlässig werden." „Dein Wort in Gottes Ohr, mein lieber Sam. Ich bringe dich jetzt zurück zur Pousada. Anschließend fahre ich ins Büro nach Portimao, weil ich noch Termine habe." „OK, ich behüte derweil die Familie."

Conzuela Martinez, Peters hübsche Assistentin, hatte bereits die Tagespost erledigt und die Unterschrifts-mappen für ihn auf seinem Schreibtisch abgelegt. „Hallo, Chef", begrüßte sie ihn wie gewöhnlich strahlend, als er ihr Büro betrat. „Hallo, Conzuela. Alles im grünen Bereich?" „Bisher gibt es nichts Besonderes zu berichten. In Werk zwei stand eine der Abfüllanlagen für eine Stunde still, weil ein elektronisches Bauteil ausgefallen war. Ernesto hat kurzfristig ein neues Teil besorgt und gleich eingebaut. Die Produktion läuft wieder auf vollen Touren." „Das hat er gut gemacht. Es ist Sommerzeit, und gerade jetzt können wir uns solche Ausfälle nicht leisten, damit wir den Markt ausreichend mit Getränken versorgen können." „Ich weiß, Chef. Alle Anlagen laufen wieder auf einhundert Prozent. In einer halben Stunde beginnt die Vertriebsbesprechung. Möchten Sie daran teilnehmen?" „Das hatte ich mir fest vorgenommen. Mich interessieren vor allem die letzten Verkaufszahlen und in wie weit unsere neue Werbekampagne eingeschlagen ist." „OK, Chef, ich erinnere Sie kurz vor Beginn der Besprechung, damit Sie zeitig anwesend sind." Peter dankte und ging in sein Büro, wo er sich zuerst der Tagespost widmete. Vorgang für Vorgang ging er durch. Da Conzuela alles gut vorbereitet hatte, brauchte er nur noch zu unterschreiben. Schon läutete das Haustelefon und rief ihn zur Vertriebsbesprechung. Peter nahm seinen Blazer vom Bügel und lief den Gang entlang bis zum Konferenzraum, wo schon reges Treiben herrschte. Er begrüßte kurz alle Anwesenden und nahm auf einem der Stühle Platz. Den Vorsitz überließ er seiner jungen, sehr ehrgeizigen Vertriebsmanagerin Martina Colomba. Aus diesem zierlichen Energiebündel sprühte es nur so vor Tatendrang. Dass ihr Boss an der Besprechung mit ihren Vertriebsleuten teilnahm, war ihr zwar vorher nicht bekannt, doch sie zeigte kein bisschen Nervosität und meisterte ihren Job mit Bravour. Peter hatte Martina Colomba gleich nach Abschluss ihres etwas verkorksten, betriebswirtschaftlichen Studiums als Trainee in die Firma genommen und ihr wegen ihrer hervorragenden Leistungen danach die Chance geboten, den gesamten Vertrieb zu leiten. Die junge Frau hatte ihn bisher nicht enttäuscht und ihre Zahlen stimmten. Eine Stunde lang schwor sie ihren Außendienst auf ihre neue Strategie ein. Peter lag ein Schmunzeln auf den Lippen, als er in die skeptischen Gesichter der Frauen und Männer schaute, die jetzt wieder gefordert waren. Doch der Wettbewerb war hart, und nur die Besten überlebten und überstanden die Rezession.

Als der letzte Mitarbeiter nachdenklich den Raum verlassen hatte, erhob sich auch Peter von seinem Platz und ging auf Martina Colomba zu. „Ihre Ideen sind nicht schlecht, und wenn Sie diese eins zu eins umgesetzt bekommen, wird die Sanchez Ltd. ganz sicher kräftig davon profitieren." „Das hoffe ich sehr. Um die Wertschöpfung noch etwas zu steigern, würde ich gern mit der Einkaufsleitung wie auch der Fertigung meine Strategie abstimmen. Ist das in Ihrem Sinne, Senhor McCord?" „Das ist keine schlechte Idee. Eine solche Veranstaltung organisiert jedoch besser die Geschäftsleitung, damit sich Ihre Kollegen nicht überfahren fühlen. Machen Sie bitte kurzfristig einen Termin mit Frau Martinez in meinem Büro aus, damit wir die Veranstaltung zusammen planen können. Gute Arbeit, Senhora Colomba." „Danke, Chef. Ich bin immer noch überglücklich, dass Sie mir so vertrauten und mir diese verantwortungsvolle Tätigkeit der Vertriebsleitung übertragen haben. Ich werde alles tun, Sie nicht zu enttäuschen." Peter lächelte und wollte ihr gerade noch einen schönen Feierabend wünschen, als die Haussirene aufheulte. Dies konnte verschiedene Ursachen haben. Feueralarm war eine davon. Dann erlosch das Licht in den Gängen. „Kommen Sie mit mir, Martina", rief er seiner Vertriebsmanagerin zu, die ihm ängstlich folgte. Sein Büro lag genau am anderen Ende des Ganges. Die Notbeleuchtung spendete nur diffuses Licht. Peter nahm Martina Colomba an die Hand und zog sie hinter sich her. Schnellen Schrittes gelangten sie in Peters Büro. Auch dort funktionierte nur die Notbeleuchtung, doch durch die großen raumhohen Fenster gelangte genug Tageslicht in den Raum, diesen ausreichend zu beleuchten. „Bitte setzten Sie sich. Ich höre beim Sicherheitsdienst nach, was eigentlich los ist." Er nahm den Hörer der Telefonanlage in die Hand und wählte die dreistellige Nummer der Sicherheitszentrale.

„McCord hier, hallo, Vincente, was ist los, warum heulen die Sirenen und warum ist das Licht ausgefallen?" „Hallo, Senhor McCord", tönte es Peter mehr als aufgeregt aus dem Hörer entgegen. „Wir haben einen Eindringling im

Haus. Der Mann hat vor etwa zehn Minuten den Haupteingang betreten und den Mitarbeiter an der Rezeption niedergestochen. Danach hat er hinter dem Counter den Hauptsicherungskasten geöffnet und einen Kurzschluss erzeugt, den der Hausmeister gerade zu reparieren versucht." „Was ist mit dem verletzten Mitarbeiter?" „Er, er ... er ist tot Chef", erhielt Peter stotternd zur Antwort. „Was haben Sie unternommen, Vincente? Fassen Sie sich bitte, Sie sind immerhin für die Sicherheit aller Mitarbeiter im Hause verantwortlich." „Ich habe alle verfügbaren Kräfte ins Haus geschickt, um den Kerl zu suchen." „Haben Sie einen Krankenwagen gerufen und vor allem die Polizei?" „Nein, Chef, der Mitarbeiter hier ist bedauerlicherweise verblutet und mir schien es vordringlich, erst mal nach dem Täter im Haus zu suchen." „Unsinn, dass ist vor allem Sache der Polizei. Ich kümmere mich selbst darum. Über dieses Thema unterhalten wir uns noch, Vincente." Peter warf mehr als verärgert den Hörer auf die Station und wählte sofort die Nummer von Fabio Mugalla. Ohne Umschweife berichtete er dem Polizeichef über das, was sich gerade im Firmengebäude zugetragen hatte. „Verschließ deine Bürotüre, Peter, wir rücken mit einem Sondereinsatz-kommando an. Ich regele das mit den Kollegen in Portimao." Im Gebäude war es totenstill. Peter war entgegen dem Rat seines Freundes auf den dunklen Gang getreten und lauschte in die Finsternis. Der Hausmeister jedenfalls leistete gute Arbeit, denn schon sehr schnell nahm die Neonbeleuchtung wieder ihre Arbeit auf. Peter lief zurück in sein Büro. Martina Colomba saß wie versteinert in ihrem Sessel und rührte sich nicht vom Fleck. Peter meinte sogar ein Zittern ihres Körpers wahrzunehmen. „Ganz ruhig, Senhora Colomba, wir haben die Situation im Griff." Als sich Peter jedoch seinen Blazer vom Körper riss, erschrak die junge Frau umso mehr, als sie seinen Holster am Gürtel erblickte, in dem eine großkalibrige Pistole steckte. Peter warf das Jackett auf seinen Sessel und rannte zur Verbindungstüre zum Büro von Conzuela Martinez. Als er versuchte, den Türgriff herunter zu drücken, rührte sich dieser keinen Millimeter. Er versuchte es immer wieder, was jedoch nichts an der Situation änderte. Sofort rannte er auf den Gang und versuchte von dort aus durch die Türe in das Büro seiner Assistentin zu gelangen, doch auch diese Türe war fest verschlossen. Peter war nicht der Typ, den Panik überkam, wenn Unvorhergesehenes auftrat, selbst wenn es sich um lebensbedrohliche Situationen handelte. Doch seine Angst um Conzuela ließ wieder seinen ärgsten Gegner erwachen, den Hass. Er schrie nun laut Conzuelas Namen und rüttelte heftig an der Türe, doch es erfolgte keine Reaktion. Weil sich der Türgriff nicht herunterdrücken ließ und er wusste, dass seine Assistentin den Schlüssel der Bürotüre in ihrem Schreibtisch aufbewahrte, musste irgendetwas anderes die Türklinke blockieren. Mit gezielten Tritten gegen die Verbindungstüre versuchte Peter die Blockade zu lösen. Martina Colomba hielt sich zitternd den Mund zu, um nicht laut zu schreien. Irgendwann brach die Klinke ab und die Türe bewegte sich. Peter zog sofort seine Waffe aus dem ledernen Futteral an seinem Gürtel und lud sie durch. Von der Straße war das Heulen von Polizeisirenen zu vernehmen. Noch während Peter der Gedanke durch den Kopf schoss, dass ihm jetzt endlich das SEK zu Hilfe eilen würde, betrat er das Büro seiner Assistentin. Was er jedoch dort vorfand, ließ selbst ihm den Atem stocken.

Kapitel 10

Theresa ging ihrem Job nach, wie sie es sonst auch tat. Ihre Wartezimmer saßen voll mit kleinen Patientinnen und Patienten, um die sich ihr Team, das nun Mahmud noch verstärkte, und sie selbst fast aufopfernd kümmerten. Sie zeigte sich sogar ein wenig stolz, dass ihr Ziehsohn sich so gut in die Arbeit in ihrer Praxis einbrachte. Natürlich war ihr auch nicht entgangen, dass neben ihren zehn Mädels sogar die eine oder andere Mutter ihrer Schützlinge ein Auge auf Mahmud warf. In der Mittagspause holte Mahmud für alle Kolleginnen belegte Baguettes, die er als Einstand ausgab. Entsprechend groß war das Hallo, und das Geschnatter der Helferinnen und Laborantinnen schallte aus dem gemütlichen Aufenthaltsraum bis auf den Flur. Gegen vier Uhr am Nachmittag schauten Sam und Chuck kurz in der Praxis vorbei, um nach dem Rechten zusehen. Theresa bat die beiden Männer auf einen Bika in ihr Büro. „Hast du schon ein paar Informationen erhalten, Sam?" „Leider noch nicht, Theresa, aber sobald sich etwas bewegt, sage ich dir Bescheid. Wie läuft es hier?" „Bisher ruhig. Wir machen hier business as usual. Ich kann nur Peter nicht erreichen. Ich versuche schon seit einer Stunde bei ihm anzurufen, doch er nimmt nicht ab. Auch Conzuela Martinez, seine Assistentin, nimmt keinen Anruf entgegen. Hast du dafür eine Erklärung?" „Ehrlich gesagt nein. Er hat mich gegen halb zwei vor dem Gebäude der Pousada abgesetzt und wollte nach Portimao ins Büro. Jetzt ist es kurz nach sechzehn Uhr. Eigentlich schon keine Zeit mehr um Mittag zu machen." Sam fingerte rasch sein Smartphone aus seiner Hemdtasche und wählte Peters Direktanschluss an. Doch auch in seinem Telefon vernahm er nur das Freizeichen. Sam versuchte es bei Conzuela Martinez, jedoch mit dem gleichen Ergebnis. „Ist schon merkwürdig. Vielleicht sind die beiden in einer Besprechung. Ich rufe mal Fabio an, vielleicht weiß er etwas."

Es bedurfte nur weniger Bedienungshandgriffe, und schon hatte Sam den Polizeichef in der Leitung. „Hallo, Fabio, wir versuchen schon eine geraume Zeit lang Peter zu erreichen. Hast du eine Erklärung dafür, warum er nicht an den Apparat geht?" „Hallo, Sam. Leider ja. In der Sanchezzentrale gab es einen Zwischenfall." „Was für einen Zwischenfall?" Sofort wurden auch Chuck und Theresa hellhörig. „Was ist geschehen, Fabio", rief Theresa so laut, dass der Polizeichef ihre Frage deutlich vernehmen konnte. Sam stellte sein Smartphone auf Mithörfunktion. „Vor etwa einer Stunde verschaffte sich ein Unbekannter in der Firmenzentrale der Sanchez Ltd. Zutritt. Er tötete am Eingang einen Wachmann und legte die zentrale Energieversorgung lahm. Auf Peters Anruf hin habe ich ein Sondereinsatzkommando aus Portimao hingeschickt. Dein Vater und deine Brüder befanden sich nicht im Gebäude, als der Anschlag geschah. Ich bin auf dem Weg dorthin und melde mich, wenn mir genauere Informationen vorliegen." „Alles klar, Fabio. Bis später." „Oh Gott, hoffentlich konnte Peter sich und die Martinez in Sicherheit bringen. Wofür bezahlt Peter eigentlich diese Sicherheitsmänner, wenn die nicht einmal einen einzigen Mann aufhalten können?" „Bei solch unvorhersehbaren Geschehnissen kann es immer mal zu Fehlverhalten der Mitarbeiter kommen. Das darf eigentlich nicht sein, kommt aber leider vor." Chuck nickte seinem Boss einvernehmlich zu. „Mach dir nicht allzu große Sorgen, Theresa. Fabio hat die Kavallerie schon hingeschickt, und mit einem gestörten Einzeltäter wird Peter sicherlich immer noch locker alleine fertig." „Trotzdem habe ich große Angst, Sam. Solche Irren nehmen gern Geiseln und da hilft auch die beste Kampfausbildung nichts, weil du einfach nicht einschätzen kannst, wie der Typ reagiert, und wie weit er wirklich gehen wird." Die Türe zu Theresas Büro öffnete sich und Mahmud trat ein. „Hallo, Sam, hallo, Chuck, ist etwas auf der Pousada passiert, dass ihr beide gekommen seid?" „Hallo, Junge, nein auf der Farm deines Großvaters ist alles Ok. Aber bei Peter in der Zentrale hat es einen Störfall gegeben." Sam berichtete Mahmud, was er von Fabio Mugalla wusste. „Das kriegt Dad schon in den Griff. Da bin ich ganz zuversichtlich." Die Männer schauten sich alle an und nickten. „Na gut. Wir können von hier aus ohnehin nichts ändern. Gehen wir den Rest des Tages an und schauen nach unseren vielen kleinen Patienten, die auf unsere Hilfe warten." „Ja, Mum, ich komme sofort." Theresa streifte sich wieder ihren weißen Arztmantel über und verließ ihr Büro. „Wie schlimm ist es wirklich, Sam?" „Das wissen wir noch nicht. Der Täter hat beim Eindringen in die Zentrale am Eingang einen Wachmann erstochen und die gesamte Elektrik außer Betrieb gesetzt. Wie weit der Typ gehen wird und wo er sich befindet, weiß angeblich noch Niemand. Wir wissen ebenfalls nicht, ob der Angriff auf die Firmenzentrale in Zusammenhang mit den Morden steht. Wir müssen abwarten, was Fabio in Erfahrung bringt."

Vor ihm saß Conzuela Martinez an ihrem Schreibtisch, die Hände vor sich liegend mit dem Druckerkabel über Kreuz gefesselt. In ihrem Mund steckte ihre Computermaus. Sie rang heftig nach Luft, doch sie konnte sich nicht viel bewegen, da der Täter ihr ein gewaltiges Kampfmesser gegen die Kehle drückte. Ein winziges Blutrinnsal bahnte sich bereits den Weg vom Hals herunter in den Ausschnitt ihrer weißen Bluse. Conzuela hatte ihre hübschen tiefschwarzen Augen weit aufgerissen und starrte Peter flehend an, der seine Pistole im Anschlag hielt. „Na Chef? Das hätten Sie ganz sicher nicht erwartet, dass wir uns so rasch wiedersehen?" „Nunez! Was machen Sie denn hier? Sie haben Hausverbot! Lassen Sie sofort Frau Martinez frei", schrie Peter seinen ehemaligen Arbeitnehmer an, den er vor zwei Wochen fristlos entlassen hatte, weil dieser mittels einer winzigen Kamera, die er in der Damendusche unbemerkt installiert hatte, seine Kolleginnen bei der Körperpflege beobachtete und dabei sexuelle Handlungen an sich vornahm. Aufgefallen war Nunez nur deshalb, weil er im Kreis seiner Kumpels nach einigen Glas Bier damit prahlte, dass er alle Weiber aus der Firma bereits nackt gesehen hatte. Weil jedoch die Schwester einer seiner Saufkumpanen ebenfalls bei Sanchez arbeitete und nach der Schicht dort duschen ging, nahm dieser sich Nunez vor. Am nächsten Tag meldete der junge Mann, was er am Abend vorher von Nunez gehört hatte. Die Duschanlage wurde sofort untersucht und dabei die Kamera gefunden. Weil Peter gerade im Büro des Personalchefs saß und mit ihm über die Aufstockung des Personals sprach, erfuhr er ebenfalls von Nunez Straftat. Peter war außer sich. Er bestellte Nunez sofort in sein Büro und stellte ihn zur Rede. Kleinlaut gab der junge Mann seine Tat zu. Peter kündigte ihn fristlos und warf ihn gleich aus der Firma mit dem Hinweis, dass er ab sofort Hausverbot habe.

„Die Titten von der Martinez habe ich leider noch nie nackt gesehen. Die feine Dame duscht ja auch nicht in der Firma. Dafür schaue ich sie mir jetzt hier in Ruhe an, Chef. Du kennst sie ja sicher schon. Welcher Chef vögelt nicht seine Sekretärin." Blitzschnell, ohne dass Peter etwas unternehmen konnte, griff Nunez Conzuela Martinez unters Kinn und drückte ihren Kopf weit zurück. Mit dem scharfen Messer ritzte er ihre Bluse und den BH auf. Bedingt durch ihre gespannte Körperhaltung sprangen Nunez ihre Brüste regelrecht entgegen. Gierig starrte der Psychopath auf die entblößte Oberweite. Vorsichtig spielte er mit dem Messer an ihren Brustwarzen. Peter schaltete sofort und wollte den Moment seiner Unachtsamkeit ausnutzen, doch Nunez hatte aufgepasst. „Leg die Kanone weg, Chef, sonst stech ´ ich die Kleine ab." Nunez setzte die Messerspitze bereits unter der linken Brust von Conzuela Martinez an. Sofort sickerte Blut aus ihrer Haut. Die junge Frau gebärdete sich heftig. Peter erkannte sofort, dass es besser sein würde, seine Waffe abzulegen. Er durfte das Leben seiner Assistentin keinesfalls gefährden. Sachte legte er seine Pistole auf den Boden. „So ist es gut, Chef, und nun wird mir die Kleine einen blasen, und du wirst dabei zuschauen. Rühr dich nicht von der Stelle, Chef, sonst kannst du dir morgen eine neue Angestellte suchen." Ohne Ankündigung riss Nunez Conzuela Martinez ziemlich heftig die Computermaus am Kabel aus ihrem Mund. Voller Angst schrie sie los. Mit der rechten Hand führte Nunez sein Kampfmesser zurück an ihre Kehle, während er mit der linken seine Hose öffnete. Was Nunez nicht bemerkt hatte war der rote Punkt, der bereits seit einigen Sekunden über seinen Körper huschte. Als er in seine Hose griff, brach ein schallgedämpfter Schuss. Nunez ließ sein Messer fallen. Noch während er rücklings zu Boden stürzte, starb er am Projektil aus der Polizeiwaffe. Im selben Moment füllte sich das Büro mit Sondereinsatzpolizisten. Ein Notarzt betrat ebenfalls den Raum, doch für Nunez kam jede Hilfe zu spät. Peter reagierte sofort. Er steckte seine Waffe ein, nahm sich seinen Blazer von seinem Sessel und legte ihn über den Körper von Conzuela Martinez. Rasch befreite er seine Assistentin noch von ihren Handfesseln. „Alles OK, Conzuela?" Sie nickte nur und erhob sich von ihrem Sessel. Weinend fiel sie Peter um den Hals, der sie sofort in seine Arme schloss. „Alles wird gut." Als die Polizeipsychologin eintraf, übergab Peter seine beiden Angestellten in deren Obhut. Es dauerte zwei Stunden, bis alle Spuren gesichert und vor allem auch beseitigt waren. Kurz vor halb sieben rief Peter Theresa an und gab Entwarnung. Gegen halb acht saßen sie alle am gemütlich eingedeckten Tisch im Esszimmer der Pousada und ließen sich von den Kochkünsten von Theresas Mutter wie auch ihrer Köchin verwöhnen.

Die Familie ließ sich ausgiebig Zeit mit dem gemeinsamen Essen. Es wurde viel gelacht und herumgealbert, und irgendwie versuchte man damit auch die Ereignisse der letzten Tage und Stunden zu verdrängen. Doch als die alte Standuhr zehn Mal ihr Schlagwerk erklingen ließ, war die Batteriekapazität der beiden jüngsten Familienmitglieder aufgebraucht. Gina marschierte alleine in ihr Zimmer und machte sich für die Nacht fertig. Bei Raoul musste Theresa noch nachschauen, ob er alle seine Zähne putzte und sich auch anständig gewaschen hatte. Natürlich durfte eine Gute Nacht Geschichte nicht fehlen, die Peter seinem jüngsten Spross aus einem dicken Märchenbuch vorlas. Gina las selbst noch ein paar Seiten in ihrem Buch. Hugo Sanchez bat seine Familie und Gäste noch auf einen Bika in die Bibliothek. Dort allerdings wurde es wieder ernst, weil die Betroffenen beratschlagten, wie es nun weiter gehen sollte. Theresa bat ihren Mann, die Kinder nach Schottland zu bringen, da ihre Praxis zurzeit einfach keinen Tag Urlaub duldete. Peter nickte zustimmend. Auf Sam wurde die Reiseplanung übertragen, der diesen Job sofort annahm. Kurz vor Mitternacht verschwanden alle todmüde in ihren Betten. Theresa kuschelte sich in Peters Arm. „Weißt du noch, wie hier alles mit uns beiden begonnen hat? Wir haben hier heimlich unsere erste gemeinsame Nacht verbracht, und du bist von hier aus mit deiner Ausrüstung gestartet, diesen Drogenbaron unschädlich zu machen. Ich weiß noch, wie wir dich hier wieder zusammengeflickt haben, nachdem dich die Leute von Ramirez am Strand zusammengeschlagen hatten. Einmal sind wir zusammen ausgeritten. Weißt du das noch, Peter? Wir wurden von diesem Cortez, der rechten Hand von Ramirez gefangen genommen. Dieses Schwein wollte meinem Pferd die Beine abhacken." „Ja, ich kann mich noch sehr gut daran erinnern." „Ich hab mich gleich in dich verliebt, Peter, und heute haben wir drei Kinder und sind eine glückliche, erfolgreiche Familie, und doch holt uns deine Vergangenheit immer wieder ein. Ich hab Angst, Peter, um uns und die Kinder." „Ich werde alles dafür tun, mein Engel, dass diese Wahnsinnigen geschnappt werden, und wir wieder unsere Ruhe finden." Wenig später hatte sich Theresa beruhigt. Ihr stetes Atmen signalisierte Peter, dass sie eingeschlafen war.

Kapitel 11

Conzuela Martinez ließ sich nicht anmerken, dass sie am Tag zuvor in ihrem Büro beinahe von einem Wahnsinnigen getötet worden war, und das sie ihr Chef mit nackten Brüsten gesehen hatte. Wie gewohnt saß sie gegen kurz nach 08:00 Uhr an ihrem Schreibtisch, bearbeitete die Post und nahm Peter eine Vielzahl an organisatorischen Aufgaben ab. „Guten Morgen, Mister McCord. Geht es Ihnen gut?", begrüßte sie ihren Chef, der etwas erstaunt wirkte, dass sie heute schon wieder an ihrem Arbeitsplatz saß. „Morgen Conzuela. Danke der Nachfrage. Mir geht es gut, doch wie geht es Ihnen? Ich wäre Ihnen nicht böse gewesen, wenn Sie nach all der Aufregung ein paar Tage frei genommen hätten." „Ach, Sie wissen doch, dass ich mich hier in der Firma sehr wohl fühle. Was soll ich da zu Hause anstellen?" „Also ich wüsste schon, was ich zu Hause anfangen könnte, wenn ich dann mal frei hätte", antwortete Peter. „Ach Chef, Sie sind verheiratet, haben Kinder, eine Familie, das ist immer etwas anderes. Ich bin Single. Mir fällt da höchstens die Decke auf den Kopf." „Na gut, das ist Ihre Entscheidung. Was liegt denn heute an?" „Ich habe Ihren Ablaufplan für heute auf Ihren Schreibtisch gelegt. Sie haben zwei Termine im Hause. Außerdem möchte Martina Colomba mit Ihnen die neue Strategieplanung mit der Fertigung und dem Einkauf durchsprechen." „Das schaffen wir doch mit links, nicht wahr, Conzuela?" Peters hübsche Assistentin lächelte ihn zustimmend an. „Aber sicher doch, Chef." Ein wenig machte ihr doch zu schaffen, dass ihr Chef sie gestern, bedingt durch das Attentat, halb nackt gesehen hatte. Entsprechend nachdenklich schaute sie plötzlich vor sich hin. Peter bemerkte ihren Sinneswandel. „Ist etwas?" „Nein, nein, Chef, alles ok." „Dann lassen Sie uns loslegen. Wer kommt denn heute ins Haus?" „Um neun Uhr dreißig besucht Sie eine Abordnung der Stadt Faro und deren Bürgermeister. Es geht um die Planung für den Aufbau der neuen Abfüllanlage. Faro möchte sich darum bewerben und Ihnen ein Angebot unterbreiten. Um vierzehn Uhr kommt der Direktor der Bank von Lissabon mit seinem Stab ins Haus." „Ach, ich weiß schon. Die Lissabonner Bänker wollen das Bauprojekt finanzieren. Was meinen Sie, Conzuela, sollen wir überhaupt fremd finanzieren oder lieber dafür Eigenmittel einsetzen?" Conzuela Martinez schaute Peter kurz an. „Bei der Masse an liquiden Mitteln Ihres Schwiegervaters könnte er die Finanzierung über die Holding sicherstellen und sich die Zinsen verdienen. Wenn wir die Lissabonner Bank damit beauftragen, ist das schöne Geld weg." „Das haben Sie sehr gut erkannt, Conzuela. Hören wir zuerst einmal, was die Bank für Konditionen anbietet. Danach fragen wir Hugo Sanchez, was er uns zu bieten hat." Conzuela Martinez strahlte jedes Mal, wenn Peter sie um ihren Rat fragte und sie anschließend lobte. „Ach übrigens: Ich bin von Mittwoch an voraussichtlich bis zum Ende der Woche unterwegs. Sie erreichen mich aber jederzeit über mein Mobiltelefon." Sie hatte mit den Jahren gelernt, nichts zu hinterfragen, dass ihr Peter als Begründung für seine Abwesenheit nicht freiwillig erzählte. „Alles klar, ich halte hier derweil die Stellung." „Sehr gut, Mädel." Peter drehte sich um und betrat sein Büro, in dem es nicht so heftig nach Desinfektionsmittel roch wie in Conzuelas. Er setzte sich hinter seinen Schreibtisch und ließ seine Rechner hochfahren. Flackernd nahmen die beiden großen Bildschirme ihre Arbeit auf. Doch noch ehe Peter in die Arbeit einstieg, stand schon seine Assistentin mit einem Kännchen frisch aufgebrühten Tees vor ihm.

Noch während er den aromatischen Tee in seine Tasse rinnen ließ, summte sein speziell gesichertes Telefon. Sam versuchte ihn zu erreichen, wie er unschwer auf dem Display ersehen konnte. „Hallo, Sam. Bist du etwa schon fleißig?" „Aber sicher doch. Ich habe eben deine Flüge gebucht. Ihr startet morgen um acht Uhr zehn in Faro mit Ryanair zum Direktflug nach Edinburgh. Deinen Rückflug nach Faro habe ich auf den kommenden Samstag, fünfzehn Uhr zwanzig ebenfalls mit Ryanair gebucht. Ist das so in deinem Sinne?" „Bewegen wir uns der Verarmung entgegen?" „Du meinst wegen der Lowcostairline? Das haben wir aber doch so besprochen, Peter." „Das war ein Scherz, Sam. Du hast alles richtig gemacht." „Du hast dir deinen englischen Humor, obwohl wir doch Schotten sind, bis heute bewahrt, stimmt´s?" „Ich denke schon." „Aber keine Sorge, ich habe die Sitzreihe über der rechten Tragfläche gebucht. So habt ihr etwas mehr Beinfreiheit, und ihr könnt soviel Gepäck mitnehmen, wie ihr mögt. Außerdem gibt es Snacks, Kaffee und Erfrischungsgetränke soviel ihr vertragen könnt. Habe ich auch gebucht." „Wenn ich mir überlege, was du so alles dazu gebucht hast, hätte ich wohl auch einen Privatjet chartern können." Peter musste laut loslachen. Sam hatte den Witz verstanden. „Jetzt rede hier nicht weiter rum, Peter, sondern sieh zu, dass du ordentlich Geld verdienst, denn meine Dienste sind nicht gerade günstig." „Damit habe ich schon gerechnet. Deshalb besucht mich heute extra der Chef der Lissabonner Bank mit seiner Kreditabteilung." Jetzt war es Sam, der aus tiefster Seele lachen musste. „Also, bis dann und pass anständig auf meine Familie auf." „Mach ich. Bis später."

Peter musste lachen, nachdem er das Gespräch beendet hatte. Sam war wirklich ein lieber Kerl und ein echter Freund. Er griff zu seiner Teetasse und schlürfte mit Genuss den heißen Earl Grey. Wieder summte sein abhörsicheres Telefon. „Sam, was hast du vergessen?", sprach Peter leise vor sich hin, während er die Tasse abstellte und den Hörer in die Hand nahm. Doch es war nicht Sam, der ihn auf der abgesicherten Leitung anrief. „Fabio hier, hallo, Peter." Der Polizeichef von Faro hörte sich übermüdet an und kam gleich zum Thema, ohne Peters Morgengruß abzuwarten. „Wir haben wieder eine sehr übel zugerichtete Frauenleiche gefunden. Es handelt sich um die ehemalige Hausdame der Ramirez, die uns damals die entscheidenden Hinweise über die zeitliche Anwesenheit des Hausherrn auf seiner Pousada gab. Die 66-jährige Dame musste lange leiden, bis sie endgültig an Herzversagen verstarb. Sie musste alle möglichen, sehr schmerzhaften Torturen über sich hat ergehen lassen. Weil Frau Rodriguez in Lissabon lebte und somit die Mordserie über die Grenze von Faro hinaus geht, hat sich das Innenministerium der Sache angenommen. Man ermittelt jetzt in alle Richtungen und hat auch die Staatssicherheit eingeschaltet. Aber es gibt noch nicht den Hauch einer Spur. Da jedoch die ganze Sache in den Bereich Faro hineinfällt, hat man mich mit der Koordination der Kräfte und der Aufklärung des Falles beauftragt." „Da hast du dir aber einen feinen Job eingehandelt, Fabio. Aber wenn du den Fall aufklärst, wirst du sicher eine Gehaltsstufe höher gesetzt und bekommst einen Job im Ministerium." „Das mit der Kohle ist ja OK, aber bloß nicht ins Ministerium." Die beiden Männer lachten. „Hast du denn überhaupt noch nichts für mich, Peter?" „Leider nein, aber unserer Terrier Sam bleibt dran. Übrigens bringe ich morgen die Kinder nach Schottland zu meinen Eltern." „Das ist eine gute Entscheidung. Da sind sie sicher aufgehoben. Sag mir bitte Bescheid, wenn du neue Informationen hast." „Ich rufe dich sofort an, sobald es Neuigkeiten gibt, Fabio."

Kapitel 12

Theresa konnte nicht behaupten, dass es ihr nicht gefiel, von ihrem schicken, erwachsenen Stiefsohn in die Praxis chauffiert zu werden. Mahmud fuhr zügig, aber sehr besonnen, so dass sie keine Angst verspürte, wenn sie auf dem Beifahrersitz Platz nahm. „Wie ist eigentlich dein Date am Sonntagabend mit dem Mädel verlaufen, das du ausgeführt hast? Du bist in der Nacht nicht mehr nach Hause gekommen, jedenfalls habe ich nichts gehört." Ein Schmunzeln legte sich auf Mahmuds Gesicht. „Das stimmt. Min Thai und ich sind erst bei Pedro Tapas essen gegangen und haben noch etwas getrunken. Sie studiert im ersten Semester Medizin in Loule. Mum, sie ist ein tolles Mädel." Das Schmunzeln auf seinen Gesichtszügen nahm euphorische Züge an. „Sie wird bald neunzehn und lebt mit ihrer Familie in Alvor, wo sie ein thailändisches Restaurant betreiben. Min Thai ist ein echter Traum. Sie ist so sanft, so einfühlsam und hört mir zu, wenn ich ihr etwas erzähle. Außerdem ist sie sehr intelligent, spricht drei Sprachen und sie ist ..." Mahmud unterbrach seinen Redefluss. „Was ist los? Ich höre dir auch gern und ausgiebig zu, wenn du mir etwas berichtest. Du kannst mir alles erzählen, und du weißt ja wie verschwiegen ich bin." „Ich hab mich total in sie verliebt, Mum, und sie liebt mich auch. Min Thai ist das schönste Mädchen, das ich je traf. Ihre Haut ist ganz weich, und sie verzaubert mich jedes Mal, wenn ich in ihre wunderschönen, braunen Mandelaugen schaue. Du Mum, kannst du mit Dad reden, damit ich mein Studium auch in Loule aufnehmen kann. In

Lissabon kenne ich niemanden, und so könnte ich sogar weiter zu Hause wohnen bleiben. Das spart ja auch eine Menge Geld." Theresa musste grinsen. „Also, am Geld wird dein Studium in Lissabon ganz sicher nicht scheitern. Opa ist doch dein Sponsor. Er hat sich zur Aufgabe gemacht, euch Dreien eine gute Ausbildung zuteil werden zu lassen. Ich werde heute Abend mit Peter reden und ein gutes Wort für dich einlegen. Aber eines steht fest: In Lissabon ist die Uni ganz sicher besser, und du hast mehr Möglichkeiten." „Das mag ja sein, aber ob ich später ein guter Arzt werde, wird sicher nicht nur an der Qualität der Uni liegen." „Das ist wohl wahr, mein großer Medizinmann."

„Du Mum, uns folgt schon eine ganze Weile ein silberner Golf. Ist das ein Wagen von Sams Leuten?" „Das weiß ich nicht, Mahmud, ich frage sofort bei ihm nach." Theresa rief über Kurzwahl unmittelbar Sams Mobiltelefonnummer auf und startete den Wahlvorgang. „Ja, Theresa, was gibt es?" „Hallo, Sam, uns folgt ein silberner Golf. Ist das ein Wagen von deinen Leuten?" „Ganz sicher nicht. Wo befindet ihr euch gerade?" „Wir fahren auf der 125 und sind an der Stadtgrenze von Faro in Höhe der Autoniederlassungen." „Ihr fahrt bitte keinesfalls zur Praxis, sondern bleibt auf der Hauptstraße und vermeidet es, irgendwo stehen zu bleiben. Ich schicke euch sofort zwei Kradfahrer zur Sicherung. Wir bleiben in Kontakt." „Du hast gehört, was Sam gesagt hat?" „Ja Mum, ich lasse den Golf jetzt erst mal herankommen, damit wir erkennen können, mit wie vielen Personen der Wagen eigentlich besetzt ist. Diese Info geben wir auf jeden Fall an Sam weiter. Dann werde ich so langsam fahren, dass der Golf uns überholen muss, um sich nicht zu outen. Ist er erst an uns vorbei, biege ich sofort ab, und wir machen uns aus dem Staub." „Sag mal, dass sind ja regelrecht einstudierte Methoden. Du schaust zu viele Agentenfilme im Fernsehen. Jetzt versteh ich erst: Die hat dir Peter beigebracht, stimmt´s?" „Reg dich bitte wieder ab, Mum. Freu dich einfach, dass ich sie beherrsche."

Mahmud blieb auf der rechten Spur der breiten Ausfallstraße und klemmte sich hinter einen alten Trecker, der gemächlich mit seinem schmächtigen Anhänger der City entgegen knatterte. Der Golf fuhr immer näher auf den C-Kombi auf, den Mahmud bereits wie im Schlaf beherrschte. „Ich kann zwei Typen erkennen, Mum, einen hinter dem Lenkrad und einen auf dem Beifahrersitz. Jetzt setzen sie zum Überholen an." Mahmud trat kurz auf die Bremse und erreichte damit, dass die Verfolger sehr schnell an ihrem Wagen vorbei fuhren. Wenig später bog Mahmud in eine kleine Querstraße nach rechts ab. Der Wagen ihrer Verfolger konnte ihnen nicht mehr folgen. Mahmud fuhr rechts ran und griff nach dem IPhone von Theresa. Sofort wählte er die Nummer von Sam. „Hi Sam, ich bin´s, Mahmud. In dem Golf sitzen zwei Männer, und ich gebe dir noch das Kennzeichen durch." Sam notierte alles und bedankte sich bei dem Jungen. „Ich kümmere mich sofort darum und melde mich." Noch während ihres Telefonats trafen zwei Mitarbeiter von Sam auf schweren Geländemotorrädern ein, die er zum Schutz geschickt hatte. Eskortiert von den beiden Sicherheitsleuten fuhren Mahmud und Theresa in die Praxis. Etwa eine Stunde später meldete sich Sam bei Mahmud über Handy. „Hi, du Nachwuchsagent, alles OK bei euch?" „Hallo, Sam, ja wir sind gut in der Praxis gelandet und schon total im Stress." „OK, Junge, dann fasse ich mich kurz. Sag Theresa bitte, dass der silberne Golf zum Fuhrpark der Kriminalpolizei von Faro gehört und mit zwei Beamten besetzt war. Fabio hatte die Kollegen zu eurem Schutz losgeschickt. Ich habe ihm gesagt, dass er solche Aktionen unbedingt mit mir absprechen soll, damit da nichts schief läuft." „Alles klar und danke für die Info, Sam. Ich gebe sie an Theresa weiter." Ihr fiel ein Stein vom Herzen, als Mahmud seine Stiefmutter über den Sachverhalt informierte.

„Peter! Sam hier", dröhnte die dunkle Stimme von Peters bestem Freund aus dem oberen Teil seines Telefons. „Hallo, Sam. Wenn du um diese Zeit anrufst und dich offiziell gibst, gibt es meistens Neuigkeiten. Ich hoffe, du hast nur gute für mich?" „Wie man´s nimmt. Meine alten Quellen beim MI6 sprudeln endlich und haben einige Infos zu Tage gefördert. Hast du einen Moment Zeit?" „Ich bitte dich, es geht um unser aller Leben, und da fragst du mich, ob ich Zeit habe? Schieß los, alter Kumpel." „Ramirez hat aus erster Ehe eine Tochter mit Namen Emanuela. Sie hat einen Hochschulabschluss als Physikerin und Medizinerin und in beiden Fachrichtungen promoviert. Emanuela Ramirez arbeitete während ihres Studiums als Model. Sie ist jetzt 29 Jahre, etwa einsachtzig groß, bildhübsch und spricht mehrere Sprachen." „Du erzählst mir bisher Dinge, die mich nicht aus der Ruhe bringen, Sam." „Dann warte mal ab, mein Lieber. Sie ist eine echte Kampfmaschine. Emanuela Ramirez ist Vizesüd-amerikameisterin in drei Disziplinen im Bereich Revolver und Pistole. Sie fliegt einen Apache Kampfhubschrauber wie andere Auto fahren und besitzt beinahe alle Flug- und Bootslizenzen. Während eines längeren Aufenthaltes in Israel erlernte sie den Umgang mit dem Abrahams Panzer. Weiterhin ließ sie sich bis zum zweithöchsten Grad im Kravmaga ausbilden, das ist eine israelische Kampfsportart." „Danke für deine Belehrung, Sam, aber Kravmaga ist auch mir bestens bekannt." „Das mag ja sein, Peter, aber sie hat während der Prüfung in dieser Kampfsportart in Jerusalem beinahe ihren Ausbilder totgeschlagen. Sie ist skrupellos und kennt keine Gnade. Ihr Herz pumpt nur Blut, um sie am Leben zu halten. Du verstehst, was ich meine. Sie hat vor zwei Jahren das Kartell, für das schon ihr Vater gearbeitet hat, übernommen und alle Führungskräfte aus dem Weg geräumt. Einige fand man nie wieder. Heute befehligt sie etwa eintausend Mann und ist schon die Nummer zwei im Drogen- und Waffengeschäft in Kolumbien, mit steigender Tendenz. Und auch im Bereich Schutzgelderpressung und Prostitution ist sie gerade in Europa stetig auf dem Vormarsch. Sie schafft sich jeden vom Hals, der sich ihr in den Weg stellt, egal ob dies Politiker, Polizeichefs oder hohe Militärs sind. Gegen die Methoden, die sie bei Untergebenen anwendet, müssen die ihres Vaters nahezu harmlos gewesen sein. Sie hat erklärt, dass sie den Tod ihres Vaters rächen wird und alle Beteiligten, die irgendwie damit in Verbindung stehen, gnadenlos und qualvoll töten wird. Emanuela Ramirez ist vor zehn Tagen mit einer Linienmaschine, aus Bogota kommend, in Lissabon eingetroffen. Sie buchte online vier Einzel-zimmer im besten Hotel am Platze und verbrachte zwei Tage und Nächte im Hotel. Während dieser Zeit hat sie mehr telefoniert als der ganze Rest der übrigen Gäste im Crowne Plaza. Sie zahlte die Zimmer sowie alle Kosten cash, und von da an verliert sich ihre Spur. Es ist nicht einmal bekannt, wie sie sich zurzeit bewegt, ob in einem Leihwagen oder sonst wie. So wie ich das sehe, hat sie ihren Rachefeldzug begonnen." Stille lag in der Leitung. „Bist du noch da, Peter?" „Ja, natürlich, Sam. Das sind keine guten Nachrichten. Wir müssen sofort Fabio Mugalla informieren. Er muss alle seine Kanäle aktivieren und versuchen, das Quartett aufzuspüren. Ehrlich gesagt weiß ich noch nicht, wie ich meine Familie gegen eine solche Armada schützen kann. Ich muss nachdenken." „Tu das, Peter. Morgen bringen wir erstmal die beiden Kleinen nach Schottland und damit in Sicherheit. Ich werde mit Chuck einen Plan ausarbeiten und festlegen, wie wir uns alle gegen Frau Ramirez nebst Anhang schützen können." „Dann legt mal los. Ich höre von dir?"

„Ja, so bald mir neue Infos vorliegen. Ich rufe jetzt erstmal Fabio an." „Alles klar, bis später."

Kapitel 13

Die völlig herunter gekommene Kaschemme im Hafen von Lissabon stand in ihrer ganzen Verkommenheit dem Stadtviertel, in dem sie lag, in nichts nach. Wer hier wohnte, hatte den Sprung auf den Zug zum sozialen Aufschwung Europas schlichtweg verpasst. In den engen Gassen stank es nach Urin und überall watete man im Dreck. Nach Einbruch der Dunkelheit und selbst am Tage war es für Fremde und Touristen äußerst gefährlich, in den engen Fluchten alleine herumzulaufen. Die meisten Bewohner des Viertels waren Kleinkriminelle, die von Gelegenheitsdiebstählen, Prostitution und Drogenhandel lebten. Paolo Rivera hielt sich mit einer Hand an der klebrigen und völlig verkratzten Theke fest, die einstmals sicher bessere Zeiten und zahlungskräftigere Zecher gesehen hatte. Auch wenn niemand wusste, woher der billige Fusel stammte, den der Wirt seinen Gästen kredenzte, die kein Geld für guten Madeira, Whisky oder Medronho hatten, zeigte dieser doch Wirkung. Drei von den kleinen Wassergläsern voll Fusel hatte er bereits in sich hineingeschüttet. Für ein viertes fehlten ihm die passenden Euros, denn er hatte in den letzten Tagen keine Aufträge bekommen und damit auch kein Geld mehr in der Tasche. Er besserte seine Sozialhilfe durch Botendienste als Fahrer für einen Drogendealer auf, den aber, wie er gestern hörte, die Bullen einkassiert hatten. Jetzt saß er ohne Geld da. Die sechzig Euro an Miete zahlte das Sozialamt, doch seinen Deckel hier in der Bodega musste er schon alleine auslösen, und der stand bei fünfundvierzig Mäusen. Die drei Huren, die genauso wie er von der Hand in den Mund lebten und wohl schon bei der Eröffnung des Ladens vor sicher hundert Jahren hier an der Theke standen, lächelten ihm viel versprechend zu. Alle drei legten sich ein wenig in ein Hohlkreuz zurück und streckten ihm ihre monströsen und kaum noch bedeckten Oberweiten entgegen. Ihre äußerst kurzen Röcke ließen viel Bein und noch so manches andere mehr erkennen. Schweiß trat Paolo auf die Stirn und ein Hitzeschwall fuhr ihm durch den Körper. Obwohl er die sechzig bereits überschritten hatte und im Alter mit den Ladies ganz sicher fast gleich auf lag, verspürte er jetzt das dringende Verlangen, eine von ihnen flach zu legen. Durch ihre lange Erfahrung mit Männern jeden Alters hatten dies die Ladies natürlich spitz bekommen. Die Brünette, die in der Mitte des Trios stand, löste sich von den beiden anderen und schwebte auf ihren ausgetretenen Highheels auf Paolo zu und lächelte ihn an. Das schwarze Minikleid, das ihr als äußerst spärliche Arbeitskleidung diente, bedeckte gerade noch so die Körperpartien, die sie ihrem Freier gegen Bares präsentieren mochte. Paolos Herz begann bei dem Anblick des lüsternen Fleisches noch heftiger zu schlagen. „Na Paolo, du siehst aus, als könntest du ein wenig Entspannung vertragen." Ganz nah trat sie an ihn heran und griff ihm ungeniert fest in den Schritt. Paolo sog den Duft ihres billigen Parfums ein, der sich mit den sauren Ausdünstungen seines Atems vermischte. Sofort griff er nach ihrer Hand und drückte diese noch fester gegen seine sich langsam aufrichtende Männlichkeit. Mit der linken Hand gab die Hure Paolo eine Ohrfeige und befreite, das Überraschungsmoment ausnutzend, ihre Hand aus seiner Umklammerung. „Du bekommst bei mir Liebe so viel und so ausgefallen wie du es magst Paolo, aber du kennst die Regel: Liebe gegen Bargeld." „Ich bin total pleite. Kann ich dir das Geld nicht später geben?" „Nein, Paolo, kein Geld, keine Liebe." Die Brünette wand sich auf dem Absatz um und bewegte sich heftig mit ihrem Hinterteil wackelnd zu ihren Kolleginnen zurück.

Aufgebracht von dieser Abfuhr schlug Paolo auf die Theke und orderte beim Wirt noch ein weiteres Glas Schnaps. „Wann zahlst du mal wieder deinen Deckel, Paolo?" „Das ist das letzte Glas, das du von mir auf deinen Deckel bekommst. Denk dran, nächste Woche ist Zahltag, und wenn du kein Geld bringst, weißt du, was dir blüht." Dass der Wirt jetzt auch wieder Stress machte, verbesserte Paolos Stimmung nicht im Geringsten. Er nickte nur, griff nach dem Glas und nippte zweimal daran. Der scharfe Fusel rann ihm die Kehle hinunter und vernebelte ein wenig seine trüben Gedanken. Er schaute in den großen Spiegel hinter dem Tresen und blickte in ein Gesicht, dass er kaum noch kannte. Was war er doch herunter gekommen. Seine Gedanken verloren sich in der Vergangenheit. Waren tatsächlich schon mehr als zehn Jahre vergangen, seit er als Fahrer vom großen Boss in Maßanzügen, schwarzen Lackschuhen und einer schweren Kanone unter dem linken Arm nur die teuersten Limousinen bewegte? Der Boss zahlte gut, und er war viel herumgekommen. Er wohnte nur in den besten Hotels, lebte von feinsten Speisen und Getränken und ständig standen ihm Mädchen zur Verfügung, die er mit einigen Jungs von ihrer Truppe im Hafen von Lissabon aus den Containern holte. Stuten einreiten hatten sie es genannt, wenn sie die meist noch minderjährigen Mädchen aus Osteuropa für ihren Job in den Bordellen vom Boss gefügig machten. Es war schon eine tolle Zeit gewesen, bis ihn plötzlich so ein schmieriger Bulle mächtig unter Druck setzte. Sie hatten ihn und zwei Jungs dabei erwischt, wie sie eine der Chicas ein wenig zu heftig ran genommen hatten. Sie wäre für den harten Job im Moonlight sowieso nicht geeignet gewesen. Als sie noch so vor der Kleinen standen und beratschlagten, wie sie an dieser Stelle wohl eine Blutung gestoppt bekommen sollten, stürmten die Bullen herein und nahmen sie alle drei fest. Irgend so ein Neider hatte sie wohl verpfiffen. Gegen ein paar Informationen über seinen Boss ließen sie ihn nach zwei Tagen Untersuchungshaft wieder frei, buchteten dafür die beiden anderen Schläger ein. Damit war er aus dem Schneider gewesen. Paolo geriet ins Schwärmen und träumte von alten Zeiten, bis er hinter sich eine weibliche Stimme vernahm. „Paolo Rivera?" Ohne sich umzudrehen antwortete er überlegen: „Wer will das wissen?" „Emanuela Ramirez." Weil er der Stimme niemanden zu zuordnen vermochte und auch der Blick in den Spiegel gegenüber kein Gesicht offenbarte, drehte er sich ruckartig um und schaute in eiskalte grüne Augen, die ihn fixierten. Ein Schauer lief seinen Rücken herunter. Er versuchte cool zu bleiben und antwortete lässig: „Und wer bist du nun?" „Emanuela Ramirez. Ich sagte es bereits. Ich bin die Tochter von Ernesto Ramirez, dem Boss." Ein Lächeln trat auf Paolos Gesicht. „Du bist die Tochter vom Boss? Du hast als kleines Mädchen einmal auf meinem Schoß gesessen, weiß du noch, als das schwere Gewitter über der Farm deines Vaters in Kolumbien tobte und der Blitz einschlug. Du hattest furchtbare Angst, und ich habe dich getröstet und beschützt. Ich freue mich sehr dich zu sehen. Brauchst du eventuell einen Fahrer?" „Schon möglich, Paolo. Warten wir es ab." Die superschlanke, sportliche Frau in dem eng anliegenden Lederanzug und den Sportschuhen trat ganz nah an den Tresen. „Wirt? Bring mir den Deckel von Paolo." „In meiner Bodega sagt man „bitte", wenn man etwas von mir haben möchte. Also?" Noch bevor der Wirt reagieren konnte, griff Emanuela ihm hinter den Kopf und schlug diesen kräftig mit der Nase voran auf die alte Thekenplatte. Das Geräusch eines berstenden Knochens war zu vernehmen und Blut spritzte auf den Tresen. „Wenn in meinem Land eine Dame einen Wunsch äußert, Gringo, wird ihr dieser von einem Gaucho umgehend erfüllt. Also, wo bleiben deine Manieren und wo ist der

Deckel?" Emanuela löste ihre Hand von seinem Hinterkopf und ließ ihn los. Ohne ein Wort zu verlieren, griff der Wirt unter die Theke und zog Paolos Deckel hervor. „Hier ist der Deckel, Lady", röchelte er und warf ihn Emanuela auf den Tresen. Sie nahm ihn in ihre Hand und errechnete den Saldo. „Hier hast du fünfzig Euro. Von dem Rest kaufst du dir eine neue Nase." Weil die drei Huren wie auch die übrigen vier Gäste in der Bodega den Wirt sehr gut kannten und ahnten, dass dieser sich nicht so von einer Frau vorführen ließ, verließen sie fluchtartig das Lokal. Noch während der Wirt sich mit einem Handtuch das Blut aus dem Gesicht wischte, öffnete sich eine Türe zum Nebenraum. Drei übel dreinblickende Männer betraten den Gastraum. „Willst du Stress machen, Lady, oder sollen wir es dir nur mal so richtig besorgen?" Ein diabolisches Grinsen breitete sich auf den Gesichtszügen der Männer aus.

Kapitel 14

Die beiden Triebwerke des Airbus verbreiteten ein kraftvolles Summen. Flug Ryanair sieben vierundzwanzig von Faro nach Edinburgh war beinahe pünktlich gestartet und nahm bereits Kurs auf die britischen Inseln. Die Anzeigen Fasten Sealt Belts waren schon eine ganze Weile erloschen. Peter, Gina und Raoul versuchten gerade in die ihnen servierten belegten Brötchen zu beißen, als Peters Handy summte. Da es den Passagieren erlaubt war, während des Fluges ihr Mobiltelefon zu nutzen, nahm Peter das Gespräch entgegen. „Fabio hier, hallo, Peter. Seid ihr auf dem Weg zu deinen Eltern?" „Hallo, Fabio. Ja, wir sind vor etwa einer halben Stunde gestartet und kämpfen gerade gegen die Gummibrötchen." „Na, hoffentlich machen da deine bereits betagten Zähne mit, Peter." „Das werden sie. Mach dir da mal keine Sorgen, Fabio. Was ist los? Du rufst mich ganz sicher nicht zum Zeitvertreib an." „Leider nein, Peter. Du hast sicher von Sam gehört, dass sich die Tochter von Ramirez nach dessen unfreiwilligem Tod auf dem Rachefeldzug befindet. Wir haben den ersten Beleg dafür, dass dem wohl so ist." „Dann schieß los, Fabio." „Wie du weißt, habe ich den Auftrag vom Innenministerium erhalten, den Fall aufzuklären und unsere Kräfte zu koordinieren. Gestern Nacht hat eine junge Frau mit langen schwarzen Haaren, etwa einsachtzig groß, die sich Emanuela Ramirez nannte, nach einem Streit mit dem Wirt in einer herunter gekommenen Spelunke im Hafen von Lissabon vier Männer getötet. Danach ist die Lady wie vom Erdboden verschwunden. Wir haben die Informationen von drei Huren erhalten, die den Vorfall mit angesehen haben. Emanuela Ramirez erschien gestern Abend plötzlich in der Bodega und sprach dort einen Gast mit Namen Paolo Rivera an. Rivera muss wohl ehemals als Fahrer für ihren Vater gearbeitet haben. Da Rivera anscheinend Schulden bei dem Wirt hatte, verlangte Emanuela Ramirez nach dessen Deckel. Der Wirt war aber mit der Art und Weise, wie sie nach dem Deckel verlangte, nicht einverstanden und so kam es zum Streit, in dessen Verlauf sie dem Wirt das Nasenbein brach. Um es der Frau heim zu zahlen, rief der Wirt nach drei Schlägern, die im Hinterzimmer Poker spielten. Als sich die drei Schläger vor der Ramirez mit ihren Springmessern aufbauten und drohten sie zu vergewaltigen, haben die Gäste sofort die Bodega verlassen. Nur Florence, das ist der Name einer der Huren, die von draußen das Szenario durch ein Fenster beobachtete, berichtet, dass die junge Frau ein großes, glänzendes Kampfmesser aus ihrem Overall herauszog. Die drei Schläger fühlten sich wohl angegriffen und sind auf Emanuela Ramirez losgegangen. Wie Florence berichtete, muss dann alles sehr schnell gegangen sein. Die junge Frau hat sich mit Füßen und Händen gegen ihre

Angreifer zur Wehr gesetzt und dies mit durchschlagendem Erfolg. Zwei der Schläger starben an Genickbruch, dem dritten trennte sie beinahe den ganzen Kopf vom Rumpf, und dem Wirt schnitt sie die Kehle durch. Du kannst dir sicher vorstellen, wie der Tatort heute Morgen aussah, als meine Kollegen dort eintrafen." „Allerdings, Fabio." „Wir wissen also jetzt genau, dass sich Emanuela Ramirez auf dem Kriegspfad befindet und jeden beseitigen wird, der an der Tötung ihres Vaters beteiligt war." „Ist für mich aber nichts Neues mehr, Fabio. Hat sie doch mit Blut an die Wände der Tatorte geschrieben." „Das ist wohl wahr, Peter. Aber da wussten wir ja noch nicht, mit wem wir es zu tun haben." „Das ändert zwar nichts daran, dass wir alle gefährdet sind. Doch ist es stets besser zu wissen, wer dein Gegner ist. Dann setz die Lady mal auf deine Fahndungsliste." „Es ist nicht nur sie, nach der wir suchen. Sie hat noch drei Komplizen aus Kolumbien mitgebracht. Das wird ein hartes Stück Arbeitet mit diesem Quartett fertig zu werden." „Dann erzähl mir hier keine Weisheiten, Fabio, sondern setz alle Hebel in Bewegung, damit wir alle geschützt und die Täter gefasst werden." „Mach ich doch, Peter, aber es wird nicht leicht werden. Die Lady hinterlässt nicht den Hauch einer Spur."

Der recht neue Airbus des Lowcostcarriers setzte hart auf der Landebahn in Edinburgh auf. Ein Fahrzeug des Flugplatzes mit vielen gelben Blinklichtern übernahm den Jet an der Landebahn und führte diesen zu seiner Parkposition. Peter entnahm dem Gepäckfach über ihren Sitzen das Handgepäck. Langsam bewegten sie sich im Strom der vielen Fluggäste der Gangway entgegen. Nicola, die erste Stewardess verabschiedete sich lächelnd von Peter und den Kindern. Vorsichtig kletterten sie die enge Bordtreppe des Jets herunter und bestiegen den Bus, der sie zum Flughafengebäude brachte. Raoul war müde und quengelte ein wenig, weil er Pippi musste. Flotten Schrittes liefen sie der Herrentoilette entgegen. „Gina, du bleibst hier jetzt stehen und rührst dich nicht vom Fleck. Sollte dir etwas komisch vorkommen, läufst du bitte sofort in die Herrentoilette. Alles OK?" Gina nickte. Er nahm Raoul an die Hand und betrat den Toilettenvorraum, wo reges Treiben herrschte. Sie gingen eine Tür weiter und fanden sofort eine Kabine, wo der Kleine endlich seine Notdurft verrichten konnte. Peter sorgte dafür, dass Raoul sich seine Händchen wusch. „Geh jetzt zu Gina vor die Türe. Ich komme gleich nach." Als Peter die Toilette verließ und vor die Türe trat, waren die Kinder verschwunden. Er war nicht der Typ, der sofort in Panik verfiel. Das hatte er sich während der vielen Jahren seiner Tätigkeit als Auslandsagent abgewöhnt, aber in diesem Fall bekam er es sofort mit der Angst zu tun. Der kleine Rollkoffer, den sie als Handgepäck nutzten, stand verwaist neben dem Eingang der Toilette. Doch von den Kindern fehlte jede Spur. Sofort hielt Peter Ausschau. Immer wieder versuchte er zu analysieren, was geschehen sein konnte und ob ein potentieller Entführer sich im Stande befand, die Kinder durch die Sperre an seinen Eltern vorbei zu leiten. Dann sah er seine Zwerge vor einem Souvenirladen stehen. Gina zerrte immer wieder am Ärmel ihres kleinen Bruders, der jedoch keine Anstalten machte, sich dort wegzubewegen. Peter atmete dreimal tief durch, nahm seinen kleinen Rollkoffer und marschierte böse dreinblickend auf seine Kinder zu. Raoul hatte sich ein kleines Kinderkörbchen genommen und darin bereits zwei Stofftiere und ein Spielauto deponiert. Gina sah ihren Vater schon von weitem auf sich zu kommen. „Dad, er ist einfach hier zu dem Laden losgelaufen. Ich konnte ihn nicht aufhalten." Peter betrat den kleinen Laden. Raoul hatte seinen Vater ebenfalls erspäht und sich offensichtlich besonnen, dass sein Treiben nicht ganz richtig gewesen war. Rasch stellte er den Korb auf dem Boden ab und verschwand durch einen weiteren Zugang nach draußen. Als Peter ebenfalls den Laden verlassen hatte, sah er Raoul, wie er sich brav die Hand seiner Schwester nahm um diese zu den Toiletten zurück zu bewegen. Nach wenigen Schritten war Peter bei seinen Kindern. Sofort schimpfte er mit seinem Sohn, der nur ganz still da stand. Damit beließ er es dann bewenden. Sie holten noch die beiden Koffer vom Gepäckband und betraten den Ausgangsbereich des Flughafens, wo bereits Peters Eltern und Angus, der Verwalter seines Vaters, auf sie warteten.

Das Hallo zur Begrüßung war groß und der Groll von Peter rasch verflogen, als seine Eltern ihre kleinen Gäste in Empfang nahmen. Er freute sich, wenn auch der Anlass nicht gerade entsprechend war, seine Eltern wieder zu sehen. Auch Angus, das Muskelpaket aus den Highlands, dessen Familie jetzt schon in vierter Generation für das Geschlecht der McCords die Verwaltung des Herrensitzes übernahm, hatte Peter die Hand geschüttelt und immer dann, wenn Angus dies tat, musste Peter nachher schauen, ob diese nicht gebrochen war. Der Herrensitz der McCords glich tatsächlich einer Festung, wenn dies auch nur ortskundige Menschen bemerkten. Raoul fand es toll, dass die Zugbrücke über den tiefen Graben auf und zu fuhr, und als Angus ihm auch noch verriet, dass in der Tiefe des Grabens ein Ungeheuer hauste, dass die Burg von Oma und Opa beschützte, wollte er dies natürlich sofort sehen. Wie Angus aus dieser Nummer wieder herauskommen würde, hätte Peter gern gewusst, doch fehlte ihm dazu leider die Zeit. Überhaupt schien ihm, dass er bei seinen Kindern mit dem Betreten des Herrensitzes seiner Eltern abgemeldet war. Nach dem Abendessen verbrachten seine Eltern, Angus, dessen Frau Angie und Peter noch ein paar Stunden gemeinsam in der Bibliothek bei einem guten Glas schottischem Malt

Whisky. Peter berichtete in groben Zügen, was geschehen war, und warum er sich so um seine Familie sorgte. Seine Mutter bat ihn, besser sie flehte ihn beinahe an, doch Theresa, Mahmud, Sam und Ricarda wie auch seine Schwiegereltern hierher nach Schottland zu bringen, bis die portugiesischen Behörden Emanuela Ramirez und ihre Komplizen gefasst hatten. Doch weil dieser Vorschlag eine Menge unüberwindbarer, organisatorischer Probleme mit sich brachte, konnte Peter ihn leider nicht annehmen.

Kapitel 15

„Wo bringt ihr mich hin? Ab morgen kann ich doch wieder für dich fahren. Ist beinahe wie in alten Zeiten. Baust du hier eine neue Organisation auf, Emanuela?" „Schon möglich", gab sie sich eher wortkarg. „Wohnt ihr im Hotel oder hast du schon eine neue Pousada gekauft?" „Halt´s Maul, Paolo, und sei so lange still bis du etwas gefragt wirst." Dem ehemaligen Fahrer von Ernesto Ramirez war die ganze Situation nicht geheuer. Obwohl er doch vier Gläser Schnaps in sich hinein geschüttet hatte, schien er bereits wieder nüchtern zu sein. Er bemerkte jedoch sofort, dass sie Lissabon in südlicher Richtung verließen. Wenig später nickte Paolo Rivera ein, ein Tribut an den Alkohol, der seinen Körper wohl doch noch nicht ganz verlassen hatte und an die monotone Fahrweise. Etwa zwei Stunden später erwachte er. Der Fahrer der schwarzen BMW 5er Limousine hatte wohl den Tempomat eingeschaltet, da der Wagen kontinuierlich einhundertdreißig Stundenkilometer fuhr. Paolo erblickte im Vorbeifahren ein Autobahnschild, das ihm signalisierte, dass sie sich auf dem Weg an die Algarve befanden und dort sicher in etwa neunzig Minuten eintreffen würden. Emanuela saß rechts neben ihm und schlief. Sie hatte ihren Kopf gegen die Kopfstütze gelehnt. Bei jeder

Bodenwelle berührte ihr linker Oberschenkel seine rechte Hand. Er fühlte das weiche, markant duftende Leder ihres Overalls. Er ließ seinen Blick über ihren Oberkörper wandern. Starr fixierten seine Augen, die sich wie zwei Magnete an ein Stück Stahl geklemmt hatten, ihre linke, kräftige Brust, die sich langsam im Rhythmus ihrer Atmung auf und ab bewegte. Vielleicht baute die Kleine ja tatsächlich eine neue Organisation auf, und wenn erst mal wieder der Nachschub an Frischfleisch floss, würde er sich schon die richtigen Chicas in ausreichender Menge aussuchen. Er brauchte jetzt einen neuen Anzug und eine Kanone. Paolo gab sich wieder seinen Träumen hin und schloss die Augen.

Er musste wohl wieder eingeschlafen sein, denn als die Limousine abrupt anhielt, konnte er durch das geöffnete Schiebedach die salzige Brise der Algarve riechen. Er wollte sich schon ausgiebig recken und strecken als Emanuela ihn anfuhr: „Halt bloß deine schmierigen Finger bei dir, Paolo, sonst schneide ich sie dir ab." Etwas irritiert über die Art, wie die Kleine mit ihm sprach, ließ er sich zurück in die Polster sacken. „Los, raus jetzt", herrschte ihn einer der merkwürdigen Typen an, die für Emanuela arbeiteten. Langsam krabbelte Paolo aus dem Fond des BMW und stellte sich auf seine Füße. Jetzt reckte und streckte er sich ausgiebig. Doch sie hatten nicht eines der vielen Fünf Sterne Hotels der Umgebung angefahren, sondern eine ziemlich heruntergekommene Kate mit einer angeschlossenen Industriebrache. Er konnte nicht einmal genau sagen, in welcher Region der Algarve er sich gerade befand. „Da rein", vernahm er die raue Stimme von Emanuela. Er verspürte starken Durst nach der langen Fahrt und sein Magen knurrte ebenfalls. „Kann ich ein Glas Wasser bekommen und etwas zu essen?" „Setz dich da auf den Stuhl und rühr dich nicht von der Stelle, Paolo." Allmählich stank ihm die unmögliche Behandlung.

„Was ist eigentlich los, Emanuela? Ich habe dir nichts getan, und ich würde gern wieder für dich als Fahrer arbeiten, so wie ich es für deinen Vater auch getan habe." „Du glaubst doch nicht im Ernst, Paolo, dass ich einen Verräter wie dich für mich arbeiten lassen werde?" „Ich habe niemanden verraten." „Und ob! Du hast den Bullen die Fahrtrouten und Zeiten verraten, die mein Vater stets geheim hielt, du dreckiges Verräterschwein. Und genau dafür wirst du jetzt büßen."

Paolo war zwar bereits ein paar Jahre aus dem Geschäft, doch dass weder mit der Kleinen noch mit ihren Schlägern gut Kirschen essen war, daran bestand für ihn kein Zweifel. So wie Emanuela gestern Nacht mit dem Wirt und seinen Schlägern umgegangen war, gab es für ihn nur eins: Er musste schnellstens den richtigen Moment abpassen und verschwinden, solange ihm dies noch möglich war. Als zwei der Jungs schwere Koffer aus dem Kofferraum des BMWs ausluden und fortschleppten und die Ramirez und der dritte Typ abgelenkt schienen, sprang er von seinem Stuhl auf und rannte los. Er kam nicht einmal bis zur Straße. Erst vernahm er ein pfeifendes Geräusch, dann rissen ihn Seile und Kugeln von den Beinen. Einer der Jungs hatte ihn mit einer Bola, einer einfachen Fangeinrichtung wie sie die südamerikanischen Gauchos verwenden, wenn sie Rinder jagen, erwischt. Paolo war aus vollem Lauf lang hingeschlagen. Seine blutigen Knie schmerzten heftig, genauso wie sein Brustkorb und sein Gesicht, auf das er ungebremst gestürzt war. Emanuela rannte wutschnaubend auf ihn zu. „Du mieses Stück Dreck hast also doch ein schlechtes Gewissen und wolltest abhauen." Mit Wucht trat sie mehrfach gegen seinen Körper. „Steh auf, du Ratte, sonst schlage ich dich tot wie einen streunenden Hund. Los jetzt." Wieder und wieder trat sie auf den nur noch wimmernden Mann ein, der versuchte sich mit seinen Händen vor der Gewalt der Tritte zu schützen. Plötzlich tauchten zwei ihrer Schläger auf, die ihn rechts und links unterhakten und anschließend in die alte Produktionshalle der Ziegelei schleppten. Paolo hatte noch nicht ganz begriffen, wie ihm geschah, als sie seine Hände an einen Flaschenzug fesselten und ihn in die Höhe zogen. Sofort schmerzten seine Handgelenke wie auch die heftig geprellten Rippen in seinem Brustkorb. „Was hast den Bullen damals über meinen Vater gesteckt, als sie dich verhaftet hatten?", schrie Emanuela ihn an, die es sich auf einem Stuhl unweit von ihm gemütlich gemacht hatte. „Ich hab denen gar nichts gesagt, ehrlich, ich wusste doch auch von nichts." „Du hast den Bullen gesagt, wohin du meinen Vater immer fahren durftest, und zu welcher Zeit und wann du ihn wieder nach Hause fahren solltest." „Das ist nicht wahr. Ich habe deinen Vater nicht verraten." Paolo schwitzte stark. „Zieht ihn aus!" brüllte Emanuela ihren Schergen zu, die sich dies nicht zweimal sagen ließen. Mit ihren großen Messern zerschnitten sie Paolos verwahrlosten Anzug, bis er völlig nackt nur noch mit seinen Schuhen bekleidet an dem Seil hing. Die beiden Männer banden noch Seile an seine Fußgelenke und zogen seine Beine weit auseinander. Emanuela erhob sich von ihrem Stuhl. Sie öffnete die Reisetasche, die der dritte Schläger ihr gebracht hatte und entnahm dieser eine Reitgerte. „Schluss mit lustig, Paolo."

„Du hast wirklich ein Händchen dafür wie man mit Kindern umgeht, vor allem wenn sie krank sind, Mahmud. Ich bin richtig stolz auf dich." „Danke Mum, aber es macht mir ja auch viel Spaß hier in deiner Praxis zu arbeiten. Das Klima unter den Mitarbeiterinnen ist toll und die kleinen Patienten akzeptieren mich. Ich glaube, dass Kinderarzt der richtige Beruf für mich ist." Theresa bemerkte sofort, dass Mahmud irgendetwas bedrückte. „Das würde mich sehr freuen, wenn du irgendwann mal meine Praxis übernehmen und in meinem Sinne fortführen würdest. Also meine Unterstützung dafür hast du. Ist irgendwas?" „Nöööö." „Mahmud, ich kenne dich jetzt lange genug um zu sehen, dass dich irgend bedrückt. Also raus mit der Sprache." „Hast du gestern Abend noch mit Peter darüber gesprochen, dass ich lieber in Loule studieren würde als in Lissabon?" Theresa spielte gleich die Ahnungslose. „Ich sollte mit Peter über den Ort deines Studiums reden? Das muss ich glatt vergessen haben." Theresa musste sehr an sich halten, nicht laut los zu lachen, als sie in Mahmuds bedrücktes Gesicht sah. „Natürlich habe ich mit Peter über dich geredet. Er hat zwar nicht gleich, aber doch später zugestimmt. Opa wird in den nächsten Tagen den Dekan von Loule anrufen. Die beiden sind alte Jagdfreunde. Er wird ihn bitten, deiner verspäteten Immatrikulation für das kommende Erstsemester noch zuzustimmen." Mahmuds Freude war grenzenlos. Er sprang von seinem Stuhl auf und hob Theresa in die Luft. „Danke Mum. Du hast mir eine Riesenfreude gemacht." „Hilfe, lass mich wieder runter. Du zerdrückst mich noch." Sanft stellte er Theresa auf ihre Füße. „Ich würde mich aber sehr freuen, wenn du mir deine Freundin einmal vorstellen würdest. Bring sie doch mal zum Essen mit auf die Pousada." „Das ist eine tolle Idee. Gern, morgen Abend?" „Lass uns den Besuch auf Samstagabend verschieben, wenn Peter auch im Hause ist. So kann er ebenfalls gleich den Grund für die Änderung deines Studienortes kennen lernen." Die beiden mussten lachen. „Ruf bitte Sam an. Wir machen jetzt hier noch Klar Schiff, und dann möchte ich nach Hause. Ist schon wieder fast sieben Uhr geworden." „Wird sofort erledigt, Mum." Besonders ausgebildete Arzthelferinnen desinfizierten alle Liegen, Tische und Stühle und schalteten parallel dazu die Sterilisatoren ein, um die Praxis für den kommenden Tag wieder clean zu machen. Gegen halb acht trafen Chuck und zwei seiner Männer ein, die

Theresa und Mahmud zur Fahrt nach Hause abholten. Das Personal von Theresa wunderte sich zwar ein wenig darüber, warum ihre Chefin jetzt seit einigen Tagen von Sicherheitspersonal eskortiert wurde, doch sie fragten nicht nach dem Grund.

Kapitel 16

„Benito, komm, wir haben jetzt genug Frischfleisch ansehen müssen. Ich bin verheiratet und kann mich nicht jeden Abend abreagieren wie du es machst als Single. Meine Frau ist abends total kaputt. Sie kümmert sich um die beiden Jungs und arbeitet halbtags noch als Zimmermädchen." Benito saß grinsend auf seinem Quad und zog an seiner Zigarette. „Hättest halt nicht so früh heiraten und Maria zwei Kinder machen sollen, Claudio." „Unsinn, ich liebe meine Kinder und Maria. Außerdem bin ich ein richtiger Familienmensch. Jeden Abend auf die Rolle ist nix für mich." Die beiden Streifenpolizisten, die mit ihren geländegängigen Quads den Strandabschnitt zwischen Albufeira und Quarteira kontrollierten, nahmen wieder ihre Ferngläser in die Hand und überprüften den Strand auf irgendwelche Besonderheiten. Doch in ihrem Abschnitt war es ruhig. Der Atlantik zeigte sich von seiner besten Seite und plätscherte sanft an den Strand. Die meisten Badegäste packten bereits ihre Decken und alle übrigen Badeutensilien zusammen, da die Sonne sich allmählich hinter den Horizont zurückzog. Nur noch wenige verliebte Pärchen blieben sitzen und genossen den Sonnenuntergang. „Komm, lass uns losfahren, Benito. In einer Stunde ist Dienstschluss, und wir müssen noch das Gebiet um die alte Ziegelfabrik überprüfen." Die beiden Streifenpolizisten zogen sich ihre Helme auf und verkabelten ihren Bordfunk. „Wow, schau dir die Kleine da vorn an, Claudio, das ist doch mal ein wirklich schönes Geschöpf." „Jetzt hör endlich auf, den Mädels nachzuschauen, Benito, und starte deine Karre. Wir müssen los."

Knatternd schossen die beiden Quads in einer Wolke aus Sand und blauen Abgasen die leichte Steigung der Düne hoch. Irgendwie wirkten die beiden Streifenbeamten wie zwei Cowboys, die lässig der untergehenden Abendsonne entgegen ritten. Das Gelände der alten Ziegelei wurde seit Beginn der Urlaubssaison immer wieder von Rucksacktouristen als kostenloses Übernachtungsdomizil genutzt. Zwar war der Komfort gleich null, doch die Nähe zum Meer lud zum Grillen und Chillen ein. Dies war jedoch von der Bezirksregierung strikt verboten worden, weil der Boden mit Ölen und anderen Trennmitteln kontaminiert war und überall Teile alter Formen und Werkzeuge herumlagen, die böse Verletzungen hervorriefen, wenn man dort unachtsam, angetrunken und barfuß durch den Sand lief. Da es ständig zu Verletzungen bei den Jugendlichen kam, die dort heimlich Feten veranstalteten, sich heftig betranken und anschließend übernachteten, hatte das Ordnungsamt das Gelände komplett eingezäunt. „Das Tor ist verschlossen und unversehrt", quäkte es Benito ins Ohr. „Ich schaue mir das für unseren Bericht mal genau an. Jetzt sind wir einmal hier, also kann ich da auch mal ein Auge drauf werfen." „Kennst du das Gelände, Claudio?" „Nur von außen, wieso?" „Weil ich da schon mal heftig mit ein paar Freunden und eine Horde Mädels gefeiert habe. War eine tolle Sache." „Du lässt auch nichts aus." „Na und? Ist aber auch schon eine ganze Weile her." Benito schaltete den Motor seines Quads ab und stieg aus dem Sattel. Claudio tat es ihm gleich. Gemeinsam streiften sie ihre Helme ab und traten an das Tor der alten Industriebrache heran. Die beiden Enden einer schweren Stahlkette, die mehrfach um die Torpfosten gewickelt war, wurden von einem großen Vorhängeschloss zusammengehalten. „Siehst du,

Benito, alles dicht." „Ja, hattest Recht, Claudio." Benito trat mehr aus Übermut gegen das Tor, das unerwartet aufschwang. „Doch nicht alles dicht. Es sollte wohl nur so aussehen. Komm, schauen wir mal nach, wer sich hier herumtreibt." Die beiden jungen Polizisten zogen ihre Gummiknüppel aus den Gürtelhaltern und betraten das Gelände. Die Türe zur alten Kate, die einmal als Büro gedient hatte, war nur angelehnt. Claudio überfiel ein mulmiges Gefühl. Wie oft waren sie schon in leer stehende Gebäude eingedrungen und wurden dabei von Drogensüchtigen im Rausch angegriffen. Ein blaues Auge war meist die geringste Blessur, die er dabei davon getragen hatte. Einmal hatte ihm gar ein Junkie mit seinem Messer in den Oberschenkel gestochen. Deshalb ließ er äußerste Vorsicht walten und packte seinen Gummiknüppel nun mit beiden Händen. Benito war da stets mutiger. Beherzt lief er durch die Räume. „Hier ist Niemand, Claudio." „Aber hier hat vor gar nicht langer Zeit noch jemand etwas auf einem Campingkocher warm gemacht. Schau her." In einer Ecke auf einem wackeligen Tisch befand sich ein mobiler Kocher, in dem offensichtlich ein undefinierbares Fleischgericht aufge-wärmt wurde. „Da ist Blut auf dem Boden. Sieh dir das an, Benito." „Ach, das ist sicher Tomatensauce." Claudio fingerte bereits ein Papiertaschentuch aus seiner Lederhose und tupfte es in die ziemlich großen, roten Tropfen auf dem Fußboden. „Hier, riech mal: Das ist der typische Geruch von Kupfer und Eisen. Das ist Blut." „Du hast Recht, Claudio, und die Tropfen führen zu der Türe dort, die in die Halle abgeht." Ein wenig ratlos schauten sich die beiden Männer an. „Sollen wir Verstärkung anfordern?" „Wegen ein paar Blutstropfen? Der Capitano schickt uns zwei Wochen lang Parkuhren kontrollieren, wenn er uns umsonst eine Streife schickt, und das Gelächter der Kumpels, na, du weißt schon." „Ja gut. Dann schauen wir nach." Claudio zog seine Waffe aus dem Gürtelholster und ging voran. Er stoppte kurz vor der Türe. „Auf drei!" Auch Benito hielt die Glock im Abschlag. Claudio riss die Türe auf und sprang in die sich im starken Zerfall befindliche Werkhalle. Benito folgte ihm, sicherte seinen Rücken und bot ihm für den Ernstfall Deckung.

„Was ist das für eine Schweinerei", brüllte Claudio unvermittelt los und erbrach sich sofort. Benito stand wir angewurzelt in der Türe und starrte auf die blutigen Überreste eines menschlichen Körpers, der von der Decke herabhing. Hastig schüttelte er sich und griff instinktiv an den Gürtel seines Kameraden, den er zitternd und hyperventilierend in den Büroraum zog. Benito setzte seinen Kollegen auf einen Stuhl und rief die Zentrale. Zwanzig Minuten später standen Fabio Mugalla, der Gerichtsmediziner und das ganze Team der Spuren-sicherung in der Fertigungshalle. „Gegen die Ramirez und ihre Helfer ist Hannibal Lektor ein Waisenknabe", kommentierte der erfahrene Gerichtsmediziner das Szenario. „Da gebe ich dir Recht, Raffael. Dann finde mal heraus, wie viele Tode das Opfer wohl gestorben ist, und ich versuche anhand der verstümmelten, sterblichen Überreste herauszufinden, mit wem wir es überhaupt zu tun haben." „Alles klar, Fabio, gehen wir ans Werk." Der Gerichtsmediziner und seine Mitarbeiter streiften weiße Einmaloveralls über und entnahmen einer Menge Stahlkoffer Kameras und sonstiges Equipment. Einhellig war jedoch bei allen die Meinung, so etwas zuvor noch nie gesehen zu haben.

Kapitel 17

„Kann ich nicht für immer hier bleiben und Ritter werden, Daddy?" Alle, die mit am Frühstückstisch der McCords im Herrenhaus ausgiebig speisten, mussten laut loslachen. „Ach, Raoul, die Zeit der alten Ritter ist lange vorbei",

84

klärte Peters Bruder seinen Neffen auf. „Heute tragen die Soldaten keine Rüstungen mehr. Die sind viel zu schwer, und mit Pferden ziehen sie auch nicht mehr in die Schlachten oder erobern Burgen. Ich habe eine echte Kinderrüstung für dich zum Ausprobieren. Die kannst du gleich mal anziehen." „Bohhh, wirklich?" „Und wir satteln dir das kleine Pony. Dann bist du ein echter Ritter. Was meinst du?" „Au jaaaaa." Gina hatte nur noch Augen für das neue Smartphone, das sie von Oma und Opa geschenkt bekommen hatte. Irgendwann wurde es Peter dann doch zu viel. „Jetzt leg das Ding bitte mal weg, Gina. Wir frühstücken und du hast noch nichts gegessen. Außerdem ist es sehr unhöflich, sich nur mit diesem elektronischen Ding zu beschäftigen, während wir uns unterhalten." Murrend legte die pubertierende Lady ihr Spielzeug bei Seite. „Wann fliegst du nach Hause, Daddy?", fragte sie ihren Vater. „Ist das jetzt ein Rauswurf, damit du weiter spielen kannst?" Das Grinsen, das über ihre Züge huschte, sprach Bände. „Angus bringt mich in einer Stunde zum Flughafen."

Sorgenfalten lagen auf der Stirn der Senioren McCord, als sie ihren erstgeborenen Sohn zurück an die Algarve verabschiedeten. Angus und zwei der Sicherheitsleute des Herrenhauses sicherten den schweren Range Rover. Peter legte sein Bordcase in das Gepäckabteil des Geländewagens, bevor er sich von seinen Eltern, seinen Kindern und seinem Bruder und dessen Frau verabschiedete. „Lasst doch zu Hause einfach alles stehen und liegen und kommt zu uns in die Highlands, Peter, bis die Polizei die Bande festgenommen hat. Hier seid ihr absolut sicher, und satt bekommen wir euch auch." „Ach Dad, wenn das alles mal so einfach wäre. Ich bin an das Leben mit der Gefahr gewöhnt, auch wenn ich mich schon sehr gut mit dem ruhigeren Leben an der Algarve angefreundet habe und dies nicht mehr missen möchte. Mach es mir jetzt nicht noch schwerer als es schon ist." Stocksteif stand seine Mutter da, mit der Disziplin einer schottischen Adligen, die sich ihre Gefühle nicht anmerken ließ. Doch als Peter sie in seine Arme nahm, weinte sie. „Pass gut auf dich und Theresa und natürlich auch auf Mahmud auf. Ich liebe dich, mein Sohn. Bitte komm bald gesund mit deiner Familie hierher und hol deine Kinder ab. Sie brauchen dich." Nach diesen Worten wandte sie sich ab und rannte ins Haus. „Was hat Oma? Warum weint sie, Daddy?" „Oma ist traurig, dass ich schon wieder weg fliegen muss." Peter nahm den Kleinen auf den Arm und drückte ihn noch einmal fest. Selbst Gina ließ sich von ihm noch einmal herzen, bevor er in den Range Rover stieg und davon brauste.

„Wenn du Leute von uns benötigst, Peter, sag mir einfach Bescheid. Ich bringe so viele mit, wie du für richtig hältst." „Ich danke dir, Angus, aber wir sind bei Sam und Chuck in den besten Händen. Auch Fabio Mugalla wird alles daran setzen uns zu schützen, da auch sein Name ganz oben auf der Liste der Rächerin stehen dürfte." Danach schwiegen alle und saßen vor sich hin blickend im Fahrzeug. Nicht einmal das Autoradio wurde eingeschaltet. Das Summen von Peters Handy sorgte für eine Unterbrechung des Schweigens. „Hallo, Peter, Fabio hier. Geht es dir gut?" „Mit geht es gut. Hier ist alles ruhig, aber du hörst dich sorgenvoll an." „Damit liegst du vollkommen richtig." „Ich sitze, also schieß los! Was ist passiert? Ist etwas mit meiner Familie oder deiner Frau?" „Gott bewahre, nein. Zwei Streifenbeamte haben gestern im Zuge einer Routineüberprüfung der alten Ziegelei die Leiche des ehemaligen Fahrers von Ramirez gefunden. Oder wenigstens das, was noch von ihr übrig war." „War das nicht dieser Rivera, der dir damals den entscheidenden Tipp gegeben hat, wann Ramirez zu Hause weilte?" „Genau jener. Und wie sehr Emanuela

Ramirez Rivera diesen Verrat übel genommen hat, kann man gut ergründen, nachdem die verstümmelte Leiche obduziert wurde." Direkt neben Peter saß Angus, der das Gespräch als einziger in vollem Umfang mitverfolgen konnte. „Peter, sie haben Rivera bei lebendigem Leib kastriert, ihm noch seinen Schwanz abgeschnitten, dann alles fein püriert und ihm in den Rachen gestopft. Rafael Munos, unser Pathologe, hat Teile seiner Genitalien in seinem Magen und in der Speiseröhre gefunden. Ich habe noch nie von so unvorstellbarer Grausamkeit gehört, geschweige denn ähnliches gesehen." Angus zog die Augenbrauen hoch. „Keine erbauliche Beschreibung, die du da von dir gibst, Fabio. Habt ihr denn wenigstens neue Erkenntnisse?" „Ja, wir haben Fingerabdrücke von zwei Männern sichergestellt, die per internationalem Haftbefehl gesucht werden. Zwei ganz üble Burschen aus Kolumbien, die für Geld alles tun und dem neuen Kartell von Emanuela Ramirez angehören. Vermutlich dürfte auch der dritte Mann dem Team des Kartells angehören. Wir haben darüber hinaus Reifenprofile sichergestellt, die zu einem Fünfer BMW gehören. Es handelt sich um Spezialreifen, die nicht platzen können. Ich habe gestern sofort im Umkreis von hundert Kilometern Straßensperren errichten lassen, doch bisher haben wir das Fahrzeug nicht gefunden. Es gibt keine Zeugen. Das Quartett ist wie vom Erdboden verschwunden. Jeder Taxifahrer, jede Hotelrezeptionsmitarbeiterin, jeder Streifenpolizist ist sensibilisiert. Doch da niemand weiß, wie Emanuela Ramirez und ihre drei Schlächter aussehen, ist die Chance, dass sie auf offener Straße erkannt werden, gleich null. Es ist einfach alles Scheiße, Peter. Wann bist du wieder hier?" „Wenn alles pünktlich abgeht, landet mein Flieger gegen fünfzehn Uhr in Faro." „Wirst du abgeholt?" „Sam hat das schon organisiert." „OK, ich schicke dir auch noch zwei zivile Fahrzeuge zur Absicherung." „Danke dir, ich melde mich dann von der

Pousada meiner Schwiegereltern bei dir." „Ach, noch etwas ..." Peter bemerkte sofort, dass sein Freund herumdruckste. „Was ist los, Fabio?" „An einer Wand in der Ziegelei stand zu lesen: `Jetzt holen wir uns dich, Mugalla, und auch McCord, und auch vor euren Familien machen wir nicht halt. Wir werden niemanden verschonen, bis auch der letzte von euch im Dreck verfault.` Peter? Ich habe Angst! Angst um Veronique, Theresa, Mahmud und auch um Sam und Ricarda." „Jetzt reiß dich bitte mal zusammen, Fabio. Du bist der Polizeichef des gesamten Distriktes, und es ist verdammt noch mal dein Job, alle Menschen zu schützen. Ordne deine Kräfte und teile sie entsprechend ein. Gegebenenfalls musst du halt noch Agenten vom Staatssicherheitsdienst anfordern, damit du die Situation im Griff behältst." „Das weiß ich ja alles. Aber wenn Veronique oder euch etwas zustößt, würde ich mir das nie verzeihen." „Deshalb agiere jetzt und warte nicht, bis du nur noch reagieren kannst. Ich bin in wenigen Stunden zurück. Halt die Ohren steif, Kumpel." „Mugalla hinterließ nicht gerade den Eindruck, als wäre er eine große Hilfe für dich." „Ach, Angus, er hat Angst um seine Frau und uns. Nach dem, was er an Leichen ansehen musste, die das kolumbianische Quartett zurückgelassen hat, habe ich Verständnis für ihn." „Peter, mein Angebot steht nach wie vor. Wenn du möchtest, komme ich mit meinen beiden Brüdern und einigen gut ausgebildeten Soldaten an die Algarve, um dich im Kampf gegen diese Verbrecher zu unterstützen. Das ist mein Ehrenwort. Du weißt, was das für mich als Highlander bedeutet." „Ja, Angus, ich weiß, dass dein Ehrenwort kein leeres Geschwätz ist." Wenig später bog der Range Rover von der Hauptstraße Richtung Flughafen ab und erreichte nach wenigen hundert Metern die Depatureebene. Geschickt zwängte der junge Fahrer den schweren Geländewagen in eine Parktasche direkt vor dem Eingangsbereich. Alle vier

Insassen stiegen gleichzeitig aus dem Wagen. Peter entnahm dem Gepäckfach seinen Koffer und wunderte sich, dass Dunkelheit um ihn herum vorherrschte. Der Grund dafür waren Angus und seine Jungs, die ihn mit ihren Körpern abschirmten. „Jetzt lasst mal gut sein, Jungs, ich danke euch für eure Fürsorge, doch ab jetzt komme ich alleine klar." Angus standen Tränen in den Augen, als er Peter umarmte und auch seine beiden Mitarbeiter schauten eher betroffen drein. „Wir sehen uns bald wieder, Jungs, ganz sicher, und dann machen wir ein Fass auf." Stumm nickten sie Peter zum Abschied zu, der sofort durch die elektrische Schiebetüre die Abflughalle betrat. Niemanden war zu diesem Zeitpunkt zum Feiern zu Mute. Sie ahnten, dass Peter noch zehnfach durch die Hölle würde gehen müssen, und wie sehr sie mit ihrer Vorahnung Recht behielten, würde er alsbald erfahren.

Peter trat vor die große Anzeigetafel und suchte mittels seiner Flugnummer nach dem Counter für die Abfertigung. Als er sich gerade umdrehen wollte, verspürte er einen Schlag gegen seine linke Jackenseite. Instinktiv und blitzschnell mit hundertfach eingeübtem Reflex packte er zu und bekam die Hand einer jungen Frau zu fassen. Ohne besonders Rücksicht auf ihr Geschlecht zu nehmen, warf er sie zu Boden. Sofort kniete sich Peter auf ihren Arm. Die Lady war unmittelbar kampfunfähig. Zwei Polizisten, die den Vorfall verfolgt hatten, eilten Peter gleich zu Hilfe. „Hallo, Sir. Das haben Sie sehr professionell gemacht. Wir nehmen die Dame in Gewahrsam. Sie ist eine Taschendiebin und uns nicht ganz unbekannt." Peter erhob sich und vernahm das Geräusch von einrasteten Handschellen. „Danke, meine Herren. Ich muss meinen Flieger erreichen. Wenn Sie meine Aussage benötigen, gebe ich Ihnen meine Karte. Senden Sie mir bitte die auszufüllenden Vordrucke an diese Mailanschrift." Peter bemerkte, dass seine rechte

Hand zitterte. Sollte die ganze Geschichte mit der Ramirez ihn doch mehr belasten als er sich wirklich eingestand? Er bedankte sich bei den beiden Polizisten und wendete sich dem Counter für die Abfertigung zu. Eine lange Schlange aus Fluggästen empfing ihn dort, der er sich als letzter anschloss. Wenig später standen die beiden Polizisten plötzlich neben ihm. „Ist noch etwas?" „Ja, Sir, wir haben den Auftrag, Sie von Simon Sharp zu grüßen und bis zu Ihrem Abflug für Ihre Sicherheit zu sorgen." Langsam wurde Peter die ganze Geschichte unheimlich. Zwar berichtete er dem Chief des MI6, was sich ereignet hatte, doch hatte er ihn nicht wirklich um Hilfe gebeten. Irgendetwas stimmte nicht, wenn schon sein ehemaliger Chef seine Hand in Form der beiden Polizisten über ihn legte. Als sein Flug endlich aufgerufen wurde, bedankte er sich bei den beiden Streifenbeamten für ihre Betreuung und verließ das Flughafengebäude über die Gangway. Die Buchungsquote des Fliegers lag höchstens bei siebzig Prozent, sodass er noch eine ziemliche Auswahl an Sitzgelegenheiten vorfand. Als er sich gerade in Reihe vierundzwanzig häuslich einzurichten gedachte und sein Bordcase ins Gepäckfach über der Sitzreihe legen wollte, trat ein Flugbegleiter auf Peter zu. „McCord?" „Genau der bin ich. Was gibt`s?" „Der erste Offizier an Bord, Roger Stanfield, lädt Sie als seinen besonderen Gast in die erste Reihe ein. Würden Sie mir bitte folgen?" Er nickte nur kurz und bahnte sich hinter dem Flugbegleiter seinen Weg in die erste Reihe, die sofort mittels eines Vorhanges abgetrennt wurde. Der Stewart nahm ihm sein Handgepäck ab und legte es ins Gepäckfach. Dann vernahm Peter eine ziemlich sonore Stimme hinter sich. „Herzlich Willkommen an Bord unseres Fluges nach Faro, Mr. McCord. Mein Name ist Roger Stanfield. Nehmen Sie doch bitte Platz und lassen sich von unserem Bordservice verwöhnen." „Hallo, Captain", begrüßte Peter den Flugzeugführer.

„Bordservice bei Ryanair? Beabsichtigt ihr eure Geschäftsphilosophie zu ändern und habt mich als Versuchskaninchen auserkoren?" Der Captain musste lachen. „Nein, Sir, wir haben soeben eine dringende Vorstandsanweisung erhalten, Sie als besonderen VIP zu begrüßen. Ich denke, unsere Vorgesetzten werden ihre Gründe dafür haben." „Die würden mich allerdings auch interessieren, Captain." „Die Anweisung erfolgt ausgehend vom MI6. Mehr weiß ich leider auch nicht." „Lassen wir es also damit bewenden. Guten Flug, Captain." „Danke, Ihnen auch, Sir." Peter ließ sich in den Sitz fallen und schnallte sich an. Wenig später setzte sich der freundlichen Flugbegleiter zum Start neben ihn.

Kapitel 18

Obwohl Peter sich fest vorgenommen hatte, die Zeit im Flieger zu nutzen, um noch etwas zu arbeiten, schlief er nach dem nicht üblen Brunch, den ihm eine bezaubernde Stewardess servierte, ein. Die Landung wie überhaupt der ganze Flug gestaltete sich unspektakulär. Lässig schlenderte er aus dem Flieger. Er bewegte sich gleich dem Ausgang entgegen, da er nur Handgepäck bei sich trug und nicht am Baggagebelt auf einen Koffer warten musste. Schon von weitem erkannte er die gesamte Creme seiner Sicherheitsmannschaft. Fabio, wie auch Chuck und Sam, gefolgt von einer nicht unerheblichen Anzahl an Männern erwarteten ihn bereits. „Hallo, Peter, schön dass du endlich wieder hier bist. Noch eine gefährdete Person mehr, auf die ich aufpassen darf." „Hallo, Zusammen. Macht ihr einen Betriebsausflug zum Flughafen oder habe ich etwas verpasst?" „Mach dich nur lustig, Peter", fiel ihm Fabio gleich ins Wort. „Wir haben vor etwa zwei Stunden den Fünfer BMW gefunden, mit dem die Ramirez und ihre Männer herumgefahren sind. Besser gesagt, wenigstens das, was das Feuer von der

Karre übrig gelassen hat. Die Bande hat einen starken Brandbeschleuniger benutzt. Die Hitze war so groß, dass selbst Teile der Aufhängungen deformiert sind. Im Kofferraum fanden wir die Überreste einer männlichen Leiche, die wir jedoch noch nicht identifizieren konnten. Es könnte sein, dass es sich bei der Leiche um einen Fahrzeugführer handelt, dem sie den Wagen gestohlen haben. Wie gesagt, wir wissen es noch nicht. Tatsache jedoch ist: Die Ramirez hält sich ganz in der Nähe auf. Den schwarzen, ausgebrannten Fünfer fanden wir nahe Silves auf einem Parkplatz. Wir müssen verdammt aufpassen. Ich habe Veronique jetzt auch zur Pousada deiner Schwiegereltern gebracht." „Ich denke mal, dass war eine gute Entscheidung, Fabio. Könnt ihr mich denn jetzt auch dort hin bringen?" Ein zustimmendes Nicken erhielt er zur Antwort. Wenig später setzte sich eine Fahrzeugkarawane von sechs Autos in Bewegung. Dreißig Minuten später erreichten sie die Einfahrt zum gewaltigen Anwesen der Familie Sanchez.

Theresa fiel Peter gleich um den Hals, als er die Diele betrat. Minutenlang war sie außer Stande etwas zu sagen. „Ich bin so froh, dass du wieder bei mir bist. Wie geht es den Kleinen?" „Tja, also Gina schien froh zu sein, mich eine Zeit lang nicht sehen zu müssen, und Raoul wollte sich noch heute zum Ritter schlagen lassen. Mein Bruder hat ihm eine Kinderrüstung versprochen und sein Streitross wartet wohl auch schon auf ihn. Spaß bei Seite, Theresa: Den Kleinen geht es gut. Meine Eltern haben mich gebeten, dich und alle anderen gefährdeten Menschen ins Flugzeug zu setzen und ebenfalls nach Schottland ins Herrenhaus zu bringen. Je mehr ich darüber nachdenke, desto mehr halte ich diesen Vorschlag für sehr gut. Was meinst du, mein Engel?" „Ach Peter, ich habe zurzeit soviel zu tun und jeden Tag die Wartezimmer bis auf den letzten Platz gefüllt. Ich kann hier nicht einfach so weg." „Das glaube ich dir gern. Nur wenn du tot bist, kannst du überhaupt niemandem mehr helfen, Theresa." „Wie bist du denn drauf, Peter? Bisher hieß es doch immer, Fabio und Sam haben die Situation fest im Griff und jetzt?" „Theresa, ich habe große Angst um euch. Emanuela Ramirez mordet gefühllos und scheint keine Skrupel zu haben, so viele Menschen wie möglich zu töten, die an der Aktion gegen ihren Vater beteiligt waren. Ich möchte euch gern nach Schottland bringen. Dort seid ihr alle sicher, bis wir die Ramirez und ihre Schergen geschnappt haben. Vor allem haben wir für jede Aktion den Rücken frei. Denk einfach mal darüber nach, mein Engel." Peter öffnete die schwere Holztüre zur Bibliothek und begrüßte seinen Schwiegervater, der in einem ausladenden Ledersessel saß und in einem Waffenkatalog blätterte. „Hallo, Hugo. Suchst du schon wieder nach neuen Sammlerstücken?" „Hallo, mein Junge. Nein, nein, ich habe alle Sammlerstücke beisammen, die ich haben möchte. Ich interessiere mich nur für ein neues Jagdgewehr, dass ich Mahmud schenken möchte. Der Junge hat wirklich Talent und ein gutes Auge, was das Anvisieren von Zielen angeht. Ich bin froh, dich gesund wieder zu sehen. Seid ihr in der Sache Ramirez wenigstens einen Schritt weiter gekommen?" „Leider noch nicht wirklich. Meine Eltern möchten, dass ihr alle nach Schottland kommt, bis wir den Ramirezclan endlich festnehmen konnten. Wie denkst du darüber, Hugo?" Als sich Hugo Sanchez seinem Schwiegersohn zuwandte, bemerkte Peter erst, wie schlecht sein Schwiegervater aussah, und das ihm die ganze Sache sehr zu schaffen machte. „Mit wäre es auch mehr als lieb, wenn meine Familie und meine Freunde so lange aus der Schusslinie kommen, bis ihr diese Ramirez endlich geschnappt habt. Aber Theresa möchte nicht weg, weil sie soviel Arbeit hat." „Ich werde noch einmal mit ihr reden, Hugo. Es wäre wirklich für alle Beteiligten besser, nach Schottland zu reisen."

Peter trat ans Fenster und schaute auf den malerisch gelegenen Pool der Anlage, in dem ein junger Mann schwamm und an dessen Beckenrand ein bildhübsches, asiatisch stämmiges Mädchen stand, dass dem Jungen mit dem Fuß Wasser ins Gesicht spritzte. Dass es sich bei dem Jungen um Mahmud handelte, erkannte Peter gleich, doch das Mädel kannte er noch nicht. „Da staunst du, nicht wahr, Peter? Der Junge wird erwachsen und einen guten Geschmack hat er obendrein. Ich könnte in der Tat sein Großvater sein. Die Kleine in ihrem knappen Bikini ist ein wirklich hübscher Anblick." „Da gebe ich dir Recht, Hugo, das Mädel hat einen wirklich hübschen Körper." „Was tuschelt ihr beiden denn da wieder?" Theresa und ihre Mutter betraten gleichzeitig die Bibliothek. „Oh Mami, schau nur: Unsere Göttergatten befallen Frühlingsgefühle", stellte Theresa fest, als sie in die grinsenden Gesichter ihres Vaters und das von Peter sahen. „Ist ja auch ein hübscher Anblick, die Kleine, nicht wahr, Peter?" „Da gebe ich dir unumwunden Recht, Hugo." „Nun sieh sich mal einer unsere Männer an, Theresa. Kaum sehen sie einen hübschen Mädchenhintern, erwacht auch schon wieder das Leben in ihnen. Schaut euch lieber unsere Hintern an und kümmert euch darum." „Mama!", rutschte es Theresa völlig spontan heraus, die einen solch emotionalen Ausbruch ihrer Mutter gar nicht kannte. Auf einmal mussten alle lachen. „Ich habe gleich das Essen auf dem Tisch. Trommelt mal die ganze Familie und unseren Anhang zusammen", kommandierte Estella. „Jawohl, Chef", entgegnete Peter und grinste seine Schwiegermutter an.

Auch in ihrem hübschen, schwarzen Trägerkleid hinterließ die Freundin von Mahmud einen sehr guten Eindruck.

Rasch entwickelten sich interessante Tischgespräche und wie es schien, war Min Thai Peter nicht unsympathisch. Die junge Frau hatte gleich bei allen Anwesenden einen Stein im Brett. Kurz vor Mitternacht löste Peter die Tafel auf. Mahmud nahm sein Mädel in die Arme. „Ich fahre dich nach Hause." „Du kannst aber auch gern über Nacht bei uns bleiben. Dann kann dich Mahmud morgen nach Hause bringen", bot Opa Sanchez seinem Enkel an. Doch Min Thai zierte sich ein wenig und bat Mahmud, sie doch besser nach Hause zu bringen. Sam teilte sofort zwei seiner Leute ein. „Du kannst den Kombi nehmen, Mahmud", erlaubte Theresa. Es folgte eine lange Abschiedszeremonie und alle waren sich einig, sich möglichst bald wieder zusehen.

Kapitel 19

„Peter, schläfst du schon?", vernahm er eine ihm bestens bekannte Stimme vor seiner Schlafzimmertüre. „Nein. Warte einen Moment, ich komme raus, Sam." Vorsichtig zog Peter seinen Arm unter Theresas Kopf hervor, die tief und fest schlief. Er legte seinen Roman beiseite und verließ das Bett. Sam stand vor der Schlafzimmertüre. Immer noch trug er seinen schwarzen Overall und seine Waffe im Holster. „Was ist los, Sam?" „Meine beiden Wachmänner, die Mahmud begleiteten, sind noch nicht zurück. Wir versuchen schon seit einer halben Stunde, sie über Handy zu erreichen, aber sie nehmen das Gespräch nicht entgegen." „Das hört sich verdammt nicht gut an, Sam. Vielleicht hätten wir doch zwei oder drei Wagen als Begleitung mitschicken sollen." „Aber weder Mahmud noch das Mädel sind besonders gefährdet." „Na, Sam, immerhin ist Mahmud mein Ziehsohn. Aber darüber jetzt nachzudenken ist unsinnig. Fahren wir ihnen hinterher. Ist Fabio hier oder schläft er zu Hause?" „Er wohnt mit seiner Frau im Gästetrakt." „Dann wollen wir ihn mal aufwecken."

Die beiden Männer eilten sogleich zum nächsten Gebäude, dass, genauso wie die gesamte Pousada, hermetisch abgeriegelt war. Fabio Mugalla, dem Chef der Polizei im Distrikt Faro, standen die Haare zu Berge, als er schlaftrunken aus dem Schlafzimmer torkelte. „Was ist los? Warum weckt ihr mich auf?" Sam setzte Fabio kurz über die Sachlage in Kenntnis. „Verdammte Scheiße! Das war ein Fehler, nur einen Wagen mitzuschicken. Ich muss telefonieren." Sofort verschwand der Polizeichef nur mit Schlafshorts bekleidet im Arbeitszimmer des Gästehauses. Da dies eine lange Nacht zu werden versprach, lief Peter zurück in den Wohnbereich und zog sich erst mal an. Als er nach wenigen Minuten wieder im Gästehaus eintraf, trug er ebenfalls einen schwarzen Overall. Im Gürtelhalfter steckte eine Waltherpistole. Leicht außer Atem verließ Fabio gerade das Arbeitszimmer und traf auf seine Freunde. „Ich habe alle meine verfügbaren Einsatzgruppen in Alarmbereitschaft versetzt. Das Innenministerium ist ebenfalls verständigt und zwei SEK-Teams sind von Portimao aus hierher in Marsch gesetzt worden." „Ist das nicht ein wenig überreagiert, Fabio?" „Das mag in deinen Augen der Fall sein, Sam, aber eigentlich bin ich für eure Sicherheit zuständig, und ich habe eine fürchterliche Vermutung." „Aber noch ist doch nichts passiert." „Nicht wissentlich, Sam, aber so wie ich die Lage beurteile, liegen deine beiden Sicherheitsleute mit durchschnittener Kehle in ihrem Fahrzeug, während Mahmud und die Kleine verschwunden sind." „Jetzt haltet mal den Ball flach. Wenn wir uns hier in die Wolle bekommen, hilft das Niemandem weiter. Wie möchtest du weiter vorgehen, Fabio?" Sam verzog ziemlich angesäuert sein Gesicht. „Wir warten auf meine Leute, die gleich hier sein müssen, und fahren dann die Strecke ab, die zur Wohnung von Min Thai führt." „OK."

Vier zivile Streifenwagen des Dezernates Faro rasten mit Blaulicht, ohne jedoch ihre Sirenen zu benutzen, vor den Eingang des Gästehauses, wo ihr Chef sie bereits mit seinem Dienstwagen erwartete. Fabio Mugalla gab kurz Anweisungen und sofort setzten sich die fünf Fahrzeuge Richtung Alvor in Bewegung. Peter und Sam hatten im BMW des Polizeichefs Platz genommen. Peter verspürte so ein ungutes Gefühl in der Magengrube, das er noch allzu gut aus seiner aktiven Zeit als Auslandsagent kannte, wenn es brenzlig wurde. Irgendwo in mitten der freien Natur auf dem Seitenstreifen etwa zwanzig Kilometer vor Alvor parkten zwei dunkelblaue, völlig abgedunkelte 508 Peugeot Limousinen, besetzt mit je vier vermummten SEK-Leuten, die auf ihren Einsatz warteten. Fabio dirigierte seine Streifenwagen dorthin und stoppte die Fahrt. Wieder gab er Anweisungen, und schon wenig später ging die Fahrt weiter. Die beiden SEK-Fahrzeuge schlossen sich ihrem Tross an. Da sich die Handys der Sicherheitsleute von Sam Burton nicht orten ließen, hielten sie ihre Augen offen. Als die Kolonne die Bundesstraße 125 Richtung Alvor verließ, erkannte der Fahrer des Führungsfahrzeuges einen etwas versteckt abgestellten Seat auf dem Seitenstreifen und gab diese Meldung an Fabio weiter. Sternförmig kreisten die ersten drei Dienstfahrzeuge den abgestellten Wagen ein. Die Beamten sprangen aus ihren Fahrzeugen und leuchteten mit großen Taschenlampen in den Innenraum des abgestellten Autos hinein. Was sie dort sahen, ließ die Polizisten schmunzeln. Ein junges Pärchen lag splitternackt auf den Sitzen und gab sich dem Liebesspiel hin. Aufgeschreckt vom Schein der starken Taschenlampen bedeckte das junge Mädchen mit den Händen ihre Brüste „Fehlanzeige, Chef. Hier vögelt nur ein junges Pärchen", rief der Beifahrer des Führungsfahrzeuges dem heran eilenden Fabio Mugalla schon von weitem zu. Erleichterung machte sich breit. Alle Beamten setzten sich wieder in ihre Fahrzeuge. Umgehend nahmen sie die Suche nach Mahmud, seiner Freundin und den Sicherheitsleuten von Sam wieder auf.

Nur wenige Kilometer weiter der Nebenstraße folgend endete ihre ganze Euphorie. Rechts am Straßenrand abgestellt fanden sie den Seat der beiden Sicherheitsleute von Sam Burton. Der Innenraum des Wagens glich einem Schlachthaus. Blutspitzer und Hirnmasse klebte an den Fahrzeugscheiben. Die Leute von Ramirez hatten sich nicht besonders viel Mühe mit dem Töten der beiden Männer gegeben und wohl nur in Inhalt mehrerer Magazine aus verschiedenen automatischen Waffen wahllos in den Innenraum des Wagens gefeuert. Die beiden Männer hatten nicht den Hauch einer Chance. Als Sam sich den Wagen ansah, traten Tränen in seine Augen. „Wenn ich die Bande erwische, werde auch ich keine Skrupel haben", murmelte er leise vor sich hin. Peter lehnte an Fabios Wagen, als er hinter sich eine Stimme vernahm. „Was denkst du, Peter?" Er brauchte sich nicht umzudrehen, um zu wissen, wer ihn da ansprach. Lediglich Chuck, der dem Tross in einem der Begleitfahrzeuge gefolgt war, hatte eine solch sonore Stimme. „Ich weiß nicht, was ich denken soll, Chuck. Ich habe hunderte gefährliche Einsätze in der ganzen Welt durchgezogen und immer nur mein eigenes Leben im Auge behalten müssen. Doch jetzt geht es um das Leben meines Jungen und seiner Freundin, und ich habe nicht mehr die Organisation hinter mir, die mir stets eine Menge Informationen und Equipment zur Verfügung stellte. Ich habe die Situation einfach etwas unterschätzt." „Du weißt aber hoffentlich auch, dass meine Jungs und ich alles für dich tun, Peter. Wir gehen mit dir durchs Feuer." „Ach Chuck, das weiß ich doch. Aber wir ziehen in keinen Krieg. Wir müssen sehen, wie wir Mahmud und Min Thai befreien können, wenn sie überhaupt noch leben.

Vielleicht kriegen wir die beiden im Zuge eines Geiselaustausches frei. Die beiden Jugendlichen gegen mein Leben." „Damit hätte die Ramirez endlich den Mann gefasst, den sie für den Hauptverantwortlichen bei der Tötung ihres Vaters hält." „Ich bin der Hauptverantwortliche, Chuck. Ich habe den Helikopter von Ernesto Ramirez in die Umlaufbahn geschossen." „Der Typ war ein Despot. Ein vielfacher Mörder. Du hast vollkommen richtig gehandelt." „Das ist wohl wahr, doch seine Tochter sieht das ganz anders, und sie wird keine Ruhe geben, bis sie mich in ihren Fängen hat. Und wenn dies der Fall ist, wird sie mich ganz langsam sterben lassen." „Peter, daran darfst du nicht einmal denken. Wir werden diese Hexe vorher erwischen." „Wollen wir es mal hoffen."

Niedergeschlagenheit machte sich im Wagen von Fabio Mugalla breit. Sam trauerte um seine beiden getöteten Mitarbeiter, während Peter mit seinen Gedanken bei Mahmud und Min Thai war. Einer seiner schlimmsten Begleiter, der immer mehr von ihm Besitz ergriff, war sein immer stärker aufkeimender Hass. Hass jedoch machte blind und unvorsichtig. Hass verschleierte sehr schnell die Gabe, Sachverhalte neutral zu beurteilen und Situationen entsprechend einzuschätzen. Doch gerade diese Eigenschaft, messerscharf zu kombinieren, hatte Peter bisher häufig sein Leben gerettet. Dahin musste er zurück. Er musste einfach wieder analytisch die Situation einschätzen und seine Gefühle unterdrücken, selbst wenn es um seinen Jungen ging, der ihm während seines letzten Einsatzes sein Leben gerettet hatte. „Könnte es eventuell sein, dass Mahmud mit der Kleinen zu Hause eingetroffen ist?" „Fängst du jetzt das Träumen an? Oder arbeitest du an deinem Weihnachtswunschzettel, Fabio?", meldete sich gleich Sam zu Wort „Natürlich ist das eine Option. Ich glaube aber nicht, dass diese der Realität entspricht. Ich werde nachher zu den Eltern der Kleinen fahren und nachhören, ob die beiden dort genächtigt haben. Wenn ich Mahmuds Handy anwähle, erhalte ich jedenfalls immer nur Freizeichen."

Als sie die Pousada erreichten, brannte überall Licht im Haus. Theresa rannte ständig von einem Zimmer ins nächste und machte Sachen, die sie wohl selbst nicht verstand. Als Peter die Diele betrat, stürmte sie gleich auf ihn zu. „Was ist mit den Kindern?" „Wir können noch nichts sagen, Theresa. Ich werde später zu Min Thais Eltern fahren und hören, ob sie dort eingetroffen sind." „Was ist überhaupt geschehen?" Peter berichtet auszugsweise seiner Frau, was sie bisher ermitteln konnten. „Ohh Gott, Peter, ich werde wahnsinnig! Ich darf überhaupt nicht daran denken, was Mahmud und das Mädel jetzt wohl durchmachen. Wenn diese Furie den Kindern auch nur ein Haar krümmt, bringe ich sie um." „Ach Theresa, du kommst nicht einmal nah genug an sie heran. Du bist bereits tot, wenn du ihr in die Augen sehen kannst. Sie ist eine skrupellose Kampfmaschine, der du nicht im Geringsten gewachsen bist." „Und was gedenkt der große Geheimagent Peter McCord jetzt zu unternehmen?" „Hör zu, Theresa, auch wenn mich nach wie vor noch unangenehme Dinge aus meiner früheren Zeit bis heute verfolgen bin ich keineswegs so cool, wie du vielleicht denkst. Ich mache mir genau wie du die größten Sorgen und würde alles geben, Mahmud und seine Freundin jetzt hier im Haus zu haben." Peter drehte sich um und verließ das Haus. Wenig später vernahm Theresa das Motorengeräusch seines Autos. Er verließ die Pousada mit unbekanntem Ziel. „Theresa, du durftest ihm nicht so zusetzen. Du weißt doch nur allzu gut, wie er versucht, seine Gefühle zu unterdrücken. Er liebt euch alle sehr, und gerade mit Mahmud verbindet ihn eine Menge. Schließlich hat ihm der Junge im Iran das Leben gerettet." „Ja, Mama, aber ich bin auch nur ein Mensch. Für mich sieht es halt so aus, als wenn ihn die ganze Situation überhaupt nicht tangiert." „Theresa! Dein Mann ist einer der besten Geheimagenten des Westens gewesen und dafür ausgebildet worden, seine Gefühle auszuschalten, und nun machst auch du ihm noch das Leben schwer mit deinen Vorwürfen. Ihr müsst jetzt zusammenhalten. Das Beste wäre, du fliegst mit Veronique nach Schottland und wartest dort ab, bis Fabio die Täter gefasst hat."

Kapitel 20

Peter trat das Gaspedal seines Mercedes Cabrios bis zur Bodenplatte durch. Der schwere Achtzylinder katapultierte die Karosse mit gewaltiger Vehemenz durch die Nacht. Ihm konnte die Kraft des Motors nichts anhaben. Peter hatte in unendlich vielen Fahrerlehrgängen gelernt, ein Auto in jeder Situation zu beherrschen. Unaufhaltsam raste Peter über die N 125 seinem Haus entgegen. Schon von weitem betätigte er den Knopf am Innenspiegel für die Fernöffnung seiner Garage. Doch er war einfach zu schnell. Als er seine Zufahrt erreichte, war erst die Hälfte der Sektionalelemente des Tores hochgefahren. Verwaist und dunkel lag sein Haus oberhalb der Klippen mit Blick auf den wunderschönen Falesiastrand. Er öffnete die schwere Panzerglastüre, die auf die Terrasse führte und trat ins Freie. Peter ließ seinen Blick über die Weite des Atlantiks schweifen. Hunderte kleiner Lämpchen von Fischerbooten blinkten weit draußen auf dem Meer. Es dämmerte bereits, und schon bald fuhren die Fischer zurück in den Häfen von Quarteira oder Albufeira, um ihren Fang zu löschen. Er schaute sich im Garten um. Überall lagen noch Spielzeuge von Raoul herum, und der Schwimmsessel von Gina dümpelte auf der Wasseroberfläche des Pools. Ein paar Zikaden sorgten für ein sonntägliches frühmorgendliches Konzert. Theresa hatte ihn bis ins Mark mit ihren geäußerten Vorwürfen verletzt. Er liebte auf dieser Welt nichts mehr als seine Familie, seine Frau, die Kinder, Mahmud, seine Eltern und Schwiegereltern wie auch seine wenigen Freunde, und niemals würde ihm in den Sinn kommen, die entstandene Situation auf die leichte Schulter zu nehmen. Seine Gedanken kreisten ununterbrochen um seinen Stiefsohn und dessen Freundin. Wenn die Ramirez Mahmud und Min Thai wirklich gefangen genommen hatte, wovon auszugehen war, erwartete die beiden jungen Leute ein grausames Martyrium. Wenn er an alle die furchtbar zugerichteten Toten dachte, die er in den letzten Tagen zu Gesicht bekommen hatte, lief es ihm eiskalt den Rücken herunter. Peter spürte wieder, wie der Hass gegen die Ramirez in ihm hochstieg. Doch eine innere Stimme riet ihm ständig, sich keinesfalls von seinen Gefühlen leiten zu lassen, sondern nur nach Fakten zu handeln, auch wenn es sehr schwer fiel. Nie zuvor hatte er eine solche Situation erleben müssen.

Weil er jetzt nicht einmal an Schlaf denken konnte, und es auch noch viel zu früh am Morgen war, die Eltern von Min Thai zu besuchen beschloss er, seinen Fitnessraum aufzusuchen. Er zog sich seine kurze Sporthose und ein T-Shirt an und machte sich langsam warm. Doch was er dann an Programm folgen ließ, war nur unwesentlich weniger als das, was er während seiner aktiven Zeit absolvierte, wenn er seinen Körper stählte. Auch wenn der Schweiß in Strömen floss, fühlte sich Peter hinterher gut. Irgendwie gewann er im Unterbewusstsein den Eindruck, erste Schritte zur Befreiung seines Jungen und des Mädels getan zu haben. Weil er sich alleine im Haus aufhielt, verschloss er die Badezimmertüre, während er ausgiebig duschte ab. Seine Pistole lag immer griffbereit in seiner Nähe. Das heiß perlende Wasser auf seiner

Haut tat ihm gut. Nach der Körperpflege machte er sich in der Küche ein Brot und einen Kaffee. Er setzte sich mit seinem einfachen Frühstück an den kleinen Tisch in der Küche und schaute wieder in den Garten. Schluck für Schluck schlürfte er seinen heißen, aromatischen Kaffee und aß lustlos sein Brot dazu. Wieder verdunkelten sich seine Gedanken. Mit Grauen erinnerte sich Peter daran, mit welchen Foltermethoden man seinen Körper und seinen Geist bereits gequält hatte, während er in irgendwelchen Dreckslöchern auf dieser Welt gefangen gehalten wurde. Sorgenvoll legte er seinen Kopf in beide Hände. Er überlegte zu beten, obwohl er kein wirklich gläubiger Mensch war, doch er verwarf diese Idee. „Hoffentlich müssen die beiden nicht allzu lange leiden, wenn die Ramirez sie zu Tode foltert", flüsterte er leise unter Tränen vor sich hin, obwohl er diese Hoffnung bereits begraben hatte. Emanuela Ramirez kannte genau die Stellen des menschlichen Körpers, wo es besonders weh tat, und wie man seine Opfer besonders lange quälen konnte, bis der Tod sie endlich erlöste. Die Ungewissheit über den Verbleib der beiden Jugendlichen und die Tatsache, dass ihm die Hände gebunden waren, etwas zu unternehmen, zerrten heftig an seinen Nerven. Irgendwann schreckte er hoch. Er konnte nicht sagen, ob ein Geräusch ihn aufgeweckt hatte, oder ob einfach sein Kopf aus seinen Händen gerutscht war. Er schaute auf die Uhr. Halb neun las er auf dem Ziffernblatt ab. Jetzt musste er die Initiative ergreifen, sonst würde er irgendwann durchdrehen, Agentenausbildung hin oder her. Er nahm die Treppe und begab sich in sein Büro. Dort wählte er eine spezielle Handynummer. Dreimal vernahm er das Freizeichen bis sich eine ihm bestens bekannte Stimme meldete. „Hallo, Peter." „Hallo, Mr. Sharp. Sie wissen bereits, warum ich Sie am Sonntag störe?" „Ja, Peter, ich wurde bereits über die Entwicklung von meinen Mittelsmännern informiert. Seien Sie gewiss

Peter, wir arbeiten bereits an einer Lösung. Zuerst müssen wir jedoch herausfinden, wohin man Ihren Stiefsohn und dessen Lebensgefährtin verbracht hat. Danach können wir eine Befreiungsaktion organisieren. Ich melde mich bei Ihnen, sobald ich neue Informationen habe. Leider muss ich Sie gleich wieder wegdrücken, Peter, wir haben ein gewaltiges Problem in Kiew. Eine Linienmaschine, aus den Niederlanden kommend, wurde über der Ukraine mit fast dreihundert Menschen an Bord abgeschossen. Wir suchen mit der ganzen Staatengemeinschaft nach den Tätern. Sie hören sofort von mir, wenn ich etwas für Sie habe." Peter war entsetzt über die Information, die ihm der Chef des MI6 gerade übermittelt hatte. Damit war das Gespräch auch schon beendet. Weil er hier im Haus nichts mehr zu tun fand, zog er sich an und fuhr nach Alvor zu den Eltern von Min Thai.

Äußerst herzlich war der Empfang, den Min Thais Eltern Peter gewährten, die gerade ihr Restaurant für den mittäglichen Touristenansturm vorbereiteten. Bei seinem Abschied hingegen liefen Tränen, nachdem er seine Vermutungen über den Verbleib ihrer Tochter und seines Sohnes sowie die Umstände erläutert hatte. Niedergeschlagen trottete er zu seinem Wagen. Doch seine hervorragende Ausbildung zum Topagenten sowie seine Instinkte ließen plötzlich seine Alarmglocken im Gehirn schrillen. Aus einer dunklen Limousine direkt gegenüber auf der anderen Straßenseite beobachteten ihn zwei Augenpaare. Sofort lag Peters Aufmerksamkeit bei hundert Prozent. Da er rechts unter seinem Blazer seine Walther spürte, fühlte er sich den unbekannten Beobachtern nicht unterlegen. Ein Griff in das kleine Schubfach unter seinem Autositz, in das er vorsichtshalber vor seiner Abfahrt seine Miniaturmaschinenpistole tschechischer Bauart mit

Reservemagazinen verstaut hatte, beruhigte zusätzlich. Als er wieder hoch schaute, bemerkte er, dass die beiden Männer, die ihre Gesichter hinter großen Sonnenbrillen versteckten, langsam ausparkten und davon fuhren. Der Wagen besaß ein niederländisches Kennzeichen. Damit konnte es sich keinesfalls um ein Fahrzeug aus dem Fuhrpark der Polizeikräfte handeln. Es mussten die Entführer sein, die ihn beobachteten. Peter startete seinen Motor, der sofort willig ansprang. Als er jedoch wenden wollte, blockierte ein Vierzigtonner sein Wendemanöver. Laut fluchend herrschte er den Fahrer an, der seinen Truck daraufhin einige Meter vorzog. Doch als Peter sich endlich in den Verkehr einfädeln konnte, war die Citroenlimousine verschwunden. „So eine verdammte Scheiße! Was bist du doch für ein verdammter Dilettant geworden, McCord", brüllte Peter sich selbst an und wieder spürte er, dass seine Gefühle ihn lenkten. Sofort atmete er dreimal durch und notierte sich erstmal aus seinem Gedächtnis das Kennzeichen des holländischen Fahrzeuges. Sein nächster Griff galt seinem Mobiltelefon. Per Suchlauf wählte er die Nummer von Fabio Mugalla. „Hallo, Peter. Wo bist du? Wir suchen dich schon alle." „Hallo, Fabio. Ich musste einfach mal raus. Ich bin jetzt in Alvor und habe die Eltern von Min Thai aufgesucht. Wie leider nicht anders zu erwarten, haben die Kinder nicht bei ihren Eltern geschlafen. Sie haben ihre Tochter auch seit gestern nicht mehr gesehen. Ich wurde von zwei Männern aus einem silbernen C5 Citroen mit holländischem Kennzeichen observiert." Peter gab dem Polizeichef das Kennzeichen durch, der versprach sofort, wenn möglich, eine Halterfeststellung durchzuführen. „Kommst du jetzt zurück zu Pousada?" „Ich weiß es noch nicht, Fabio. Ich brauche noch etwas Zeit für mich." „Peter, du bist hoch gefährdet. Du kannst nicht einfach so durch die Gegend spazieren und tun, als wäre nichts gewesen. Wie soll ich dich schützen, wenn du dich nicht schützen lässt?" „Ich bin gewohnt selbst auf mich aufzupassen", konterte Peter gereizt. „Bist du jetzt völlig durchgeknallt, Peter?" „Entschuldige, Fabio, ich bin mit meinen Nerven ziemlich am Ende." „Das ist ja ein völlig neuer Charakterzug an dir." „Ich fahre nach Hause und sortiere mich neu. Heute Abend bin ich wieder bei euch." „Theresa macht sich riesige Vorwürfe, weil sie dich heute früh so behandelt hat." „Wahrscheinlich sind wir alle mit den Nerven am Ende, Fabio. Wir sehen uns später. Pass gut auf meine Familie auf." Ohne einen weiteren Kommentar abzuwarten, beendete Peter das Gespräch.

Kapitel 21

Tief in Gedanken, aber keineswegs unaufmerksam, fuhr Peter zurück zu seinem Haus. Er nahm sich eine große Flasche Wasser aus der Küche und zog sich in sein Büro zurück. Sogleich entnahm er einem Regal eine Landkarte, auf der der gesamte Küstenabschnitt der Felsalgarve in großem Maßstab abgedruckt war und breitete sie auf dem Besprechungstisch aus. Von nun an tat er das, was er am besten konnte: Schwierige Situationen analytisch beurteilen. Doch diesmal kam er einfach zu keinem Ergebnis. Mit ein paar roten Fähnchen kennzeichnete er zuerst die Orte, wo sie die Mordopfer aufgefunden hatten. Danach versuchte er, die Orte mit Linien miteinander zu verbinden, um eventuell den Aufenthaltsort der Bande zu ermitteln, doch dies war vergebene Liebesmüh. Die meisten Mordopfer wurden in ihrer eigenen Umgebung getötet. Ein Tatmuster oder die Basis des Mörderquartetts konnte er nicht ermitteln. Eines fand er jedenfalls gleich heraus: Die Ramirez verstand ihr Handwerk und es würde verdammt schwer werden, sie aufzuspüren.

Sein nächster Schritt bestand in dem Versuch, an Hand weiterer Karten leer stehende Gebäude ausfindig zu machen, wo sich die Ramirez mit ihren Leuten versteckt haben könnte. Durch die Wirtschaftskrise, die Portugal befallen hatte, standen eine Menge Industriegebäude, neue wie auch schon ziemlich betagte, leer. Und auch die Zahl an ungenutzten Bürohäusern war nicht unerheblich. Doch waren ganz sicher auch nicht alle Liegenschaften in den Plänen verzeichnet. Irgendwann jedoch kam Peter frustriert zu dem Schluss, auch auf dieser Schiene den Aufenthaltsort der Entführer nicht ermitteln zu können. Das Summen seines Mobiltelefons riss ihn aus seinen Gedanken. „Peter? Ich bin´s, Fabio. Wir haben den niederländischen Halter des C 5 ermittelt. Der Wagen ist auf eine Spedition in Rotterdam zugelassen, und wie es aussieht ist die verbrannte Leiche im Kofferraum des aufgefundenen BMWs der Fahrer, ein Harry von der Meikjes. Er ist, oder besser war, der Vertriebsleiter der Spedition in Portugal. Hundertprozentige Gewissheit bekommen wir aber erst nach Auswertung der DNA-Analyse durch die Gerichtsmedizin. Ich habe den C 5 sofort zur Fahndung ausgeschrieben." „Danke für die Info, Fabio. Wir sehen uns später." Zwar brachte sie die Erkenntnis bezüglich der Herkunft des Fahrzeuges keinen Deut weiter, doch erwuchs wenigstens das Gefühl, dass sie am Ball blieben.

Allmählich wurde Peter müde. Viel geschlafen hatte er in den letzten vierundzwanzig Stunden nicht. Er legte sich auf seine Liege und schloss die Augen. Wenig später schlief er ein. Alpträume begleiteten ihn in seiner Tiefschlafphase und ließen ihn irgendwann Schweiß gebadet hochschrecken. Ob es jedoch der furchtbare Traum war oder ein Geräusch, dass er nicht einzuordnen verstand, konnte er nicht sagen. Langsam und völlig verspannt erhob er sich von seiner Liege. Die Türe zu seinem Büro stand einen Spalt weit offen. Deutlich vernahm er das Geräusch von Schritten auf dem

Marmorboden im Erdgeschoss. Um wach zu werden, nahm Peter rasch einen tiefen Schluck Wasser aus der Flasche. Sein nächster Griff galt der kleinen Maschinenpistole, die er unter der Karte hervorzog. Peter presste seinen Rücken gegen die Wand und versuchte, durch den Spalt erkennen zu können, wer sich im Haus befand. Sachte schob er den Sicherungshebel der Waffe auf feuerbereit. Sein Unterbewusstsein begann zu rechnen. Im Magazin befanden sich zwanzig Schuss. Wenn die beiden Männer aus dem C 5, die ihn beobachtet hatten, sich der Bürotüre näherten, hatten sie keine Chance, wenn er eine gezielte Garbe auf sie abfeuerte. Doch einen der Männer brauchte er lebend, um zu erfahren, wo sich Emanuela Ramirez sowie der dritte Entführer mit den Kindern aufhielt. Weder im Dielenbereich noch in seinem Arbeitszimmer brannte Licht. Weil es jedoch noch recht hell draußen war, konnte Peter einen Schatten erkennen, der sich langsam die Treppe hinauf bewegte. Diese Tatsache behagte ihm überhaupt nicht. Wo war der zweite Mann geblieben? Wenn er sich auf den ersten Mann stürzte, der sich jetzt wohl langsam seiner Türe näherte, um ihn unschädlich zu machen, hatte der zweite jede Möglichkeit, ihn abzuknallen. Als der Schatten ganz nah bei ihm angekommen war, liefen alle seine Handlungen über das Unterbewusstsein ab. Südamerikaner sind im Normalfall kleiner als du, und du bist im Besitz des Überraschungseffektes signalisierte ihm sein Gehirn. Bruchteile von Sekunden später riss er die Türe auf. In der linken Hand hielt er die feuerbereite Maschinenpistole mit der anderen riss er die Gestalt zu Boden, die in der Tat kleiner war als er und unerwartet laut aufschrie. „Au, was machst du, Peter?" Sofort löste er den festen Griff um Theresas Hals und ließ sie los. Auch den Zeigefinger der rechten Hand nahm er vom Abzug. „Bist du lebensmüde, dich hier so heimlich, still und leise herein zu schleichen?

Du hättest tot sein können." Peter nahm seine Frau in seine Arme und ließ die Maschinenpistole auf dem Boden liegen. Vorsichtig half er ihr auf die Beine. „Es tut mir so leid, was ich heute morgen zu dir gesagt habe, Peter. Ich entschuldige mich dafür bei dir." „Ist schon gut, mein Engel. Wahrscheinlich haben uns die furchtbaren Umstände sehr dünnhäutig werden lassen. Wir müssen jetzt besonders fest zusammenhalten." „Und wohl auch mit dem schlimmsten rechnen." Theresa schluchzte und fiel Peter in die Arme. „Ich habe solche Angst um Mahmud und seine Kleine. Hoffentlich tun sie den beiden nichts an." „Das hoffe ich auch, mein Engel. Komm, lass uns zurück zur Pousada fahren." Was Peter wirklich über die Behandlung der Kinder in den Händen der Entführer aus seiner Erfahrung heraus dachte, behielt er für sich.

„Na, mein Junge, bist du einen Schritt weitergekommen?" „Leider nicht, Hugo. Zwar haben wir alle Hebel in Bewegung gesetzt, um Informationen über den Verbleib der Kinder zu erhalten, doch bisher verliefen alle Spuren im Sande." „Deine Frau möchte morgen schießen lernen. Übernimmst du den Unterricht in meinem Schießkeller?" Peter musste lachen, denn er wusste nur allzu gut, wie Theresa über Waffen und das Schießen dachte. „Ich gebe ihr ein paar Tipps und zeige ihr, wie man mit einer Waffe umgeht." „Sehr gut, mein Junge. Ich habe das schon mit ihrer Mutter versucht und bin kläglich gescheitert. Aber ich komme dazu." Aus dem Esszimmer vernahmen die beiden Männer den Klang des Glöckchens, mit dem die Hausherrin zum Abendbrot rief. Und wie gewohnt dauerte es nicht lange, bis sich alle Familienmitglieder und Gäste zum Essen einfanden. Estella hatte mit ihrer Köchin Arroz de Tamboril, eine portugiesische Reiseintopfspezialität mit Seeteufel und Garnelen gekocht. Fabio, der diesen Eintopf zu seinem Leibgericht auserkoren hatte, verspeiste drei Teller und machte hinterher einen sehr glücklichen Eindruck. Es hatte allen wieder sehr gut geschmeckt. Würde nicht permanent die quälende Angst um das Leben von Mahmud, Min Thai und ihr eigenes ständig durch ihre Köpfe geistern, wäre dieser Abend auch einer freundschaftlichen Einladung zum Essen gleich gekommen. Kurz vor dreiundzwanzig Uhr summte Fabio Mugallas Handy. Er verließ mit dem Mobiltelefon am Ohr die Bibliothek, wo alle stumm beisammen saßen. Wenig später kam er zurück. „Der C 5 wurde gerade in einer Schlucht nahe Monchique gefunden. Ich fahre hin und sehe mir das an." „Ich komme mit", warf Peter ein und erhob sich. Theresa schaute ihn ängstlich an. „Jetzt mach dir mal nicht dauernd Sorgen um mich, mein Engel. Ich weiß mich schon zu wehren. Außerdem sind Fabio und jede Menge Polizeibeamte in der Nähe." Er gab seiner Frau noch einen Kuss und steckte seine Pistole in das lederne Futteral an seinem Gürtel. Sein nächster Griff galt einem Stoffbeutel, der an der Türe hing, aus dem nur der Griff seiner kleinen Maschinenpistole ein Stück hinausschaute. Fabio holte bereits seinen Dienstwagen aus der gesicherten Garage. Wenig später rauschten die beiden Männer aus dem Innenhof der Pousada in die Nacht hinein.

Gespenstisch wirkte das Szenario am Fundort des Fahrzeuges im Monchiquegebirge nahe dem verträumten Ort Monchique, der seinen Bekanntheitsgrad bei Touristen wie auch den Einheimischen durch die Heilwasserquellen und die Kurhotels erlangte. Die Schlucht erhellten starke Scheinwerfer auf großen Lafetten montiert. Die grell blendenden blauen und roten Blinklichter der vielen Streifenwagen und Feuerwehrfahrzeuge vervollständigten den Eindruck einer bedrückenden Unwirklichkeit. Der C 5 lag etwa zweihundert Meter tief auf dem Grund der Schlucht auf dem Dach. Die Karosserie wies starke Deformationen auf.

Zwei Feuerwehrleute befanden sich bereits angeseilt auf dem Weg hinunter zu dem Wrack. Auf der Fahrbahn der Serpentinenstraße waren keinerlei Spuren eines Unfalls oder sonstiger Gewalteinwirkung zu erkennen. „Ich vermute, die haben den Wagen einfach hier den Hang herunter gestoßen, um Spuren zu verwischen", tat Fabio Mugalla seinen ersten Eindruck kund. Die beiden mit Funkgeräten ausgerüsteten Kletterer hatten rasch ihr Ziel erreicht. Quäkend dröhnten ihre Stimmen aus den Lautsprechern. „Hier stinkt es gewaltig nach Brandbeschleuniger. Wie es scheint, wollten die Täter das Fahrzeug in Brand stecken. Entweder wurden sie gestört oder der Zünder hat nicht funktioniert." „Seien Sie besonders vorsichtig. Es könnte auch eine verdammte Falle sein", hörte Peter den Einsatzleiter der Feuerwehr sagen. „Wir haben den Zünder gefunden, Chef. Es ist eine Weinflasche gefüllt mit einer undefinierbaren Flüssigkeit und einem Lappen im Flaschenhals. Offensichtlich ist das entzündete Vlies zu früh erloschen und konnte den Wagen nicht in Brand setzen." Fabio hatte die gesamte Konversation mitverfolgt. „Bestellen Sie bitte einen Kranwagen. Ich möchte das Wrack so schnell als möglich zur kriminaltechnischen Untersuchung schicken, um wichtige Spuren zu sichern." Seine Anweisung wurde sofort durch den Leiter der Feuerwehr bestätigt. Eine halbe Stunde später war das Grummeln eines überschweren Diesels auf der Serpentinenstraße zu vernehmen. Ein gewaltiger Kranwagen rollte zur Absturzstelle. „Was denkst du, Peter?" „Sie haben mit dem Wagen irgendetwas durchgezogen und wollten nun die Spuren verwischen. Du solltest die Gegend absuchen lassen, ob sich Spuren auf ein weiteres Fluchtfahrzeug finden lassen." „Da hast du Recht, Peter, ich fordere sofort einen Hubschrauber mit Wärmebildkamera an. Außerdem zwei Hundertschaften, die mit Hunden die Gegend absuchen sollen." „Kannst du mich zur Pousada

111

zurückbringen lassen, Fabio? Ich muss ein paar Stunden schlafen." „Ja, natürlich. Ich fahre dich selbst dorthin. Hier kann ich momentan ohnehin nichts mehr ausrichten." Eine Stunde später lag Peter in seinem Bett. Er gab Theresa noch einen Kuss, danach schlief er sofort ein.

Kapitel 22

Montag gegen halb sieben riss ihn der Wecker aus seinem traumlosen Schlaf. Theresa kuschelte sich kurz an ihn und schlief gleich wieder ein. Er jedoch befreite sich rasch aus ihren Fängen und verließ das Bett. Weil sein Kopf schon wieder zu arbeiten begann, beschloss er, zu duschen und nach einem knappen Frühstück in die Firma zu fahren. Sam schien es ähnlich ergangen zu sein wie Peter, denn auch er befand sich bereits in der Küche und ließ sich vom Küchenpersonal Kaffee und Brötchen servieren. „Morgen, Peter. Gibt es Neuigkeiten?" „Ja, Morgen, Sam." Peter berichtete seinem Freund von den Ereignissen der letzten Nacht. „Dann haben sie wieder das Fahrzeug gewechselt. Hoffentlich findet das kriminaltechnische Labor etwas heraus, sonst stehen wir wieder bei null. Was ist das nur für eine beschissene Situation! Wenn ich an früher denke, da waren wir nicht angreifbar. Wir mussten keine Rücksicht auf Familienangehörige oder andere Menschen nehmen, die man liebt." „Wahrscheinlich haben wir deshalb auch bis heute überlebt, Sam." „Bis auf meine beiden Beine, die mir die Landmine weggerissen hat, ist alles gut gegangen. Ein Glück, dass ich durch die moderne Technik dieses Manko ausgleichen und beinahe ein normales Leben führen kann." „Was philosophiert ihr beiden denn schon am frühen Morgen?" „Hallo, Fabio", begrüßten sie den Polizeichef zum Frühstück. „Was habt ihr heute vor?" „Ich werde in die Firma fahren." „Und du, Sam?" „Ich werde gleich Theresa in die Praxis begleiten und dort den

ganzen Tag verweilen, um kein Risiko mehr einzugehen."
„Ich fahre jetzt gleich nach Faro und höre nach, ob wir
schon Ergebnisse zur Untersuchung des C 5 haben, und
ob meine Spürhunde noch etwas gefunden haben. Sobald
ich etwas weiß, gebe ich euch Bescheid." „Ja, dann
wollen wir mal los. Pass mir gut auf Theresa auf, Sam."
„Ich werde ihm schon auf die Finger schauen. Morgen, die
Herren." „Morgen, Chuck", grüßten Fabio und Peter den
schottischen Hünen. „Dann lass uns mal fahren." Sam
hatte drei Wagen mit insgesamt zehn seiner Leute
bereitgestellt, die Peter in die Firma begleiteten.

„Martina Colomba hat sich für zehn Uhr einen Termin bei
Ihnen vormerken lassen. Ansonsten haben Sie heute
keine Termine, Senhor McCord. Ich habe hier noch vier
Vorgänge, die Sie mit mir durchsprechen wollten",
erläuterte Peter seine Assistentin, als er hinter seinem
Schreibtisch Platz genommen hatte. Irgendwie war er
froh, dass ihn der Alltag wieder eingeholt hatte. Nur so
musste er nicht dauernd an Mahmud denken, obwohl
seine Gedanken doch immer wieder um die Entführung
kreisten. „Ja, ist OK, Conzuela. Wie lange haben Sie das
Treffen mit Frau Colomba terminiert?" „Etwa zwei
Stunden." „Gut, dann machen wir erst die Post und
arbeiten anschließend Vorgang für Vorgang ab." Peter
freute sich sehr, dass seine Assistentin den Laden so gut
im Griff hatte. Kurz vor zehn summte sein gesichertes
Handy, das vor ihm auf dem Schreibtisch lag. Conzuela
Martinez wusste, dass Peter es nicht gern hatte, wenn sie
Gespräche mithörte, die er über dieses Mobiltelefon
führte. Sie erhob sich sofort und verließ sein Büro. „Ich
komme später wieder, Chef." Peter nickte und nahm das
Gespräch entgegen. „Hallo, Fabio, was gibt's?" „Hallo,
Peter, wir haben einiges herausgefunden." „Dann spann
mich nicht erst lange auf die Folter." Peter merkte sofort,
dass er in Gedanken einen dummen Spruch gewählt

hatte. „Die Überprüfungen der Umgebung mit dem Hubschrauber und den beiden Suchmannschaften haben leider keine neuen Erkenntnisse gebracht. Wir fanden Reifenspuren von mehreren Fahrzeugen unterschiedlicher Herkunft, können aber nicht mit Gewissheit sagen, dass eines der Fahrzeuge von den Tätern benutzt wird und vor allem welches. Allerdings ist diese Nacht einer Streifenwagenbesatzung etwa eine gute Stunde, nachdem wir den C5 in der Schlucht gefunden haben, ein Audi A 4 mit zwei Männern aufgefallen, die mit überhöhter Geschwindigkeit über die Autobahn Richtung Lagos rasten. Leider haben die beiden Beamten den Audi aus den Augen verloren. Wir haben jedoch das Kennzeichen und direkt eine Halterermittlung durchgeführt. Der Wagen wurde gestern Abend in Sagres gestohlen. Es besteht somit der dringende Verdacht, dass die Ramirez, der dritte Täter und die Kinder irgendwo zwischen Lagos und Sagres untergetaucht sind." „Diese Schlussfolgerung ist mir ein wenig zu hypothetisch, Fabio. Das kann auch eine ihre Finten sein." „Natürlich könnte dies ein Täuschungsmanöver darstellen, doch Fakt ist, dass die Männer, die den C5 in der Schlucht versenkten, versagt haben. Immerhin ist der Wagen nicht ausgebrannt. Außerdem brennt der Ramirez langsam die Zeit unter den Nägeln. Sie weiß ganz sicher, dass wir ihr auf den Fersen sind." „Gut, dann ermitteln wir in diese Richtung weiter, obwohl ich nicht glaube, dass sich die Ramirez von uns unter Druck gesetzt fühlt. Wenn wir ehrlich sind, haben wir noch gar nichts, was auf ihren Aufenthaltsort hinweist. Hat die Spurenauswertung beim C5 schon etwas gebracht?" Peter bemerkte sofort, dass Fabio einsilbig wurde. „Bist du noch da, Fabio?" „Ja, natürlich, ich bin noch da." „Und?" „Wir haben im Kofferraum Haare, Hautschuppen und Reste von Körperflüssigkeit von Mahmud und Min Thai auf einer alten Decke gefunden." „Welche Art von Flüssigkeiten? Muss ich dir eigentlicher alles aus der

Nase ziehen, Fabio?", reagierte Peter etwas ungehalten. „Blut und Urin. Also Blut von beiden und Urin nur von dem Mädchen. Außerdem lag eine Ampulle mit einem handelsüblichen Betäubungsmittel im Kofferraum. Damit haben sie die beiden ganz sicher ruhig gestellt." Nun war es Peter, der nur noch ganz still in seinem Sessel saß und seinen Gedanken nachging. Sechsunddreißig Stunden befanden sich die beiden Jugendlichen schon in der Gewalt der Entführer, genau sechsunddreißig Stunden zu lange. „Peter?" „Ja, ich bin noch am Apparat. Ich denke darüber nach, wie wir weiter vorgehen sollten." „Ich möchte zuerst die Gegend um Lagos durchkämmen und habe dafür schon eine Menge Personal und technisches Gerät angefordert. Leider mahlen die Mühlen in Lissabon wie auch in Lagos nur sehr langsam. Eigentlich kommen die Herren Verwaltungsmitarbeiter erst dann in Wallung, wenn sich dein Schwiegervater mit seinen Beziehungen einschaltet." „Du meinst, wenn er den richtigen Leuten an der richtigen Stelle einen Umschlag zusteckt?" „Das hast du jetzt gesagt, Peter. Ich möchte mich dazu nicht weiter äußern." „Ist schon OK, Fabio." „Sei aber sicher, Peter, ich bin mit allen Kräften am Ball. Schließlich geht es ja auch um das Leben von Veronique und mein eigenes." „In Ordnung. Ruf mich an, wenn du etwas Neues hast." „Mach ich. Bis dann."

Martina Colomba hatte sich verdammt viel Arbeit mit ihrem neuen Verkaufskonzept gemacht und wirklich an alles gedacht. Peter zeigte sich beeindruckt, wenn er auch nicht wirklich ganz bei der Sache war. Er gab sich jedoch größte Mühe, sich nichts anmerken zu lassen. Nach knapp eineinhalb Stunden hatte Peter das sehr umfangreiche Konzept eingesehen und ihre Erläuterungen für schlüssig befunden. Als sich Martina Colomba erhob und stolz ob des Lobes ihres Chefs lächelte, gab Peter ihr noch die Hand und verabschiedete sich von ihr. Er gab ihr noch mit auf den Weg, dass er ihr Konzept gänzlich unterstützen werde, was die eher zierliche Frau um einen Kopf wachsen ließ.

„Was gibt es heute in der Kantine zum Mittagessen, Conzuela?" „Gemüsesuppe mit Rindfleischeinlage ist Menü eins, Spaghetti Bolognese als zweites oder Seelachs mit Salzkartoffeln und Salat." „Und was werden Sie essen, Conzuela?" „Ich…ich mache mir hier ein Brot im Büro, Chef." Peter wusste, dass seine rechte Hand jeden Cent, den sie erübrigen konnte, sparte, um sich bald eine eigene Wohnung kaufen zu können. „Heute müssen Sie mich zum Essen begleiten. Also folgen Sie mir in die Kantine, Conzuela." Peter lächelte und genau dieses Lächeln war es, was sie jederzeit hätte schwach werden lassen, um mit ihrem Chef durchzubrennen. Peter wusste das ganz genau, doch niemals würde er das für sich ausnutzen. „Wenn das eine dienstliche Anweisung ist, komme ich natürlich mit." Als Peter die Kantine betrat, wendeten sich ihm alle anwesenden Mitarbeiter zu und grüßten freundlich. Er war als Chef sehr beliebt in seiner Belegschaft. Da ihn Conzuela Martinez begleitete, kochten nicht nur die Speisen in den großen Kochtöpfen auf Hochtouren, sondern gleichzeitig auch sofort wieder die Gerüchteküche. Schon häufig hatte man der kleinen Assistentin der Geschäftsführung ein Verhältnis mit ihrem Chef nachgesagt, und selbst Theresa war anfangs eifersüchtig auf die hübsche Mitarbeiterin von Peter. „Sie wählten beide den Seelachs und teilten sich eine große Flasche Wasser dazu. „Guten Appetit, Conzuela. Lassen Sie es sich bitte schmecken." „Ihnen auch guten Appetit, Chef."

„Haben Sie sich schon für eine Wohnung zum Kauf entschieden?", fragte Peter seine Angestellte, während er noch einen Bika als Absacker spendierte. „Ja, Chef, möchten Sie mal sehen?" Ohne lange auf seine Zustimmung zu warten, kramte sie ein mehrfach zusammengefaltetes Prospekt aus ihrer Handtasche hervor und hielt es Peter hin. Er erkannte sofort, dass es sich bei dem Bauträger um eine Tochtergesellschaft der Sanchez Holding seines Schwiegervaters handelte. Die Anlage bestand aus mehreren Achtfamilienhäusern am Stadtrand von Portimao mit Blick auf den Atlantik in wunderschöner Lage. „Das ist eine schöne Anlage." „Ja, das denke ich auch, und eine gute Wertanlage. Ich möchte mir ein Einzimmerappartement mit fünfunddreißig Quadratmetern kaufen." „Und was kostet so eine Wohnung?" „Einhundertachtzigtausend Euro." „Das ist aber eine ziemlich große Summe." „Das weiß ich. Ich muss vierzigtausend Euros zusammen sparen, damit ich den Kredit von der Bank bekomme. Leider geht das nicht so rasch. Ich spare aber schon, seitdem ich vom Bau der Anlage erfahren habe, jeden Cent, den ich erübrigen kann. Ich habe jedoch Angst, dass, wenn ich das Geld endlich zusammen habe, schon alle Objekte verkauft sind." „Wie lange sind Sie jetzt bei uns, Conzuela?" „Seitdem Sie die Firmenleitung übernommen haben. Das müssen knapp acht Jahre sein." Peter überlegte. Das Mädel war äußerst zuverlässig und ihre Arbeitseinstellung vorbildlich. Es tat ihm auch immer noch sehr leid, dass sie bei dem Überfall dieses Irren vor wenigen Tagen Todesängste ausstehen und sich ihm dazu noch halb bekleidet präsentieren musste. Trotzdem hatte sie keinen Tag, nicht einmal eine Stunde gefehlt. „Ach übrigens, bevor ich es vergesse, Conzuela, wir haben nachher doch noch einen Außentermin, den wir gemeinsam wahrnehmen. Ich denke, wir sollten gegen fünfzehn Uhr los." „Kein Problem Chef. Soll ich irgendwelche Unterlagen zusammenstellen, die wir mitnehmen müssen?" „Nein." „Dann erinnere ich Sie kurz vor drei, wenn wir los müssen." „Alles klar und nun wieder ran an die Arbeit."

Die Schläge, mit denen die Männer ihn immer wieder traktierten, machten ihm nicht allzu viel aus. Auch die Tatsache, dass sie ihm alle Kleider weggenommen hatten, und er immer splitternackt von dieser schönen Frau gedemütigt und vernommen wurde, ertrug er so gut es ging. Schlimmer als alles andere war, dass man sie getrennt hatte. Manchmal konnte er Min Thai schreien hören und das meist dann, nachdem er das pfeifende Geräusch einer herab fliegenden Peitsche vernahm, die klatschend auf ihre Haut aufschlug. Jedes Mal bereitete es ihm Höllenqualen, wenn er daran dachte, in was für ein Unterfangen er seine Freundin da hineingezogen hatte. Hätten sie die Nacht auf der Pousada verbracht, wäre das hier erst gar nicht geschehen. Mahmud betete immer wieder zu Gott, dass sie beide diese Entführung lebend überstehen würden, doch er hegte keine großen Hoffnungen. Er wusste nicht einmal, wo sie sich eigentlich befanden. Von dem Zeitpunkt an, als sie in der Nacht in Theresas Auto von der Straße abgedrängt wurden, konnte er sich an nichts mehr erinnern. Man hatte ihnen sogleich eine Spritze verpasst, und als er in diesem Drecksloch erwachte, lag er alleine auf der schmutzigen Liege. Wieder hörte er, wie das Peitschenende klatschend auf der Haut von Min Thai niederfuhr und sie aufschrie. Dies war pure Lust an der Qual und den Schreien anderer Menschen. Sie waren bisher weder zu irgendetwas befragt worden, noch wurden sie aufgefordert irgendwelche Geheimnisse preiszugeben. Es war einfach die Lust ihrer Peiniger ihre Schreie zu hören. Plötzlich wurde es ganz still. Gleich würde der Moment folgen, wo man ihn wieder auspeitschte oder mit Schlägen belegen würde. Und es kam, wie er es erwartet hatte: Die Türe zu seinem Raum wurde aufgerissen, und herein trat diese gut aussehende junge Frau mit den eiskalten Augen. „Na Kleiner, freust du dich schon wieder auf deine Behandlung? Deine Kleine hat verdammt schnell schlapp gemacht. Mal sehen, ob du länger durchhältst." Zwei schwarz gekleidete Männer packten ihn und nahmen ihn in die Mitte. Sie führten ihn in einen abgedunkelten Raum. Sofort fesselten sie ihm die Hände an einen Flaschenzug. Mit einem schmerzhaften Ruck zogen sie ihn hoch. Dann spreizten sie ihm seine Beine so weit auseinander bis er glaube, die Kugelgelenke in seinen Hüften würden aus der pfannenartigen Verankerung springen. Mahmud stöhnte vor Schmerzen. „Scheinst ja auch nicht lange durchhalten zu können, Kleiner. Na, schauen wir mal." Emanuela Ramirez nahm ihre Reitgerte und schlug ihm ein paar Mal heftig auf seinen Hintern. Dann trat sie vor ihn. „Schau her, was ich hier feines habe. Das ist ein Elektrostab, mit dem werde ich dir jetzt schöne Stunden bereiten." Irgendwann erwachte Mahmud wieder auf seiner Pritsche. Sein Anus schmerzte fürchterlich. Er verspürte starken Harndrang. Langsam erhob er sich und schleppte sich zu dem Aborteimer, der in der rechten Ecke des Raumes stand. Als er sich zum Wasser lassen davor stellte, bemerkte er die vielen Spuren, die seine Peiniger an seinem Penis und dem Scrotum hinterlassen hatten. Als er sich wieder zurück auf die Liege geschleppt hatte, begann er zu beten, dass es bald vorüber sei.

Kapitel 23

Kurz vor halb drei erkundigte sich Peter bei Fabio und Sam, ob es Neuigkeiten zum Verbleib von Mahmud und Min Thai gab, doch leider wussten seine beiden Freunde nichts Erfreuliches zu berichten. Obwohl Peters Nerven nahezu zum Zerreißen angespannt waren, ließ er sich nichts anmerken. Zehn Minuten vor fünfzehn Uhr klingelte Conzuela kurz durch, dass ihr Abfahrtstermin anstand.

Peter beorderte den Dienst-Audi A6 zum Hinterausgang. Minuten später rollte die Limousine vor. Bevor Peter und seine Assistentin in den Dienstwagen einstiegen, prüften die vier Polizeibeamten aus den beiden Streifenwagen, die ab jetzt zur Sicherung eingeteilt waren, rasch die Identität des Fahrers sowie den Zustand des Fahrzeuges. Als sie grünes Licht gaben, nahmen Peter und Conzuela Martinez im Fond des Wagens Platz. Conzuela schaute Peter fragend an. Sie schien sich in Anbetracht der übertriebenen Sicherheitsmaßnahmen zu fragen, ob alles in Ordnung war. „Machen Sie sich keine Sorgen. Die Polizei hat alles fest im Griff. Mir trachtet mal wieder jemand nach dem Leben." Irgendwie fand er seine Aussage etwas platt, doch ihm fiel einfach nichts Unverfänglicheres ein. „Es hängt mit Ihrer früheren Tätigkeit als britischer Agent zusammen, nicht wahr? Ich hab ein wenig Angst bekommen", erkundigte sich Conzuela etwas ängstlich in beinahe akzentfreiem Schulenglisch, dass sie ausgezeichnet beherrschte. Sie sprach mit Peter Englisch, damit der Fahrer sie nicht verstehen konnte. „So etwas in der Richtung. Mehr möchte ich jedoch nicht dazu sagen. Doch wie schon gesagt: Machen Sie sich bitte keine Sorgen. Wir haben alles unter Kontrolle." Peter wünschte sich in seinem tiefsten Inneren nichts mehr, als dass seine Notlüge alsbald Realität wurde.

Conzuela Martinez wunderte sich ein wenig, dass ihre Fahrt vor den Büros der Baufirma endete, die ihre Traumwohnung erstellte. Was sie nicht wusste war, dass Peter eben noch mit seinem Schwiegervater telefoniert hatte. Der Verkaufsleiter des Unternehmens empfing Peter mit offenen Armen und bat seine Gäste Platz zu nehmen. „Soll ich Protokoll führen, Senhor McCord?" „Nein, ganz sicher nicht. Sie müssen jetzt ganz genau bei der Sache sein. Der Besuch hier hat nur etwas mit Ihnen zu tun." Fragend zog die junge Frau ihre Stirn in Falten, doch Aufklärung erhielt sie nicht. Der Vertriebsleiter legte Peter und Conzuela den Bauplan des dritten und letzten Bauabschnittes vor. Peter studierte den Plan genau. Als Ingenieur fiel ihm dies nicht sonderlich schwer. „Ist es diese Wohnung hier?" „Ja, genau. Sie hat siebzig Quadratmeter, drei Zimmer, einen Balkon mit Meerblick. Wir rechnen mit der Fertigstellung in circa einem Jahr." „Wäre Ihnen ein Bezugstermin für diese Wohnung in diesem Zeitabstand recht?" „Ehh, langsam, ich kann mir keine siebzig Quadratmeter Wohnung leisten." „Man versicherte mir, Senhora, dass die Finanzierung durch die Sanchez Ltd. geregelt wird." Conzuela Martinez große schwarze Augen wirkten jetzt noch größer, als sie ohnehin schon waren. „Aber?..." „Würde Ihnen die Wohnung so zusagen, Conzuela?", fragte Peter. „Ich denke mal, wenn Sie sich eine kleine Familie anschaffen möchten, könnte die Wohnung von der Größe her reichen. Wenn nicht, verkaufen Sie sie eben wieder und suchen sich etwas Größeres." „Aber ich kann mir die Wohnung niemals leisten. Was kostet sie überhaupt?" Peter zwinkerte dem Vertriebsleiter zu. „Einhundertachtzigtausend Euro", antworte er lächelnd. „Sie wollen mich auf den Arm nehmen! Das kostet doch die kleine Wohnung." „Lassen Sie das mal meine Sorge sein! Das regeln wir intern", beendete Peter das Gespräch. „Ich habe heute noch weitere Termine, Conzuela." Der Vertriebsleiter drückte ihr noch den Bauplan und einen Prospekt für ihre Unterlagen in die Hand. „Senden Sie mir bitte die Vertragsunterlagen in mein Büro." „Selbstverständlich, Senhor McCord." Conzuela Martinez wusste nicht recht, ob sie gerade irgendwie überrumpelt wurde oder ob sie sich einfach nur freuen und dankbar zeigen sollte. Schweigend folgte sie ihrem Chef zum Wagen.

Die ganze Sache schien seiner jungen Assistentin nicht ganz geheuer zu sein. Peter saß schon lange wieder hinter seinem Schreibtisch und kontrollierte die Absatzzahlen, als es an seiner Türe klopfte. „Ja bitte!" „Ich bin`s, Chef. Was haben Sie da eben eigentlich mit dem Vertriebsleiter ausgehandelt?" „Ich habe für Sie beste Konditionen herausgeholt. Sie möchten doch eine Wohnung kaufen, und ich helfe ihnen dabei. Wir haben die Möglichkeit, verdienten Mitarbeitern einen steuerfreien Zuschuss zur Alterssicherung zu gewähren. In Ihrem Fall habe ich mit meinem Schwiegervater noch einen Deal gemacht: Er reduziert den Wohnungspreis für die Dreizimmerwohnung auf einhundertachtzigtausend Euro und von Ihrem Arbeitgeber erhalten Sie zwanzigtausend Euro zur Alterssicherung. Sie müssen jetzt allerdings noch zehn Jahre bei uns bleiben, bevor Sie hier ausscheiden dürfen, sonst müssen Sie den Betrag zurück erstatten. Das bedeutet für Sie: Sie können in einem Jahr in die Wohnung einziehen, die Ihnen sogar Raum genug lässt für Ihre Familienplanung. Über die Finanzierung der Wohnung sprechen wir dann noch einmal, wenn es soweit ist. OK? Und nun machen Sie aber, dass Sie nach Hause kommen. Sie haben längst Feierabend." „Danke Chef, vielen, vielen Dank für Ihre Unterstützung", stotterte die junge Frau ein wenig. Völlig unerwartet fiel sie Peter um den Hals und gab ihm einen Kuss auf die Wange. Sie schien selbst über sich ein wenig erstaunt, dass sie Peter so spontan geküsst hatte. Sie war einfach völlig überwältigt. „Entschuldigung, Senhor McCord, aber ich bin so glücklich. „Das haben Sie Ihrem Fleiß und Ihrem Organisationstalent zu verdanken. Machen Sie weiter so und jetzt raus mit Ihnen." Mit einem Strahlen verabschiedete sie sich in den Feierabend.

Peter fühlte sich müde und abgespannt. An solchen Abenden schnappte er sich zumeist, wenn er zu Hause eintraf und es kühler wurde, Mahmud und fuhr mit ihm zum Joggen an den Strand. Er blickte vor sich auf seinen Schreibtisch und betrachtete die Bilder, die Theresa ihm dieses Jahr als Collage zum Geburtstag geschenkt hatte. Hier stand seine ganze Familie vor ihm. Doch seit die Ramirez ihren Rachefeldzug führte, musste er auf die Anwesenheit all seiner Kinder verzichten. Bei Mahmud bestand sogar die Gefahr, dass er ihn niemals mehr lebend wieder sehen würde. Peter schlug mit seiner Faust mit voller Wucht auf die Tischplatte. Ohne einen Gefühlsausbruch ging es diesmal doch nicht ab. Der Umstand, zur Untätigkeit verdammt zu sein, setzte ihm dabei noch am meisten zu. „Hör zu, Emanuela Ramirez. Wenn du meinem Jungen auch nur ein Haar krümmst, bringe ich dich um", schwor er leise vor sich hin. Peter war so in Gedanken, dass er beinahe das Summen seines Mobiltelefons überhörte. Weil er die Nummer nicht kannte, die auf dem Display zu lesen stand, meldete er sich mit Namen. „McCord." „Hallo, Peter, Simon Sharp hier. Wundern Sie sich nicht wegen der unbekannten Rufnummer. Dies ist eine neue mehrfach gesicherte Leitung." „Hallo, Chief. Ich dachte schon, die Entführer wenden sich direkt an mich, um mir einen Deal vorzuschlagen." „Diesen Anruf kann sich die Ramirez sparen. Wir haben ihren Aufenthaltsort geortet." Wenn Peter bis vor wenigen Minuten noch leicht abgespannt, niedergeschlagen und schläfrig in seinem Bürosessel gesessen hatte, zündete gerade ein Funken, der ihn hellwach machte und seinen Kreislauf auf Hundertprozent beschleunigte. „Sie haben was?" „Ja, Peter, Sie haben richtig gehört. Wir haben über einen Informanten vor Ort und durch Einsatz eines Satelliten den Aufenthaltsort ausfindig machen können." „Dann können wir ja schnellstens losschlagen!" „Ja, aber seien Sie vorsichtig, Peter. Die Ramirez hat vor etwa elf Monaten über einen Strohmann ein sehr großes Anwesen in der Nähe von

Burgau erstanden, das nie fertig gebaut wurde und als Camping- und Hotelanlage gedacht war. Mittlerweile befinden sich auf dem Gelände gut getarnt diverse Fertigungshallen und Wohnhäuser. Unsere Spezialisten vermuten, dass die Ramirez plant, so wie es ihr Vater an der Algarve vorhatte, dort Drogen in sehr großem Stil herzustellen. Das Areal ist hermetisch abgeriegelt und wird sehr gut bewacht. Sie kennen ja die dafür benötigten Utensilien zu Genüge. Laut Aussage unseres Informanten arbeiten und wohnen dort mehr als fünfzig Leute. Was diese Menschen dort allerdings den ganzen Tag so treiben, wissen wir leider nicht. Sie sollten schnellstens versuchen, Ihren Sohn da rauszuholen, wenn er noch lebt." „Ja, Sir, erst einmal danke für die Informationen. Ich setzte mich gleich mit Fabio Mugalla in Verbindung." „Tun Sie das, und wenn Sie etwas benötigen, melden Sie sich. Bis bald." „Ja, danke Sir", doch seine Verabschiedungsfloskel bekam Simon Sharp wie üblich schon nicht mehr mit, weil er das Gespräch bereits beendet hatte.

„Fabio? Peter hier. Ich weiß jetzt, wo sich die Ramirez hin verzogen hat." Peter berichtete dem Chef der Polizei, was er aus London erfahren hatte. „Das sind ja mal endlich gute Nachrichten, Peter. Ich setzte mich gleich mit dem Staatsanwalt in Verbindung, damit er einen Durchsuchungsbefehl erwirkt." „Das ist gut. Sag mir Bescheid, wann ihr losschlagt. Ich bin dabei." „Ja, Peter. Kommst du jetzt auf die Pousada?" „Ja, ich mache jetzt Feierabend." Bevor er das Bürogebäude verließ, telefonierte er noch mit Gina und Raoul in Schottland und mit seinen Eltern. „Sei unbesorgt, Mutti, wir haben alles im Griff." „Es wird Zeit, dass du den Jungen aus den Fängen dieser Frau befreist. Ich habe so Angst, dass ihm etwas zugestoßen ist." „Ich weiß es ja, aber bis jetzt waren mir die Hände gebunden. Ich hoffe, dass wir jetzt vorankommen." „Ich drücke dir ganz fest die Daumen. Grüß mir Theresa. Mit ihr habe ich heute auch schon telefoniert." „Mach ich, Mutti. Bis bald."

Kapitel 24

Nach einem leichten Abendessen zogen sich Fabio, Chuck, Sam, Peter und sein Schwiegervater in der Bibliothek zurück. „Wie wirst du weiter vorgehen, Fabio?", erkundigte sich Peter bei seinem Freund, nachdem er alle Beteiligten über den Stand der Entführung unterrichtet hatte. „Staatsanwalt Rodriguez hat mir zugesagt, bis morgen früh den Durchsuchungsbeschluss für das Anwesen der Ramirez auszustellen. Ich denke mal, dass ich die Urkunde gegen acht Uhr in Händen halte. Dann fahren wir mit zehn Beamten der Polizei Faro und weiteren Kollegen aus der Region Sagres zu der Anlage und führen dort eine Hausdurchsuchung durch. Du bekommst von mir eine Polizeiuniform, damit man dich nicht gleich erkennt. Die Aktion ist mit dem Innenministerium und dem Polizeichef von Sagres abgestimmt. Ich übernehme die Koordination der Kräfte." „Sehr gut, Fabio. Hier sind die Pläne der Anlage und die Satellitenfotos, die ich aus London erhalten habe. Ich möchte morgen schon sehr zeitig nach Burgau fahren, um dort unbemerkt die Zufahrt zu beobachten. Falls mal etwas an Informationen durchgesickert sein sollte, kann uns die Ramirez nicht mehr entkommen." „Wie meinst du das mit dem Durchsickern von Informationen, Peter?", fragte Fabio entrüstet zurück und riss seine großen schwarzen Augen weit auf. „Jetzt sei nicht gleich wieder eingeschnappt, Kumpel. Wir wissen doch nicht, über welche Kanäle die Ramirez bereits verfügt." „Ich fahre mit dir raus, Peter", bot sich Chuck sofort an. „Ja, gut. Vier Augen sehen immer mehr als zwei." „Ich stelle ein paar Sachen zusammen, die wir benötigen und packe sie in den Jeep." „Alles klar." Obwohl eigentlich niemand an Schlaf dachte, lösten die Herren ihre Runde schon gegen zweiundzwanzig Uhr dreißig auf. Sie wollten ausgeruht den kommenden Tag beginnen in der Hoffnung, dass Mahmud am folgenden Abend wieder gesund bei ihnen am Tisch sitzen wird. Als Peter sich erschöpft in sein Bett fallen ließ, lag Theresa noch wach auf ihrem Kissen und starrte unentwegt zur Decke. „Hallo, Peter", sprach sie ihren Mann leise an. Peter sah, dass sie weinte. Sofort drehte er sich zu ihr hin und nahm sie in den Arm. „Ich habe solche Angst, dass Mahmud bereits tot ist. Ich möchte ihm doch noch soviel beibringen und ihm später meine Praxis übergeben. Vielleicht bleibt er ja auch mit Min Thai zusammen, und sie arbeiten beide in der Praxis. Patienten sind genug vorhanden, und gut leben könnten sie beide auch von den Einnahmen. Ach, Peter, ich habe solche Angst. Wie geht ihr denn jetzt weiter vor?" Peter trocknete Theresas Tränen. „Ich fahre morgen schon sehr früh mit Chuck nach Burgau und observiere den Zugang zu der Anlage der Ramirez, damit uns die Lady nicht mehr entkommen kann. Fabio trifft später mit einem größeren Polizeiaufgebot ein und beginnt mit der Durchsuchung. Ich bekomme eine Polizeiuniform, damit mich die Ramirez nicht sofort erkennt oder mir gar den Zugang als nicht Polizeibeamter verweigert. Versuch jetzt ein wenig zu schlafen, mein Engel. Wenn alles gut geht, hole ich den Jungen und seine Kleine morgen da raus." Peter wusste nur allzu gut, dass es bei solchen Aktionen ohne lange Vorbereitungszeit immer wieder zu unvorhersehbaren Komplikationen kam, doch verschwieg er dies bewusst, um Theresa nicht noch mehr zu verunsichern. „Ach, bevor ich es vergesse, Peter: Francis hat mich angerufen. Sie ist im dritten Monat schwanger. Es geht ihr gut, und auch ihr Mann Paul freut sich schon sehr auf den Nachwuchs. Sie fliegt aber nach wie vor den Rettungshubschrauber der australischen Buschklinik ihres Mannes." „Das sieht ihr ähnlich. Fliegen ist einfach ihr Leben. Ich freue mich sehr für sie, dass es ihr gut geht." „Ich glaube, wenn es mich nicht gegeben hätte, wärst du jetzt mit ihr verheiratet." „Wie kommst du denn darauf?" „Sie ist meine beste Freundin, und weil sie mal erzählt hat, dass sie sich während eures gemeinsamen Einsatzes im Iran unsterblich in dich verliebt hat. Es war wohl Liebe auf den ersten Blick." „Davon habe ich jedoch nichts mitbekommen. Es war aber auch ganz bestimmt nichts zwischen uns." „Kein Wunder, Männer eben. Sie lässt dich ganz herzlich grüßen und drückt uns fest die Daumen, dass Mahmud bald wieder bei uns ist. Wenn du Hilfe benötigst, sollst du dich nur melden, sagt sie. Sie hätte immer kurzfristig die Möglichkeit, hier mit einzugreifen. Verstehst du, was sie damit meint?" „Danke für die Grüße. Ich ahne es und mir schwant fürchterliches. Sie soll sich während ihrer Schwangerschaft schonen und keinen Unsinn machen." „Sie ist doch nur schwanger, Peter, und nicht krank." „Du weißt aber nicht, was sie so alles unter helfen versteht." Allmählich wurde ihre Unterhaltung einsilbig und Theresa schläfrig. Er hielt sie noch lange in seinem Arm, bis sie endlich eingeschlafen war. Peter fand nicht recht in den Schlaf. Er kannte diese Unruhe aus seiner früheren Zeit vor größeren Einsätzen, doch irgendwie war es heute anders. Immer wieder hatte er das Bild von dem lachenden Jungen vor Augen, den er genauso liebte wie seine leiblichen Kinder, und genau in dieses lachende Gesicht wollte er sobald als möglich wieder schauen können. Koste es was es wolle. Wieder keimte Hass in ihm auf und wieder versuchte er, dagegen anzugehen.

Bis auf eine winzige Lampe brannten keine Lichter in dem geschmackvoll eingerichteten Büro. Emanuela Ramirez lag nur in einen Bademantel gehüllt auf ihrem Sofa, ein feuchtes, kühlendes Handtuch auf ihrer Stirn. Sie döste schläfrig vor sich hin, sediert mit starken Schmerzmitteln, weil sie mal wieder ihre heftigen Kopfschmerzen arg strapazierten. Verärgert nahm sie wahr, dass Pedro nach seinem Anklopfen, ohne ihre Aufforderung abzuwarten, ihr Büro betreten zu dürfen, einfach herein geschlichen war. „Was willst du, Pedro? Mir geht es nicht gut. Also?" „Was machen wir mit dem jungen Araber und dem Thaimädchen?" „Ach, was weiß ich denn? Das Mädel sieht gut aus und ist jung. Sie kann ab morgen in der Roten Laterne in Lagos anschaffen gehen. Den Jungen werft ihr morgen an der Westküste von den Klippen ins Meer. Sieht sogar noch wie ein Unfall aus. War`s das?" „Ja, Emanuela." „Du hast deine Anweisungen. Mach, dass du raus kommst." Wortlos verschwand der junge Kolumbianer und verschloss hinter sich die Türe. „Diese Dummköpfe sind ohne führende Hand so hilflos wie Schildkröten, die auf dem Rücken liegen," flüsterte sie leise vor sich hin. Ein Glück, dass ich bereits alles für die Endabrechnung mit McCord und seiner Schlampe vorbereitet habe. Sie werden so langsam wie möglich sterben und mich anbetteln, es endlich zu Ende zu bringen. Dann plötzlich keimte eine ihrer heimtückischen Ideen in ihr auf. Sie griff zum Hörer des Haustelefons und gab die Nummer siebzehn ein. „Emanuela hier. Hör zu, Pedro. Ich habe eine neue Anweisung für dich. Hörst du mir zu?" „Ja, Chefin. Selbstverständlich. Was gibt`s?" „Ich habe umdisponiert. Du legst morgen den jungen Araber um, schneidest ihm den Kopf ab und schickst diesen per UPS an die Firmenzentrale der Sanchez Ltd. zu Händen von Peter McCord. Leg eine Karte dazu mit herzlichen Grüßen von Emanuela Ramirez. Hast du Hohlkopf das begriffen, Pedro?" „Jawohl, Chefin." „Da bin ich aber mal gespannt." Sie warf den Hörer auf die Station und legte sich auf den Rücken. Wieder ging sie ihren Gedanken nach. Was war das doch für ein erhebendes Gefühl zu wissen, dass sich dieser Agent und seine Schlampe morgen fürchterlich grämen werden. Doch weil sie diesen schaurigen Moment live miterleben wollte, nahm sie noch einmal das Telefon zur Hand. „Gonzales? Ich bin`s, Emanuela. Ist es möglich ein Paket an einen Adressaten zu versenden, dessen Gesicht ich sehen kann, wenn er den Karton öffnet?" „Aber natürlich ist dies möglich, Emanuela." „Wie lange brauchst du dazu, um die passende Apparatur zu besorgen und zu installieren?" „Höchstens zwei, drei Tage, Chefin." „Dann besorg morgen alles an technischem Equipment, was du benötigst und melde mir, wenn du fertig bist. Und noch etwas, Gonzales: Du hast drei Tage, keine Stunde mehr." Ihr irres Lachen vernahm der technische Leiter schon nicht mehr, da sie das Gespräch bereits beendet hatte.

Kapitel 25

Peter hatte ganz früh am Morgen erst heiß und dann kalt geduscht und sich anschließend in seinen schwarzen Kampfoverall gezwängt. Entgegen seiner sonstigen Gepflogenheit verzichtete er heute darauf, Theresa einen Abschiedskuss zu geben, um sie nicht aufzuwecken. Er schrieb ihr einen kurzen Gruß auf ein Stück Papier und legte ihr dieses auf ihren Frühstücksteller. Hunger verspürte er keinen. Peter schob in der Küche nur rasch eine Kapsel in den Kaffeeautomaten und brühte sich damit einen Becher Kaffee auf. Schluck für Schluck ließ er den heißen, starken Wachmacher in seinen Magen laufen. Als er den Becher abstellte, vernahm er draußen schon das Geräusch eines schweren Dieselmotors. Sogleich lief auf den leisen Sohlen seiner schwarzen Kampfstiefel nach draußen. Chuck liebte am Morgen keine großen Worte. Deshalb grüßte er Peter nur flüchtig und ließ ihn auf dem Beifahrersitz Platz nehmen. Sofort fuhr er los. Chuck verstand sich gut darin, den schweren Range Rover geschickt und schnell zu bewegen.

Trotzdem benötigten sie für die Strecke zum Einsatzort nach Burgau fünfundvierzig Minuten. Chuck hatte sich mittels seiner Karten einen sehr guten Punkt etwas oberhalb der Zufahrt zum Gelände der Ramirez ausgesucht, wo er den Geländewagen abstellte. Sie hatten die ganze Strecke lang kein Wort gewechselt. Beide Männer waren nur ihren Gedanken nachgegangen. Mit einem Sprung verließen sie das Wageninnere. Chuck öffnete die Heckklappe. Peter musste ob des Anblicks schmunzeln, der sich ihm bot: Erstaunlich, was Chuck so unter ein paar Sachen mitnehmen verstand. Unter einer Decke versteckt lagen zwei Maschinenpistolen, mehrere gefüllte Magazine, zwei große Stabtaschenlampen sowie zwei Nachtgläser. Auch an eine Thermoskanne mit Kaffee und eine Box mit Broten hatte Chuck gedacht. Ohne lange Erklärungen abzugeben, verteilte der wortkarge Schotte seine Mitbringsel und verschloss den Range. Nur Minuten später bezogen die beiden Männer versteckt hinter einem Felsvorsprung ihre Posten direkt gegenüber der gut beleuchteten Zufahrt zum ehemals als friedliches Campingareal gedachten Anlage. Patrouillierten dort nicht permanent gut bewaffnete Milizionäre, hätte man das Anwesen glatt für einen Ferienclub halten können.

Bereits kurz nach halb neun, weit früher als erwartet, meldete sich Fabio Mugalla über Handy. „Hallo, Peter. Wir sind in fünf Minuten bei euch. Befestigt bitte die Polizeischilder an eurem Fahrzeug und zieht euch die Uniformjacken an. Wir treffen uns in wenigen Minuten an der Abfahrt von der N 125." „Alles klar, Fabio, wir sind auf dem Weg." Wenig später fand das Rendezvous der fünf Fahrzeuge von Fabio Mugalla, den vier Einsatzwagen der Polizei von Sagres und Peters Range statt. Peter reihte sich mit Chuck gleich hinter Fabio ein, der die Führung der Kolonne übernahm. Als sich der Feuerball der Sonne langsam am Horizont zeigte, stoppte Fabios

Wagenkolonne direkt vor der Schranke der Anlage. Der Polizeichef verließ seinen Wagen und betrat das Wachgebäude. „Polizeidirektor Mugalla. Ich habe hier einen Durchsuchungsbefehl für das Anwesen. Öffnen Sie unverzüglich den Schlagbaum." Ein junger Wachmann nahm den Hörer seines Telefons in die Hand und sprach kurz mit einem Teilnehmer. „Moment bitte, Herr Direktor, Sie werden gleich in Empfang genommen", antwortete der junge Mann. Nur wenige Minuten später tauchte eine schwarze Limousine auf, der ein älterer Herr mit randloser Brille, weißgrauem Haar und dunkelblauem Maßanzug entstieg. Würdevoll bewegte sich der ältere Herr Fabio entgegen. „Guten Morgen, Direktor Mugalla. Mein Name ist Louis Vegano. Ich bin der Rechtsanwalt der Ramirez Gruppe. Was kann ich für Sie tun?" „Ich habe hier vom ermittelnden Staatsanwalt aus Faro einen Durchsuchungsbeschluss für Ihr Anwesen und möchte diesen umgehend vollstrecken." Fabio Mugalla wurde bereits ein wenig ungehalten, weil er in seiner Arbeit aufgehalten wurde. „Darf ich den Beschluss mal sehen." Ruppig hielt der Polizeichef dem Rechtsanwalt den Beschluss vor die Nase. Ohne Hast überlas der Advokat die Begründung für den Durchsuchungsbefehl. „Haltlose Anschuldigungen, die es zu beweisen gilt, Direktor Mugalla, doch spielt dies ohnehin keine Rolle. Sie befinden sich hier nämlich am Eingang der Niederlassung der Botschaft von Kolumbien. Kopien der Beurkundungen darf ich Ihnen hiermit aushändigen. Die ständige Vertretung von Kolumbien in Lissabon hat diese Niederlassung erst vor wenigen Tagen eröffnet, sodass Ihnen dies wie auch dem Kollegen Staatsanwalt sicher nicht geläufig war. Ein Betreten des Botschaftsgeländes wird Ihnen Kraft Gesetz hiermit verwehrt. Wenden Sie sich in dieser Angelegenheit bitte an Ihr Außenministerium. Auf Wiedersehen, Direktor Mugalla."

Wie ein begossener Pudel stand Fabio Mugalla vor dem Tor zum Wohnsitz von Emanuela Ramirez. Tränen der Wut standen ihm in den Augen. Peter, der das Gespräch durch die geöffnete Seitenscheibe seines Wagens mitgekommen hatte, konnte ebenfalls die Welt nicht mehr verstehen. Fabio lief gleich auf den Wagen seines Freundes zu. „Mir sind jetzt die Hände gebunden, Peter. Ich werde mich gleich mit dem Außenministerium in Verbindung setzen und nachfragen, ob das alles mit rechten Dingen zu gegangen ist. Mehr kann ich einfach nicht machen. Es tut mir so leid, Peter." Mit Tränen in den Augen wendete sich der Polizeidirektor seinem Dienstwagen zu und ließ sich kopfschüttelnd in den Sitz hinter sein Lenkrad fallen. Der ehemalige Agent Peter McCord hatte in seinem Leben schon eine Menge Misserfolge zu überstehen gelernt, doch diesmal war es anders. Es betraf seine Familie. Sein inneres Auge sah nur die Sanduhr, die die Lebenserwartung von Mahmud und Min Thai darstellte. Langsam, aber stetig rann der feine Sand, der die restliche Laufzeit des Lebens der beiden Kinder darstellte, aus dem oberen Glaskörper durch die Verengung in das untere Glasgebilde. Lange würde es nicht mehr dauern, und der Sand war vollständig durchgerieselt. Hass und die Angst, untätig dabei zusehen zu müssen, wie die Kinder ihrem Schicksal entgegen eilten, ohne das er ihnen helfen konnte, ließ ihn schier wahnsinnig werden.

Die Wagenkolonne wendete und löste sich rasch in alle Himmelrichtungen auf. Erst nachdem sie bereits zwanzig Minuten gefahren waren, sprach Chuck Peter an: „Wohin kann ich dich bringen, Peter?" „Ach, fahr mich einfach ins Büro nach Portimao. Ich muss jetzt nachdenken." „Willst du dich nicht erst umziehen?" „Nein, ich bleibe so. Die albernen Polizeijacken kannst du Fabio nachher zurückgeben." Wieder schwiegen die Männer still vor sich hin. In Peters Kopf arbeitete es ununterbrochen, doch einen wirklich guten Einfall zur Befreiung der Kinder aus der Anlage kam ihm nicht in den Sinn. Eines jedoch stand für ihn bereits fest: Er würde von jetzt an ganz alleine eine Aktion planen, um Mahmud und die Kleine aus den Fängen dieser Wahnsinnigen zu befreien. Nur das wie war ihm noch unbekannt.

Kapitel 26

„Guten Morgen, Senhor McCord. Waren Sie irgendwie wandern oder so was?" Mehr fiel Conzuela Martinez nicht ein, als ihr Chef gegen zehn Uhr das Büro mit einem schwarzen Kampfanzug bekleidet betrat. „Morgen, Conzuela. So etwas in der Art. Sagen Sie bitte für diese Woche alle meine Termine ab." „Jawohl, Chef", kam seiner hübschen Assistentin noch über die Lippen, die immer sprachloser wurde, als sie Peters Pistolenholster an seinem Gürtel erblickte. Ohne weitere Worte zu verlieren betrat Peter sein Büro und schloss die Türe, etwas, das er sonst eigentlich nie zu tun pflegte. Erschöpft ließ er sich in seinen Sessel fallen. Zunächst zog er den Holster aus dem Gürtel und schloss seine Walther in der Schreibtischschublade ein. Wenig später klopfte es zaghaft an seiner Türe. „Kommen Sie herein, Conzuela." Vorsichtig balancierte die junge Frau ein Tablett mit einer Kanne Tee und seinem Becher herein, dass sie sachte auf dem Schreibtisch abstellte. „Ich…. ich wollte mich noch einmal bei Ihnen bedanken, dass Sie mich so beim Kauf der Wohnung unterstützen. Kann ich irgendetwas für Sie tun, Chef?" Conzuela Martinez spürte, dass irgendetwas ihren Chef sehr bedrückte. „Das ist sehr lieb von Ihnen, aber Sie können mir leider nicht helfen." „Dann geh ich jetzt wohl besser in mein Büro?" Da Peter nichts erwiderte, verließ sie leise sein Office.

Noch während Peter sich einen Becher Tee eingoss, summte sein Handy. Sofort erkannte er Theresas Rufnummer und sprach sie an: „Hallo, mein Engel, alles in Ordnung bei dir?" „Ja, hier ist alles OK. Die Wartezimmer sind bis zum letzten Platz gefüllt. Wie ist es gelaufen? Sind Mahmud und Min Thai frei? Ich warte schon lange auf deinen Anruf." „Nein, leider nicht Theresa. Ich weiß auch noch nicht, wie es weiter gehen soll." Peter berichtete seiner Frau in groben Zügen, was geschehen war. „Aber du hast doch sicher etwas vor, wie ich dich kenne, Peter?" „Ich weiß nur, dass ich die beiden da rausholen werde und wie es scheint, werde ich das alleine durchziehen müssen." „Peter, das ist doch blanker Wahnsinn. Du bist nicht mehr der junge Kämpfer McCord, der alleine losschlägt und unbesiegbar ist. Du musst auch mal an uns denken." „Das tue ich, keine Sorge, ich denke aber auch an Mahmud und Min Thai, und das deren Leben nur noch an einem seidenen Faden hängt." „Peter, bitte mach nichts Unüberlegtes und sag mir, was du vorhast." „Sobald ich das weiß, sage ich es dir. Bis bald." Peter beendete abrupt das Gespräch. Mahnungen seiner Frau waren jetzt das Letzte, nachdem ihm der Kopf stand. Peter ergriff erneut seinen Telefonhörer und setzte den Wahlvorgang für ein Ferngespräch in Gang. „Hallo, Peter. Haben Sie Ihren Stiefsohn und seine Lebensgefährtin befreien können?" „Morgen, Mr. Sharp. Leider nein." Sofort setzte er mit kurzen Worten den Chef des MI6 über das Geschehene in Kenntnis. „Das ist übel, Peter. Jetzt kann Ihnen Mugalla und seine Truppe nicht mehr helfen. Jedes Vordringen auf das zur Botschaftsniederlassung umfunktionierte Areal wird gewaltige politische Wellen schlagen und einen Konflikt mit Kolumbien auslösen. Portugal unterhält recht gute wirtschaftliche und freundschaftliche Beziehungen zu Kolumbien, die dadurch erheblich gestört würden. Vor allem, wenn die Ramirez die beiden Jugendlichen überhaupt nicht auf ihrem

Gelände gefangen hält, oder Sie die beiden dort einfach nicht finden, hätte dies fatale Folgen." „Das weiß ich, aber das Leben der beiden Jugendlichen hängt von meinem Eingreifen ab. Ich bereite einen lautlosen Angriff auf das Gelände vor, um zu versuchen, die Geiseln zu befreien." „Das ist eine Nummer zu groß. Das schaffen Sie alleine nicht. Peter, Sie kennen mich lange genug, um zu wissen, dass ich solche Situationen genau einzuschätzen weiß. Ich darf Ihnen auf der offiziellen Schiene leider auch nicht helfen. Wir dürfen es uns weder mit den Portugiesen noch mit den Kolumbianern verscherzen." „Tja, Sir, ich möchte es mir auch nur mit der Ramirez verscherzen und das ganz schnell, sonst sind nämlich die Kinder nicht mehr am Leben. Ich habe jedoch für einen solchen Einsatz keine Waffen und keine spezielle Ausrüstung zur Verfügung. Aber ich muss da hinein, Sir." Peters Stimme klang verzweifelt. „Geben Sie mir ein paar Stunden Zeit, Peter. Ich sehe, was ich für Sie tun kann." „Danke, Sir."

Auf den Anruf seines Vaters, den er sehr schätzte, hätte er gern verzichtet, da er leider nichts Positives zu berichten wusste. „Soll ich mit der Königin sprechen, Junge? Sie besitzt mehr Einfluss als man glaubt." Peter wusste nur allzu gut, dass sich sein Vater für eine solche Kontaktaufnahme sehr weit aus dem Fenster legen musste, obwohl das schottische Adelsgeschlecht, dem seine Familie entstammte, sehr nah mit dem des britischen Königshauses verwandt war. Doch ihm war ebenso bewusst, dass sein Vater für seinen Sohn und die Kinder jederzeit dazu bereit gewesen wäre. „Nein, Dad, lass mal gut sein. Ich versuche die Sache alleine zu stemmen." „Wann möchtest du denn losschlagen?" „Wenn ich genügend brauchbares Equipment in der Kürze der Zeit zusammenbekomme, übermorgen. Hoffentlich ist es dann nicht schon zu spät." „Kopf hoch, Junge, ich höre mich um, was wir von hier aus noch machen können. Ich melde mich, sobald ich etwas für dich habe. Den Kleinen geht es übrigens sehr gut. Ich glaube, sie werden langsam echte Schotten." „Lass das bloß nicht Theresa hören, Dad." „Grüß sie von mir, Peter." „Bestell Mum und den Kinder auch liebe Grüße von mir." Als er das Gespräch beendet hatte, trank er einen weiteren Becher des schwarzen Darjeeling, der wenigstens seine Lebensgeister weckte. Peter stand von seinem Sessel auf und entnahm seinem Safe die Pläne des Ramirezareals, die er aus London erhalten hatte. Er räumte seinen kleinen Konferenztisch leer und breitete die Karte darauf aus. Akribisch untersuchte er jede Möglichkeit, das Gelände unbemerkt betreten zu können. Es brauchte etwa zwei Stunden, bis er sich sicher war, unerkannt in die Anlage eindringen zu können. „Du wirst eine Menge Glück benötigen, wenn du den Job lebend überstehen willst, mein lieber Peter", sprach er leise vor sich hin. „Hallo, Chef. Ich mache jetzt Feierabend. Kommen Sie morgen ins Haus?" „Ich denke schon." „Ich habe noch die ganze Post zum Unterschreiben und einige Vorgänge zur Klärung bei mir liegen." „Das kriegen wir morgen hin. Schönen Feierabend." „Ihnen auch, Chef." Conzuela druckste ein wenig herum. „Ist noch etwas?" „Wenn Sie Hilfe benötigen, bleibe ich selbstverständlich länger." „Das ist sehr lieb von Ihnen, aber ich komme schon alleine klar. Schönen Feierabend und jetzt raus mit Ihnen. Machen Sie sich einen schönen Abend." Dies war das erste Mal am heutigen Tag, dass sie Peter wieder lächeln sah.

Als es dämmerte fuhr Peter seinen PC herunter. Bild für Bild flog auf dem Monitor an seinen Augen vorbei, die er jedoch nicht wirklich wahrnahm. Er musste an die Worte von Simon Sharp denken, der ihm dringend von seinem Vorhaben abgeraten hatte. Doch wie sollte er sonst Mahmud und das Mädchen aus den Fängen dieser Wahnsinnigen befreien? Er sah einfach keine andere

Möglichkeit als seine geplante Kommandoaktion. Als er gerade seine Waffe der Schreibtischschublade entnahm, summte sein Handy. „Hallo, Peter, Sharp hier. Leider sind mir offiziell die Hände gebunden, doch manchmal gibt es bemerkenswerte Zufälle. Admiral Holister, übrigens ein guter Bekannter Ihres Herrn Vaters, befindet sich gerade mit dem Zerstörer HMS Berkshire von einer Übungsfahrt auf dem Rückweg vom Atlantik nach Southampton. Da es an Bord völlig unerwartet ein Maschinenproblem gibt, hat er angeordnet, die Berkshire in ruhige Gewässer zu fahren, um den Schaden zu begutachten. Der Zerstörer geht dafür heute Nacht für eine Stunde außerhalb der Dreimeilenzone vor Portimao vor Anker. Holister erwartet Sie. Er hält Ladung für Sie bereit, Peter. Genauer gesagt sechs Zargeskisten. Sie finden darin alles, was Sie und etwa zehn weitere Helfer für einen solchen Einsatz benötigen. Der Zeitpunkt des Rendezvous ist 0:45 Uhr. Der Zerstörer morst fünf Minuten vorher per Handscheinwerfer folgenden Text: Bis Weihnachten ist noch viel Zeit. Sie antworten: Wir üben aber schon Bescherung. Sie fahren auf die Berkshire zu und legen backbord an. Dort werden Ihnen die Kisten übergeben, und Sie nehmen sechs Männer an Bord, die Sie bitte an Land bringen. Danach legen Sie sofort wieder ab und fahren zurück. Bedenken Sie bitte, dass Ihr Boot ausreichend Platz für die Kisten und die Männer bieten muss. Da sich unter den Ihnen überlassenen Ausrüstungsgegenständen Kriegswaffen und Munition befinden, übernehmen in genau einer Woche um 04:00 Uhr mehrere Marinesoldaten in drei Schlauchbooten des U-Bootjägers Kent die noch vorhandenen Gegenstände am Strand von Olhos de Agua. Denken Sie bitte daran, Peter, dass unsere Jungs nur wenig Zeit für die Aktion haben, und dieser Einsatz nicht mit der portugiesischen Regierung abgesprochen ist. Mehr kann ich leider nicht für Sie tun, Peter. Haben Sie sich alles notiert?" „Ja, Sir,

wie gewöhnlich ist alles in meinem Kopf gespeichert."
„Genauso kenne ich Sie. Viel Glück, Peter." „Vielen Dank,
Sir", antwortete Peter noch, doch der Chef des MI6 hatte
bereits die Leitung verlassen. Auch wenn überhaupt kein
Anlass zur Freude bestand war Peter überglücklich, dass
er noch so große Unterstützung durch seinen ehemaligen
Chef erfuhr.

Kapitel 27

Gegen 20:30 traf Peter auf der Pousada seiner
Schwiegereltern ein. Die beiden Streifenwagen, die ihn
auf der Heimfahrt begleiteten, befanden sich bereits auf
dem Weg zurück in ihr Revier. Peter sah müde aus. Seine
Gesichtshaut schimmerte grau und fahl. Theresa nahm
ihren Mann gleich in die Arme und drückte ihn an sich. „Es
wird bestimmt alles gut werden, Peter. Gibt es etwas
Neues?" Peter legte ihr seinen Arm über die Schulter und
ging mit Theresa ins Speisezimmer der Pousada. „Sharp
unterstützt mich mehr als ich je gedacht hätte. Ich
bekomme heute Nacht das für einen solchen Einsatz
benötigte Material geliefert. Weißt du, ob die Yacht deines
Vaters auslaufbereit ist?" „Leider nein, Peter, aber Vater
kommt gleich zum Abendessen. Frag ihn." Theresas
Mutter Estella betrat als erste das Speisezimmer. „Hallo,
mein Junge, Du siehst müde aus. Setz dich. Möchtest du
ein Glas Wein?" „Hallo, Estella. Bitte ein Glas Wasser. Ich
muss später noch einmal weg. Ich soll euch alle von
meinen Eltern und den Kindern grüßen." „Das ist lieb von
deinen Eltern. Wenn das alles vorüber ist, müssen sie uns
unbedingt besuchen kommen." „Das werden sie ganz
sicher tun. Vater meinte schon, Gina und Raoul würden
bereits richtige Schotten." Theresas Blick sprach Bände.
„Das fehlt noch. Meine beiden Kleinen sind Kinder der
Sonne und nicht der kalten Highlands." Auch Theresas
Vater musste lachen, der unbemerkt das Speisezimmer

betreten hatte. Er nahm seinen Schwiegersohn beiseite und ließ sich über den Stand der Dinge berichten. „Die Yacht kann sofort auslaufen, Peter. Brauchst du einen Skipper?" „Nein, Hugo, ich fahre alleine." „Ich verstehe, mein Junge. Ich rufe sofort den Hafenmeister an und lasse ausreichend Diesel bunkern." „Danke dir."

Fabio Mugalla und Sam Burton rümpften ihre Nase, als sie von Peter hörten, was er vorhatte. „Das geht niemals gut, Peter. Du brauchst ein paar Mann, die dir den Rücken freihalten und die euch vor allem da wieder raus helfen." „Ich bin dabei, Peter", erklärte sich Chuck sofort bereit." „Ich danke dir, Chuck. Dein Angebot nehme ich gern an." „Ich übernehme die Durchführung des Funkverkehrs, Peter. Ich kann dir leider mit meinen Beinprothesen nicht mehr helfen." „Ach, Sam, das weiß ich doch. Du hast mir schon genug geholfen." „Mir sind verdammt noch mal die Hände gebunden, Peter. Aber im Notfall stürmen wir das Areal. Das nehme ich dann auf meine Kappe, selbst wenn ganz Kolumbien nicht mehr mit uns spricht." „Das lass mal besser bleiben, Fabio. Du würdest damit einen politischen Zwischenfall auslösen, wenn du das Botschaftsgelände eines befreundeten Staates angreifst. Wir kriegen das schon irgendwie hin." Peter wusste nur allzu gut, dass sein letzter Spruch nicht mehr als eine Floskel darstellte, die die Nerven aller Anwesenden beruhigen sollte.

„Na Kleiner, dein Stiefvater kommt nicht mehr, um dich und deine Kleine hier rauszuholen. Braucht er auch nicht. Sobald die Technik eingerichtet ist, schicken wir ihm deinen Kopf in einem Paket mit meinen besten Empfehlungen dazu. Nun sag schon: Ist das nicht ein netter Zug von mir?" Mahmud lag apathisch auf seinem Bett. Sein Körper wies überall blaue Flecken und Verletzungen von den Folterungen der letzten Tage auf. Doch trotz der eher aussichtslosen Situation hatte er sich noch nicht aufgegeben. Er wusste in seinem tiefsten Inneren, dass Peter mit all seinen Möglichkeiten ganz sicher an seiner Befreiung arbeitete. „Deine Kleine schicken wir ins Bordell. Sie wird dort solange arbeiten, bis sie mir alle entstandenen Kosten erwirtschaftet hat, die ich bisher für euch beide aufgewendet habe. Das kann eine ganze Weile dauern. Aber sie ist ja noch jung. Meine Jungs werden sie in den nächsten Tagen ein wenig einreiten. Die erste Nummer darfst du dir live anschauen. Ich setz mich dann zu dir und erfreue mich mit dir an den lebhaften Bildern." Mahmud nahm das irre Lachen von Emanuela Ramirez kaum noch wahr, weil der Weinkrampf, der seinen Körper erschütterte, dies nicht mehr zuließ. Seine Angst, dass man Min Thai vergewaltigte, um sie anschließend auf den Strich zu schicken, raubte ihm beinahe den Verstand. Min Thai war seine erste große Liebe, und für sie würde er alles tun. Dass er ihr jetzt nicht beistehen konnte, war wohl die schlimmste Folter, die man ihm überhaupt antun konnte.

Obwohl Peter ein wenig aus der Übung gekommen war, Boote dieser Größe wie im Schlaf zu manövrieren, hatte er sich rasch mit den tausend PS der achtzehn Meter Yacht vertraut gemacht. Bevor er mit Chuck in See stach hatte er den Morsescheinwerfer überprüft, damit er der Berkshire auch korrekt antworten konnte. Die Yacht war erst drei Jahre alt und bestens gepflegt und in Schuss, sodass sich ein Check des Bootes erübrigte. Sie waren noch ziemlich früh dran, weshalb sich Peter viel Zeit lassen konnte. Leise glitt die Yacht wie schwerelos über den zahm dahin plätschernden Atlantik. Chuck stand neben Peter im Fahrerstand und beobachtete mit einem Nachtglas den Horizont. Schlag 0:45 Uhr erhellte ein starker Scheinwerfer, der sie wie ein Finger aus der Dunkelheit berührte, die Nacht. Peter entzifferte den gemorsten Text und antwortete der HMS Berkshire wie vereinbart. Sofort gab Peter Leistung auf seine Maschine und steuerte die schwere Yacht Richtung Zerstörer. Schon bald näherten sie sich den gewaltigen Aufbauten des britischen Kriegsschiffes, deren Ausmaße die Yacht eher wie ein Ruderboot erscheinen ließ. Sanft touchierten sie die Backbordseite der Berkshire. Helfende Hände warfen ihnen große Taue zu, die Peter und Chuck an der Yacht befestigten. Peter lief über eine leichte Verbindungsbrücke und betrat den Zerstörer. Das freundliche Grinsen eines alten Seebären, der genauso aussah, wie man sich einen erfahrenen Skipper vorstellte, empfing Peter. „Hallo, Commander, kommen Sie an Bord. Schön, Sie mal wieder zu sehen, wenn auch wie gewohnt nur unter erschwerten Bedingungen. Sie scheinen kein Mensch zu sein, der für den Ruhestand geboren ist. Wie geht es Ihrem Senior? Es ist an der Zeit, einen guten Malt mit ihm zu verkosten." „Hallo, Admiral. Ich freue mich ebenfalls, Sie wieder zu sehen. Es scheint Ihnen sehr gut zu gehen. Ist es so?" „Und ob mein Lieber. Ich bringe jetzt noch diese alte Schaluppe nach   Southampton, und dann steige ich für immer aus. Ich gehe in den Ruhestand und schon bald werde ich mit Ihrem Herrn Vater ein Fläschchen vom Besten kippen und auf die guten alten Zeiten anstoßen." „Dad wird sich bestimmt sehr freuen, Sie wieder zusehen, Sir. Und haben Sie schon Pläne?" „Noch nicht wirklich, Commander, aber Portugal könnte mir gefallen." „Sie sind jederzeit mein willkommener Gast." „Nun gut, mein Junge. Dann bleib bitte am Leben, damit wir bald gemeinsam ein Gläschen Portwein auf unsere Aktion trinken können. Hals und Beinbruch, Commander." „Danke, Sir. Hoffentlich werden Sie nicht noch zum Alkoholiker bei all den köstlichen Spirituosen, die Sie probieren möchten.", rief Peter dem Admiral noch im Überschwang zu, der sich winkend von ihm verabschiedete und ihm antwortete. „Kein Problem, mein Junge. Ich habe eine gute Leber."

Währenddessen hatten sechs kräftige Männer die gleiche Anzahl an schweren Zargeskisten auf die Yacht verladen. Peter lief rasch über die kleine Behelfsbrücke zurück auf sein Schiff. Chuck und ein weiterer junger Mann in ziviler Kleidung machten bereits die Leinen los. Peter beeilte sich, den Fahrerstand zu erreichen. Sofort drehte er bei und gab ordentlich Leistung auf die Maschine. Die unter Gefechtsbedingungen völlig abgedunkelte Berkshire wurde rasch kleiner im Rückspiegel der Yacht, und wenig später wurde sie wieder von der Dunkelheit der Nacht verschluckt. Peter schaltete den Autopiloten ein und nahm etwas Fahrt zurück. Als er sich umdrehte, um die sechs Männer zu begrüßen, die mit an Bord gekommen waren, versperrte ihm der muskulöse Körper eines gut einsfünfundneunzig großen Farbigen den Weg. Peter schaute dem Mann direkt ins Gesicht, der ein buntes Hawaiihemd und eine kurze Hose trug. Peter traute seinen Augen nicht. „Frank? Frank Maison? Bist du es wirklich?" „Denkst du etwa, ich hätte dir meinen Geist geschickt, Peter? Natürlich bin ich es. Auch wenn mich auf See immer der Klabautermann begleitet." „Was treibst du alte Landratte denn auf einem Zerstörer?" „Ich befinde mich auf dem Heimweg von Afghanistan, um Urlaub zu machen." „Du fährst auf einem Zerstörer nach Hause?" „Ja, warum nicht. Meine Jungs und ich sparen halt, wo wir können." „Ja sicher, die Armut treibt dich sogar auf See. Wie geht es Nora?" „Nora ist wieder in Sachen medizinischer Hilfe für Not leidende Menschen unterwegs. Sie hat mit einem britischen Ärzteteam ein Camp an der syrischen Grenze bezogen um dort den Flüchtlingen zu helfen. Wir werden Ende des Jahres heiraten. Ihr seid jetzt schon herzlich eingeladen." „Aber sicher werden wir zu eurer Hochzeit kommen. Sag nur frühzeitig Bescheid." „Peter?" Frank Maison nahm seinen alten Freund in den Arm. „Wenn du Nora, Rachel und Angela vor vier Jahren nicht aus diesem Drecksloch des iranischen Gefängnisses befreit hättest, gäbe es keine Hochzeit. Wir sind dir alle immer noch unsagbar dankbar, Peter. Ich werde dir nie vergessen, dass du dein Leben für die drei Frauen und besonders für Nora auf Spiel gesetzt hast." „Jetzt lass mal gut sein. Aber was machst du hier?" „Meine fünf Jungs und ich haben einen Abenteuerurlaub in einem Feriencamp nahe Burgau in Portugal gewonnen. Man versicherte uns, du wärst unser Reiseleiter." „Ihr seid hierher gekommen um mir zu helfen?" „Schön, dass du es endlich begriffen hast, Kumpel, und jetzt lass mich dir meine Jungs vorstellen. Komm mit." Die fünf jungen Männer des SAS Teams waren alles Spezialisten auf ihrem Gebiet und kampferprobt. „Hallo, Commander", begrüßten sie Peter im Chor, als er den Speiseraum unter Deck betrat. „Hallo, Jungs. Jetzt lasst bloß den militärischen Dienstgrad weg. Mein Name ist Peter, und ich danke euch von ganzem Herzen, dass ihr mir helfen wollt, meinen Jungen und dessen Freundin zu befreien. Was habt ihr denn so an Spielzeug mitgebracht?" Als Frank nach einander die Kisten öffnete, staunte Peter nicht schlecht, was ihnen an Ausrüstung zur Verfügung stand. Moderne, schallgedämpfte Sturmgewehre und Pistolen, Spezialmesser, Hightech Kletterausrüstung, schusssichere Westen und schwarze Overalls sowie Kampfstiefel, Kommunikationsmittel und jede Menge anderer nützlicher Dinge kamen zum Vorschein. Peter stellte den Männern noch kurz Chuck vor, der die Jungs erstmal auf dem Boot bewirtete, während er die Yacht in den Hafen von Portimao rangierte. Peter hatte telefonisch noch von Bord aus von der Pousada einen kleinen Bus und einen Kleinlaster angefordert, die begleitet von zwei Polizeifahrzeugen die Ausrüstung und die Männer zum Sanchez Anwesen brachten. Dort sorgte Peter für entsprechende Unterkünfte und setzte einen Besprechungstermin für 12:00 Uhr am kommenden Tag an. Kurz darauf fiel er völlig erschöpft ins Bett. Theresa erwachte, als sie spürte, dass ihr Mann sich neben sie gelegt hatte. „Peter?", flüsterte sie leise. „Gibt es etwas Neues?" „Ja, mein Engel. Sharp hat mir eine von Frank Maison geführte SAS Gruppe geschickt. Rechne ich Chuck und mich dazu, sind wir zu acht Männern. Damit müsste die Rettungsaktion zu machen sein. Morgen Mittag wissen wir mehr. Um zwölf Uhr ist von mir hier im Hause eine Besprechung angesetzt." „Das ist ja toll. Wie geht es Frank Maison und Nora?" „Gut, wie ich hörte. Nora arbeitet zurzeit in Syrien. Ende des Jahres wollen die beiden heiraten. Wir sind eingeladen." „Jetzt müsste die Befreiung der Kinder doch klappen. Ich bete immer wieder zu Gott, dass wir Mahmud und Min Thai lebend wieder sehen. Ich könnte doch auch mitkommen." „Das kommt überhaupt nicht in Frage. Du bist eine sehr gute Kinderärztin, jedoch für Kampfeinsätze völlig ungeeignet. Der Umgang mit Waffen ist dir vollkommen fremd. Zum Schießunterricht ist es ja auch nicht gekommen. Glaub mir, Theresa, ich tue alles dafür, dass wir rechtzeitig eintreffen." „Wenn du es sagst, Peter. Ich vertraue dir." Theresa kuschelte sich an ihren Mann und gemeinsam schliefen sie ein.

Kapitel 28

„Guten Morgen, Senhor McCord. Sie sind heute aber schon früh im Haus." „Morgen, Conzuela. Ja, stimmt, ich muss gegen halb zwölf weg und bis dahin wollte ich die Post und alle ungeklärten Vorgänge mit Ihnen erledigen." „Kein Problem. Ich brühe nur rasch Ihren Tee auf. Dann können wir sofort loslegen." Konzentriert arbeitete Peter mit seiner Assistentin Vorgang für Vorgang ab, bis sie gegen elf gestört wurden. „Ein Paket für Senhor McCord", rief der kleine UPS Mitarbeiter ins Büro, bevor er das ziemlich große Paket, das nicht besonders schwer zu sein schien bei Conzuela Martinez auf dem Schreibtisch abstellte. „Kommen Sie her. Ich bestätige Ihnen den Empfang." Peter nahm dem Paketboten den elektronischen Scanner ab und schrieb sein Kürzel in das Unterschriftsfeld. Der Bote bedankte sich und verschwand genauso schnell wie er gekommen war. „Lassen Sie das Paket einfach dort stehen, Conzuela. Ich packe es später aus. Da ich nichts bestellt habe, wird sich nichts Wichtiges darin befinden. Wir haben noch zwei Vorgänge zu erledigen, dann sind wir durch. Lassen Sie uns weitermachen, damit wir fertig werden." „Das war der letzte Vorgang, den ich hier noch liegen hatte, Chef." „Das ist sehr gut. Ich muss jetzt ohnehin weg. Ob ich morgen reinkomme, kann ich noch nicht sagen. Ich melde mich bei Ihnen." „Ist OK, Chef." Peter zog sich seinen dünnen Blazer über. Während dessen schaute er sich noch einmal genau in seinem Büro um. Dabei kam er ins Grübeln. Würde er hier bald wieder in Ruhe seiner Arbeit nachgehen können mit der Gewissheit, eine komplette Familie an seiner Seite zu haben oder war zu befürchten, dass er während der Befreiungsaktion gar sein eigenes Leben verliert? Niemand konnte ihm auf diese Frage eine Antwort geben. „Bis bald, Conzuela." „Ja, schönen Tag, Chef." „Werde ich hoffentlich haben, Mädel", flüsterte er leise und für sie unhörbar vor sich hin und verließ das Büro.

Peter nahm gerade hinter seinem Lenkrad Platz und winkte den beiden Polizeibeamten zu, die bereits auf ihn warteten, um ihn sicher zur Pousada zu geleiten, als sein Mobiltelefon summte. „Ja, Conzuela, McCord hier, was gibt es so dringendes?" „Chef, Sie sollten sich doch Ihr Paket ansehen." „Warum denn nun das, Mädel? Ich bin sehr in Eile." „Weil eine rote Flüssigkeit durch die Verpackung weicht. Es könnte ..." Peters Assistentin stockte. „Es könnte Blut sein, was da heraus sickert." „Ich

145

komme sofort hoch. Fassen Sie nichts an, Conzuela." Peter sprang aus seinem Wagen. Eine böse Vorahnung machte sich in seinen Gedanken breit. Sollte die Ramirez etwa, ähnlich wie es die Mafia zu tun pflegte, abgeschnittene Körperteile versenden, um ihren Forderungen Nachdruck zu verleihen? Doch Emanuela Ramirez hatte bisher überhaupt keine Forderungen gestellt. Während Peter diesen Gedanken in seinem Kopf verarbeitete, rannte er die Treppen hoch zu seinem Büro. Ziemlich außer Atem betrat er das Office seiner Assistentin. Das Paket stand immer noch unberührt auf dem zweiten Schreibtisch. Der Paketboden war zwischenzeitlich fingerbreit blutrot gefärbt. „Holen Sie den Sicherheitsdienst, Conzuela." Nur Minuten später standen zwei Mitarbeiter des hauseigenen Sicherheitsdienstes vor dem Paket. Sie streiften sich Einmalhandschuhe über und begannen, die Kordel und den braunen Papiereinband aufzuschneiden. „Setzen Sie sich in mein Büro, Conzuela, bis wir hier fertig sind", forderte Peter seine Assistentin auf, die dieser Anweisung umgehend und wohl auch nicht ungern nachkam. Als Peter die Verbindungstüre zu seinem Büro geschlossen hatte, nahmen die beiden Sicherheitskräfte den Deckel des Pakets ab. Ein stark süßlicher Geruch entwich dem Karton. „Oh Gott, schauen Sie mal Chef!", rief der Ältere der beiden Sicherheitsleute. Peter trat hinzu. Ein Schmunzeln trat in sein Gesicht und entspannte sofort seine Züge. „Das war ein Glas Süßkirschen", stellte er treffend fest. „Hier ist ein Briefumschlag, Chef." Peter nahm das Kuvert in seine Hände und öffnete es. Als er die Zeilen gelesen hatte, lachte er laut auf. Wenig später betrat auch Conzuela wieder ihr Büro. „Das Paket stammt von einem Bauern aus der Umgebung, dessen Enkel so gern unsere Limonade trinken. Nun wünscht sich der Mann, dass wir auch mal eine Kirschlimonade auflegen und dafür seine Süßkirschen verwenden sollen. Also die Leute kommen auf Ideen." Peter wand sich seiner Assistentin zu. „Wir schreiben dem Mann in den nächsten Tagen einen Dankesbrief für seine Anregung, und das wir über seinen Vorschlag nachdenken werden. Dazu senden wir ihm einen gemischten Kasten unserer Limonadeprodukte. Alles mitbekommen, Conzuela?" Er nahm ihr Nicken als ein Ja auf. „Prima, ich muss jetzt aber los. Bis bald, und lassen Sie hier sauber machen, Conzuela." So rasch wie er die Treppen hinauf gerannt war, so schnell lief er sie auch wieder herunter. Er sprang in sein Coupe, winkte den beiden Polizisten noch einmal zu und rauschte davon. Mit fünfzehnminütiger Verspätung traf er auf der Pousada seiner Schwiegereltern ein.

Seine Reifen wirbelten eine Menge Staub auf, als er seinen Wagen vor dem Eingang parkte. Sofort eilte er in die Bibliothek, wo bereits sein Team über dem Kartenmaterial brütete. Peter erkannte zwei neue Gesichter in der Runde, deren Anblick ihm beinahe Tränen der Freude in die Augen trieb. „Angus? Was machst du denn hier?" „Hallo, Peter, als mir dein Vater berichtete, dass du noch Leute für den Einsatz hier suchst, haben sich Nathan und ich sofort gemeldet, und da sind wir. Wir haben uns schon mit den übrigen Jungs hier bekannt gemacht. Mit dem Team überrennen wir locker jede Festung." „Aber ihr wisst schon, dass unser Einsatz verdammt gefährlich und dazu noch illegal ist?" „Peter, dein und mein Ururgroßvater haben Seite an Seite mit William Wallace gegen die englische Krone gekämpft. Dies war auch illegal und mehr als gefährlich. Mein Großvater ist in der Schlacht für unser Heimatland gefallen. Dein Großvater hat danach unsere Familie aufgenommen, unseren Kindern Lesen und Schreiben gelehrt, sie gekleidet und beköstigt: Es ist mir eine Ehre endlich mal etwas für deine Familie tun zu dürfen." Der Händedruck, den Angus folgen ließ, raubte Peter kurzfristig alle Luft zum Atmen. „Ich habe meinen kleinen Bruder Nathan mitgebracht, der ebenfalls für deinen Vater arbeitet. Seine Ausbildung gleicht der meinen. Er wird dich nicht enttäuschen." Und sofort durfte Peter erfahren, dass auch der Händedruck von Nathan dem von Angus in nichts nachstand. „OK, Jungs, ich habe euch gewarnt. Wenn wir da heil rauskommen, machen wir ein großes Fest auf dem Herrensitz meiner Eltern. „Das hört sich gut an, Peter. Dein Vater wird für diesen Anlass ganz sicher seine Wälder um einige gute Stücke Wildbret erleichtern", warf Angus in die Runde. Wäre der Anlass ihres Treffens nicht so ernster Natur, man hätte die Runde für eine lustige Jagdgemeinschaft halten können.

Als Peter sich dem Kartenmaterial zu wand, endete abrupt die heitere Stimmung. Er warf all seine Erfahrung in die Waagschale und erläuterte seinen Angriffsplan. Frank hinterfragte jeden Schritt seiner geplanten Vorgehensweise, und jeder Anwesende konnte seine Vorschläge noch dazu einbringen. Kurz nach dreizehn Uhr vernahmen sie laute Landegeräusche eines Hubschraubers, der offensichtlich ganz in der Nähe des Gebäudes aufsetzte. „Erwartest du noch Gäste?", fragte sein Schwiegervater, der der Besprechung des Einsatzteams beiwohnte. „Nicht das ich wüsste." „Wann starten wir, Peter?" „Einsatzbeginn ist heute Nacht 02:00 Uhr." „Wie kommen wir hin?" In diesem Moment flog der rechte Teil der Flügeltüre zur Bibliothek auf und herein trat eine bildhübsche, blonde, zierliche Frau bekleidet mit einer Fliegerkombi in Camouflage, lässig den Helm eines Kampfpiloten unter dem rechten Arm tragend. „Hallo, Jungs, ich fliege euer Taxi." Dem jüngsten Soldaten aus Frank Maisons Team entfuhr ein leiser Pfiff, als er die junge Frau so dastehen sah. „Ruhig Brauner, sonst muss Mami dich gleich noch zureiten." Ein lautes Gelächter der ganzen Runde war die Reaktion. „Hallo, Peter, du kannst den Mund wieder zumachen. Ich bin`s nur, Francis McHillcock, ehemalige Kampfpilotin der britschen Luftwaffe mit schottischem Blut aus den Highlands in ihren Adern. Melde mich zum Dienst, Commander." „Hallo, Francis, das ist ja sehr lieb von dir, dass du mich unterstützen möchtest, aber du bekommst bald ein Baby. Das wird kein Wanderausflug." „Ich bin nicht krank, Peter, sondern nur schwanger und voll einsatzfähig. Wer soll euch denn sonst da raus fliegen? Ach übrigens, den Flieger habe ich auch gleich mitgebracht. Steht draußen auf dem Parkplatz. Ist sauber eingeparkt. Kleiner, vergiss dein Grinsen." Ein anderer junger Soldat, der Francis offensichtlich nicht zugetraut hatte, dass sie Pilotin war, stellte sein Lächeln umgehend ein, als Francis ihn so barsch ansprach. „Meine Tochter kann so hautnah erleben, wie schön fliegen sein kann. Übrigens fliege ich zu Hause auch immer noch den Rettungsheli der Klinik meines Mannes. Also, Peter?" „Du bist im Team, Kleine." Peter ging auf Francis McHillcock zu und nahm sie in seine Arme. Erinnerungen wurden in ihm wach. Francis hatte ihn während seiner letzten offiziellen Mission für den MI6 mit einem Tornado von London nach Afghanistan geflogen, von wo aus er in den Iran aufbrach, um drei britische Soldatinnen aus dem Gefängnis zu befreien. Als die Flucht aus dem Iran entdeckt wurde und ihr Entkommen auf des Messerschneide stand, griff Francis McHillcock mit einer Rotte von Kampffliegern ein und schoss ihnen den Weg nach Hause frei. Wenig später freundeten sich Francis und Theresa an und wurden beste Freundinnen.

„Dann zeig uns mal unser Taxi, Francis", forderte Peter die hübsche Blondine auf. „Na, dann kommt mal mit, Jungs." Die Stimmung in Peters Truppe konnte man getrost als sehr gut bezeichnen, zumal jetzt auch eine annehmbare Transportmöglichkeit verfügbar war. Als sie jedoch am Landeplatz des Fluggerätes eintrafen, ließ ihre Euphorie empfindlich nach. Benni, der junge, farbige, etwas schlaksige Sergeant, dessen Familie ursprünglich aus den USA stammte, fand als erster seine Sprache wieder. „Mit so einem Teil hat mein Grandpa Angriffe in Vietnam geflogen, glaube ich." Die Bell Hue, die dort auf dem Rasenstück ruhte, war nicht ganz so alt wie Benni meinte. „Jetzt meckert hier mal nicht rum, Jungs. Die Bell ist nicht mehr ganz neu, hat aber schon die beiden verstärkten Triebwerke, und die moderne Avionik wurde ebenfalls nachgerüstet. Und noch etwas ist wichtig: Sie fliegt, und ich beherrsche sie sogar mit verbundenen Augen. Also, was wollt ihr mehr, Jungs? Mama wird euch schon pünktlich zum Spielen absetzen." Ungläubig betrachteten die Männer das in die Jahre gekommene Fluggerät. An verschiedenen Stellen der Außenhaut der Maschine fehlte bereits die Tarnfarbe. Auch die beiden rechts und links außen vor den Schiebetüren auf Lafetten befestigten Maschinengewehre beruhigten keineswegs die Sicherheitsbedenken der kleinen Truppe. „Vorteil ist, dass wir alle in die Mühle hineinpassen, selbst wenn noch die beiden Geiseln hinzukommen. Jetzt jammert hier nicht rum. Es wird schon gehen. Außerdem habe ich Hunger." „Dann lasst uns zum Essen ins Haus gehen" schlug Peter vor. Schweigend und ein wenig nachdenklich folgten ihm Francis und die übrigen Männer.

Kapitel 29

Alle Teammitglieder nutzten den verbleibenden Nachmittag, um sich mit ihrer Ausrüstung vertraut zu machen. Francis munitionierte die beiden Maschinen-gewehre am Hubschrauber auf und kontrollierte alle Flüssigkeitsstände der Bell. Zu guter Letzt überklebte sie noch die spanischen Hoheitsabzeichen, um die Herkunft des Helikopters zu verbergen. Am frühen Abend saßen

Theresa, Francis und Peter zusammen am Pool der Pousada. Die Jungs der Truppe hatten gut zu Abend gegessen und sich noch für ein paar Stunden in ihre Betten zurückgezogen. „Sag mal, Francis, wo hast du eigentlich so schnell die Bell hergezaubert?" „Das war zwar nicht ganz einfach, gestaltete sich aber letztendlich auch nicht als Hexenwerk. Mein Mann sammelt historische, flugbereite Hubschrauber und steht mit Sammlern auf der ganzen Welt in Kontakt. So fand ich schnell eine flugbereite Bell Hue in Spanien, die für unsere Zwecke geeignet ist, und für die ich eine internationale Lizenz besitze." „Und was geschieht, wenn wir die Maschine im Einsatz verlieren?" „Das zieht keine Probleme nach sich. Der Inhaber möchte den Heli ohnehin nur noch als Ersatzteillager nutzen, weil er historisch gesehen nicht mehr ursprünglich ist. Die Triebwerke stammen nicht aus dem Herstellungsjahr und die Avionik ebenfalls nicht." „Das dürfte uns eher zu Gute kommen." „Genau. Ich werde mich gleich noch etwas hinlegen, um später fit zu sein." „Das mache ich jetzt auch. Versuch noch etwas zu schlafen, Fancis. Irgendwie mache ich mir große Vorwürfe, weil du in deinem Zustand mit von der Partie bist." „Unsinn, Peter, das ziehen wir gemeinsam durch." „Ich danke dir von ganzem Herzen, Francis, dass du das für Mahmud und seine Freundin tust", warf Theresa ein. Francis sah, dass ihr beste Freundin Tränen in den Augen hatte. Sie stand auf und nahm sie in ihre Arme. „Es wird bestimmt alles gut werden, Theresa."

Im Gegensatz zu Peter hatte Theresa kein Auge zugemacht. Wenn es ganz schlecht lief, war sie morgen in der Früh Witwe und gleichzeitig würde sie noch um ihren Stiefsohn trauern müssen. Peter wurde um 01:00 Uhr von seiner Armbanduhr geweckt, deren lautloses vibrieren ihn aus einem traumlosen Schlaf riss. „Ist es soweit?" „Ja,

Theresa, versuch noch etwas zu schlafen. Wenn alles nach Plan abläuft sind wir zum Frühstück wieder zurück." „Warte Peter!" Theresa kroch zu ihrem Mann ins Bett und legte sich auf ihn. „Bitte, bitte, bitte komm gesund zurück. Ich liebe dich von ganzem Herzen, und auch Mahmud möchte ich bald wieder lebend in meine Arme schließen." „Ich werde alles dafür tun. Lass mich jetzt gehen, mein Engel. Ich liebe dich auch." Sanft schob er seine Frau von seinem Körper herunter. Gerade jetzt in diesem Moment wurde ihm wieder besonders bewusst, warum er sich während seiner aktiven Zeit als Auslandsagent niemals hätte fest binden wollen.

Kurz vor zwei Uhr in der Nacht versammelte sich das ganze Team um die betagte Bell Hue. Da für Angus und seinen Bruder Nathan in der Kürze der Zeit keine Kampfanzüge mehr aufzutreiben waren, trugen die beiden Kilts und dunkle Hemden dazu. Doch keinem der übrigen Jungs kam wegen der merkwürdigen Bekleidung ihrer schottischen Mitstreiter ein Lächeln über die Lippen. Die Anspannung war einfach zu groß. Alle Teilnehmer waren sich darüber im Klaren, dass es um Leben und Tod gehen würde, wenn sie erst mal entdeckt waren. Peter besaß gleichfalls eine Fluglizenz für die Bell und nahm bei Francis in der Kanzel des Hubschraubers Platz. Nach mehrfachem Klopfen auf das Armaturenbrett leuchteten alle Kontrollleuchten auf und die Triebwerke zündeten. Alle Jungs des Teams bemerkten sofort, dass Francis etwas von ihrem Handwerk verstand. Nach wenigen Minuten zeigten die Instrumente eine ausreichende Betriebstemperatur der Triebwerke an. Sam meldete sich über Funk und gab die aktuellen Wetterkennzahlen durch. „Francis, kannst du mich verstehen?" „Roger Sam, laut und deutlich." „Am Zielort herrscht starker Bodennebel vor, die Temperatur beläuft sich auf neunzehn Grad Celsius. Der Nebel ist tückisch, aber sicher ideal für unser

Vorhaben. Außerdem ist es beinahe windstill. Ich wünsche euch alles Gute. Kommt mir gesund zurück." „Verstanden, Sam. Wir tun unser Bestes. See you later, Sam." Francis gab Startdrehzahl auf die Turbinen und zog am Pitch, doch die Bell hob nicht ab. „Verdammte Scheiße, wir sind einfach zu schwer. Die sechs Kisten wiegen schon eine Menge und dann die ganze Mannschaft. Außerdem hast du zugenommen, Peter, das hatte ich nicht einkalkuliert." Francis Scherz zauberte allen Jungs kurz ein Schmunzeln auf ihre angespannten Gesichter, und auch Peter lachte, doch eine fröhliche Stimmung sah anders aus. Francis gab Volllast und allmählich hob die Bell vom Boden der Pousada ab. „Auf dem Rückflug dürften wir um einiges leichter sein, wenn wir unsere Munition verschossen haben, selbst wenn Mahmud und Min Thai noch mit an Bord sind", bemerkte Peter, der Francis über Kopfhörer hatte fluchen hören. Langsam, aber stetig, gewann die Bell an Höhe. Ihre Flugzeit bis zum Zielpunkt in Burgau würde laut Francis Berechnungen etwa siebzehn Minuten betragen. Fabio Mugalla hatte ihnen vorsorglich auf dem kleinen Dienstweg einige Überflugrechte verschafft. Mit jedem Kilometer verlor ihre Maschine an Gewicht, was dazu führte, dass Francis es leichter hatte, sie zu manövrieren. Als Landeplatz hatte Peter eine ausreichend große Senke ausgesucht, die vom Anwesen der Ramirez aus nicht einsehbar war. Von dort aus benötigte das Team bei normaler Marschgeschwindigkeit mit dem schweren Gepäck etwa acht Minuten bis zum Eingang in die Kanalisation der Anlage.

Plötzlich und unerwartet setzten die Triebwerke immer wieder kurz aus und die Bell verlor an Höhe. „Ruhig Jungs, das Kerosin ist anscheinend ein wenig mit Kondenswasser durchsetzt, weil unser Baby wohl lange tatenlos herumgestanden hat. Das geht gleich vorbei."

Francis, die ein hypermodernes Nachtsichtgerät an ihrem Helmvisier trug, trimmte die Maschine kurz nach und gab mehr Leistung auf die Triebwerke. Schnell hatte sie den Hubschrauber wieder unter Kontrolle. „Achtung Jungs, drei Minuten bis zum Zielpunkt. Haltet euch gut fest. Ich kenne den Untergrund nicht, auf dem wir landen. Eventuell setzen wir etwas unsanft auf." Peter schaute angestrengt durch die Frontscheibe, doch außer Nebel war nichts zu erkennen. Francis schaltete den Filter in ihrer Optik zu. „So Jungs, jetzt geht es ganz schnell." Mit einem heftigen Ruck setzte die Bell auf dem felsigen Untergrund auf. Sofort schaltete sie die Triebwerke aus. „Raus mit euch und nehmt euren Krempel mit. Mama räumt nicht für euch auf." Sofort wurden die beiden Seitentüren aufgeschoben und alle Mann sprangen aus dem Helikopter. Vier der Jungs gingen sofort in Stellung um die Maschine, um ihre Kameraden zu sichern. Peter hatte bereits die Klappe des Transportraumes geöffnet. Kiste für Kiste wurde ausgeräumt und das darin befindliche Material an die Männer verteilt.

„Also, noch mal ganz kurz wie vorher besprochen", sprach Peter leise zu seinen Teammitgliedern. „Wenn wir nicht bemerkt werden, was ich für unwahrscheinlich halte, verlassen wir das Gelände still auf dem gleichen Weg, wie wir es betreten haben. Für den Fall, dass wir in Kämpfe beim Rückzug verwickelt werden, rufen wir Francis über Funk, die uns dann mit der Bell und Dauerfeuer aus den beiden MGs da rauspauken wird. Alles klar?" Alle Männer und auch Francis nickten. „Dann los." Sie bildeten zwei Gruppen und nahmen ihr schweres Gerät auf. Der Nebel hing wie eine gewaltige Watteschicht etwa zehn Meter über ihren Köpfen und bot den besten Sichtschutz gegen die Kameras an der Umfriedung des Geländes. Peter hatte sich die Karte mehr als hundertmal angesehen und alle markanten Punkte eingeprägt. Und doch fanden sie die verrostete Stahltür zur Kanalisation, die hinter einigen Büschen verborgen lag, nicht auf Anhieb. Dann plötzlich jedoch der erlösende Pfiff von Frank Maison, der den Zugang entdeckt hatte. Die beiden vom Rost befallenen Türschlösser hatten Peters Team nicht viel entgegen zusetzen. Kaum eine Minute benötigte der Spezialist in ihrer Truppe, bis sich die Türe öffnen ließ. Ein modriger Gestank schlug ihnen entgegen. Die scharfen Strahlen ihrer extrem hellen LED-Lampen tasteten sich wie lange Finger in die Dunkelheit hinein. Unmengen von undefinierbarem Geschmeiß nahm sofort reiß aus. Die beiden Gruppen stießen sofort in den mannshohen Schacht hinein und liefen los. Nach etwa eintausend Schritten erreichten sie eine dreistufige Treppe, die zu einem Ausgang führte. Das Stahlgitter wie auch die dort hinter liegende Stahltüre ergaben sich sofort der Allmacht des Schlossers in ihren Reihen. Sie nahmen die drei Stufen und betraten ein eher kleines Gebäude. Sofort sicherten sie die Räumlichkeiten und kontrollierten, ob sich Personal dort aufhielt. Doch das Gebäude war clean. Die Inspektion der Räume ergab, dass das Team in den Versorgungstrakt des Anwesens eingedrungen war, was ihnen erhebliche Vorteile verschaffen würde. Zuerst manipulierten sie die Überwachungsanlage. Der junge, zum Elektroniker ausgebildete Leutnant machte sich sofort an die Arbeit. Er benötigte zwanzig Minuten, um die komplette Überwachungsanlage so zu schalten, dass immer nur das gleiche Bild auf den Monitoren des Wachpersonals erschien. Der Rest der Truppe beugte sich über den Lageplan der Anlage, den Peter auf einem Tisch ausgebreitet hatte. Doch wie sie sich auch mühten, den Aufenthaltsort der beiden Jugendlichen aus dem Kartenmaterial zu ergründen; sie fanden nicht den Hauch eines Anhaltspunktes. Die Ungewissheit nagte bereits heftig an ihren Nerven und auch ihr Zeitfenster war bereits eine Stunde weiter gerückt.

Kapitel 30

Theresa lief barfuß und nur mit ihrem kurzen Nachthemd bekleidet in die Hauskapelle der Pousada. Sie kniete sich in die erste Bankreihe und faltete ihre Hände. Flehend und mit Tränen in ihren Augen betete sie dem kleinen Marienaltar entgegen. So vernahm sie weder das Knarren der schweren Holztüre der Kapelle noch, dass sich eine weitere Person zu ihr gesellte. Erschrocken schaute sie in das Gesicht ihrer Mutter. „Bleib ruhig, Kind. Peter und seine Männer werden Mahmud und Min Thai gesund zurückbringen. Bete zu Mutter Maria." Auch Theresas Tante Ricarda, die Schwester ihrer Mutter und Frau von Sam betrat die Kapelle, weil sie nicht schlafen konnte.

„Commander? Schauen Sie bitte mal, ich hab da etwas gefunden." Peter sprang sofort auf und rannte in den Nachbarraum. „Was haben Sie, Brightman?" „Ich habe hier die zentrale Steuereinheit für die gesamte Energieversorgung des Anwesens entdeckt. Hier sehen Sie, Commander, die einzelnen Häuser sind beschriftet. Ich kann nur leider kein Portugiesisch." „Lassen Sie sehen." Auch Frank Maison kam gelaufen um zu sehen, ob es nun endlich weiterging. „Ja, die Beschriftung ist nicht schlecht und hilft bei der Identifikation der einzelnen Gebäude. Nach meiner Einschätzung könnten die Geiseln im Haupthaus oder dort im Verwaltungstrakt gefangen gehalten werden." „Und woher nimmst du diese Erkenntnis, Peter?" „Es sind die einzigen Gebäude auf dem Areal, die laut der Energietafel mit Kellerräumen ausgestattet sind." „Was denkst du, Peter, welches Haus nehmen wir uns zuerst vor?" „Gehen wir mal davon aus, dass die Ramirez im Haupthaus wohnt und nicht von Folterschreien gestört werden möchte. Deshalb könnten die Jugendlichen dort im Verwaltungstrakt sein." „Dann lass uns endlich loslegen, Peter." „Schauen wir zuerst noch mal auf die Karte, Frank." „Hier, Frank, ist das Verwaltungsgebäude. Laut dem Satellitenfoto ist es dreigeschossig. Wir passieren diese beiden Gebäude, die uns ausreichend Deckung bieten. Aber von da aus müssen wir quer über das Gelände laufen. Das sind geschätzt zwei- bis dreihundert Meter." „Da müssen wir jetzt durch, Peter. Brightman: Bringen Sie rasch am zentralen Sicherungskasten Sprengladungen an, die wir notfalls fernzünden können. Jungs, Waffen und Gepäck aufnehmen, es geht los." Frank Maison und Peter verließen als erste das Versorgungsgebäude und traten auf das freie Gelände.

Unentdeckt rückten sie bis zu dem zweiten Gebäude vor, dass direkt gegenüber dem Verwaltungstrakt lag. „Das sind weit mehr als dreihundert Meter freie Fläche, die wir ohne Deckung überwinden müssen, Peter." „Das sehe ich jetzt auch so. Die können uns hier abknallen wie die Hasen auf freiem Feld." „Wenn sie uns entdecken, Frank." Der Nebel, der sich langsam auflöste, machte sich in der Anlage nicht zu ihrem Verbündeten. Die Sicht zwischen den Gebäuden war uneingeschränkt klar und die schweren Scheinwerfer, die jeden Winkel akribisch ausleuchteten, machten gnadenlos die Nacht zum Tag. Sie teilten sich rasch in zwei Gruppen auf, nachdem auch Leutnant Brightman nach getaner Arbeit wieder zu ihnen gestoßen war. „Gruppe eins geht links über die Freifläche, Gruppe zwei rechts. Sprung auf", kommandierte Frank Maison mit militärischen Handzeichen, und wie von Geisterhand geführt rannten beide Gruppen los, ihre Waffen im Anschlag und jederzeit schussbereit. Doch es blieb ruhig. Beide Gruppen versammelten sich am Hintereingang des Backsteingebäudes. Plötzlich blitzte ein zusätzlicher Scheinwerfer auf, ausgelöst durch einen Bewegungsmelder. Alle Mann zogen rasch ihre Köpfe ein, doch auch jetzt erfolgten keine weiteren Reaktionen. Der junge Soldat, dem kein Schloss wieder stehen konnte, öffnete bereits die Stahltüre des Hintereinganges. Quietschend drehten sich die Scharniere. Blitzschnell drangen Peter und sein Team in das Gebäude ein. Vorsichtig schlossen sie die Türe. Die Nachtbeleuchtung sorgte für diffuses Licht und wie es schien, wurde der Flurbereich nicht von Kameras überwacht. „Da vorn ist das Treppenhaus. Los, Jungs, wir laufen dort über die Treppe ins Kellergeschoss." Frank Maisons knappe Anweisung wurde sofort in die Tat umgesetzt. Wenig später standen sie in einem kleinen Vorraum vor einer weiteren Stahltüre, die sich jedoch unverschlossen präsentierte. Nacheinander betraten sie das hinter der Türe liegende Kellergeschoss. Abgestandene Luft ließ nichts Gutes erahnen. Peter stieg sofort der Geruch menschlicher Ausdünstungen, Fäkalien und Blut in die Nase. Erinnerungen wurden in ihm wach, und die schrecklichen Bilder von seinem Einsatz gegen die Pousada von Emanuelas Vater vor vielen Jahren traten sofort vor seine inneren Augen. Frank stieß ihm unsanft in seine Rippen und wies lautlos auf ein Licht hin, dass durch einen Türspalt etwa zehn Meter von ihrem Standort fiel. Auf leisen Sohlen bewegten sie sich dem Licht entgegen, und je näher sie traten, desto mehr nahmen sie den Ton und das Flimmern eines eingeschalteten Fernsehers war. Frank war als erster an der Türe. Er ging sofort in die Hocke und blinzelte durch das Türschloss. Er hob seine Hand und hielt drei Finger hoch, ein Zeichen dafür, dass der Raum mit mindestens drei Wachleuten besetzt war. Rasch winkte er drei seiner Leute herbei. Sie entsicherten ihre schallgedämpften Maschinenpistolen und stießen mit Wucht die Türe in den Raum auf. Der Überraschungseffekt sorgte für den erwarteten Vorteil. Die vier Wachleute, offensichtlich südamerikanischer Abstammung, von denen einer für Frank nicht sichtbar auf einer Pritsche schlief, waren völlig überrumpelt. Peter war kein Freund von sinnlosem Töten, weshalb seine Truppe die vier Männer blitzschnell fesselte und knebelte und nicht erschoss. An einer Wand der Wachstube hingen in einem Schlüsselkasten alle möglichen Schlüssel. Mit einem Griff nahm Peter die Schlüssel von den Haken. Jetzt musste rasch gehandelt werden. Hinter der Wachstube gingen jeweils rechts und links des Ganges fünf Türen ab. Peter machte sich an jeder Türe durch einen Blick durch den Sehschlitz kundig, wer in den Zellen eingesperrt war Mühselig gestaltete sich sodann die Suche nach den richtigen Schlüsseln für die entsprechende Türe. Doch schon bald hatten sie eine Menge junger Mädchen aus ihren Gefängnissen befreit, die sie aus leeren, trostlosen Augen weinend anblickten. Peter gebot ihnen sich ruhig zu verhalten, bis auch die letzten Zellentüren geöffnet waren. Ganz am Ende des Ganges fanden sie Min Thai unbekleidet in einer winzigen Zelle an ihre Pritsche angekettet. Das Mädchen wirkte völlig dehydriert und verstört. Ihr Körper wies überall blutige Spuren von Folter und Schlägen auf. Frank griff sofort in seinen Rucksack. Er zog einen Bolzenschneider hervor und durchtrennte die Kettenglieder, mit denen das Mädchen an den Ösen in der Wand angekettet war. Apathisch fiel Min Thai Peter in die Arme. Um das Mädchen in die Welt zurückzuholen entnahm Peter einer seiner Hosentaschen eine hoch dosierte Vitamintablette, die er ihr mit reichlich Wasser einflößte. Als nächstes kramte Peter ihre Kleider unter der Pritsche hervor. Langsam kam das Mädchen wieder zu sich. „Hallo, Mr. McCord", sprach sie Peter in seiner Muttersprache an. „Hallo, Min Thai. Weißt du, wohin sie Mahmud gebracht haben?", fragte Peter ungeduldig. Noch bevor die kleine Asiatin antworten konnte, betraten drei Mädchen aus der Nachbarzelle Min Thais Gefängnis. „Sie haben Mahmud gestern Abend im Wachlokal an einen Stuhl gefesselt und Min Thai aus ihrer Zelle geholt. Dann haben die vier

Wächter sie immer wieder vor seinen Augen vergewaltigt. Erst als Min Thai ohnmächtig wurde, haben sie von ihr abgelassen und sie zurück in ihre Zelle gebracht und dort wieder angekettet. Was sie dann mit Mahmud gemacht haben, können wir nur erahnen. Jedenfalls hat er immer wieder furchtbar geschrien. Später haben sie ihn nach oben geschleppt und bestimmt zur Patronin ins Haupthaus gebracht. Was dort mit ihm geschehen ist, wissen wir nicht. Wir wissen aber nur allzu gut, dass die Patronin sehr grausam ist."

Die drei Mädchen, denen Peters Team ebenfalls Wasser und Vitamintabletten einflößten, kümmerten sich sogleich um die hübsche Asiatin. „Min Thai, kannst du mich verstehen?" „Ja, Mr. McCord." „Wir werden jetzt Mahmud befreien. Bleib bitte mit den übrigen Mädchen hier und ruh dich noch etwas aus. Wir holen euch hier ab, wenn wir die Anlage verlassen." Frank schaute Peter ungläubig an. „Mr. McCord, können Sie mir eine Ihrer Pistolen hier lassen?" Peter schaute das Mädchen ungläubig an. „Keine Sorge, ich kann gut mit einer Waffe umgehen." Ohne weiter zu diskutieren zog Peter eine seiner Pistolen aus dem Koppel und gab sie dem Mädchen. „Die Waffe ist geladen und gespannt. Du brauchst sie nur zu entsichern und abzudrücken." „Können wir los, Peter, es wird bald hell?", rief ihm Frank Maison zu. Peter nickte und verließ Min Thais Zelle. Beide Kampfgruppen versammelten sich am Ausgang des Verwaltungsgebäudes im Erdgeschoss. „Wie willst du denn die Mädels hier rausholen, wenn uns die Bande der Ramirez an den Fersen klebt, Peter?" „Weiß ich auch noch nicht, doch was sollte ich der Kleinen sonst erzählen? Lass uns jetzt die Ramirez schnappen." Frank nickte und öffnete die Türe zum Innenhof. Feuchte und nach Salz riechende Seeluft waberte ihnen entgegen. „Auf jetzt. Gruppe eins sichert die linke Seite, Gruppe zwei die rechte. Sprung auf." Hundertfach einstudiert folgten die Männer Frank Maisons Anweisung.

Kapitel 31

Ohne jeglichen Zwischenfall erreichten sie das mondäne Eingangsportal des Hauptgebäudes von Emanuela Ramirez. Auf drei öffnete Peter die unverschlossene Tür. Lautlos verschluckte diffuses Licht alle Männer der beiden Teams im Dielenbereich des Hauses. „Wir müssen den Abgang in den Keller suchen", flüsterte Frank den Männern zu. Völlig unerwartet lief ihnen plötzlich ein Wachmann entgegen. Ohne ihm den Hauch einer Chance zu gewähren hob Peter seine MP, entsicherte die Waffe und schoss. Beinahe lautlos verließen mehrere Projektile das Magazin und trafen den Wachmann ins Herz. Er war bereits tot, als sein blutbefleckter Körper hart auf dem Boden aufschlug. „Hast heute wohl nichts für Gefangene übrig?" Frank Maison schaute Peter direkt ins Gesicht. Es schauderte ihn ein wenig, als er Peters hasserfüllte Züge erblickte. „Bleib cool, Junge, sonst bringst du uns noch alle in Teufelsküche", flüsterte er Peter zu, der schon, seine Maschinenpistole im Anschlag haltend, der ersten Türe entgegen strebte. Die Teams folgten ihm nach, vorn wie nach hinten ihren Weg sichernd. Die erste Türe führte nur in eine Besenkammer, durch eine weitere gelangte man in die Küche. Ungeduldig öffnete er noch eine weitere Türe, die den Weg ins Speisezimmer frei gab. Dann endlich fand er den ersehnten Abgang ins Kellergeschoss. Tiefe Dunkelheit empfing das Team. Sofort schalteten sie ihre starken Taschenlampen ein und liefen die zwanzig Stufen in den Keller hinunter. Sie erreichten einen Gang, der am Ende in einem künstlich angelegten Gewölbe endete. Hinter zwei Türen, die vom Gewölbe abgingen, lagerte ein gewaltiger Weinvorrat. In drei weiteren Räumen, die beinahe Lagerhallengröße aufwiesen, stapelten sich sauber auf Paletten verpackt, große Kartons. Mit seinem martialisch wirkenden Kampfmesser stach Peter in einen der Kartons hinein. Kleine Beutel, gefüllt mit runden, bunten Tabletten fielen ihnen entgegen. „Das sind synthetische Drogen", kommentierte Peter seinen Fund. „Und auch noch Unmengen davon. Aber damit soll sich Mugalla herumschlagen, wenn wir hier fertig sind." „Tja Peter, wie der Vater so die Tochter." Ob sein Freund Peter seine philosophische Weisheit noch mitbekommen hatte, konnte Frank nicht erkennen. Das Team inspizierte Raum für Raum und entdeckte schließlich am Ende des Gewölbes ein gewaltiges Tor, dass nach draußen führte. Peter stand derweil vor einem Verschlag und versuchte, die stählerne Türe zu öffnen. Rasch eilte ihm der Schlossspezialist zu Hilfe. Als die Türe wenig später aufschwang erschrak Peter. Auf dem Boden in einer Ecke lag der unbekleidete und mit Schmutz und Blut bedeckte Körper von Mahmud. Sofort stürzte Peter auf ihn zu und nahm den leblosen Leib des Jungen in seine Arme. Der zu ihrem Team gehörende Sanitäter eilte sofort hinzu und untersuchte den jungen Mann. „Er lebt, Commander, aber er ist sehr schwach." Der erfahrene Sanitäter zog eine Spritze auf und setzte sie Mahmud ins Muskelgewebe seines Oberschenkels. „Das ist ein extrem hoch dosiertes Kombipräparat, das den Jungen schnell wieder aufwachen lässt." Tatsächlich schlug Mahmud wenig später seine Augen auf. „Hallo, Dad. Ich wusste, dass du mich hier rausholen wirst. Wie geht es Min Thai?" „Ganz ruhig, Kleiner. Deiner Freundin geht es soweit gut. Sie ist in Sicherheit. Aber jetzt müssen wir hier erst mal wieder raus." Der Sanitäter drückte Mahmud noch eine Flasche mit einem Elektrolyt angereicherten Wassers in die Hand, die er sogleich in einem Zug austrank.

Peter kramte derweil ein schwarzes Sweatshirt, eine ebenfalls schwarze Jogginghose und Turnschuhe aus seinem Rucksack. „Hier, zieh dir das über. Wir müssen los." Mahmud aktivierte letzte Kräfte und zog sich an. „Können wir los? Es ist mittlerweile taghell", stellte Frank fest. „Ja, raus hier. Gehen wir durch das Tor?" „Wir sollten es jedenfalls versuchen." „Kannst du laufen, Junge?", erkundigte sich Frank. „Ja, es wird schon gehen." Frank gab ein Zeichen an seine Mannschaft, die vorsichtig eine Fluchttüre in der großen Toranlage öffnete. Doch noch während der Türflügel aufschwang vernahmen sie draußen eine von einem Megaphone verstärkte Stimme, die ihnen zurief: „Achtung, dieser Warnruf gilt für die Eindringlinge, die das Botschaftsgelände unangemeldet betreten haben. Legen Sie Ihre Waffen nieder und kommen Sie mit erhobenen Händen heraus. Es wird Ihnen nichts geschehen. Wir werden Sie den örtlichen Behörden zur weiteren Veranlassung übergeben. Sollten Sie sich jedoch den Anweisungen des Sicherheitspersonals der Botschaft widersetzen und Widerstand leisten, sehen wir uns leider gezwungen, Sie gewaltsam festzunehmen. Also, seien Sie kooperativ und geben Sie auf." „Und was machen wir jetzt, Peter?" „Haben wir Nebelgranaten dabei?" „Ja, sogar ein ganze Menge." „Dann suggerieren wir unseren angeblichen Botschaftsangehörigen, dass wir hier durch den Ausgang einen Ausbruch vorbereiten und werfen ein paar von den Dingern durch die Türe. Wir werden noch ein wenig wie wild um uns schießen, um uns dann durch das Hauptportal im Erdgeschoss absetzen. Wenn sie uns oben in Empfang nehmen, werfen wir die restlichen Nebelgranaten und schießen uns den Weg frei. Eine andere Möglichkeit sehe ich nicht." „OK, Peter, du bist der Boss." „Noch etwas: Wenn wir oben angekommen sind, zünden wir die Fernsprengsätze in der zentralen Energieversorgung. Auch wenn es schon ziemlich hell ist, können sie weder ihre Suchscheinwerfer noch sonst irgendeine elektrisch betriebene Anlage einsetzen, wenn sie keinen Strom haben. Außerdem sollten wir Francis informieren, dass sie uns hier rausholt." „Machen wir. Dann beginnen wir mit der Show."

Mahmud hatte sich schon ein wenig regeneriert und stand auf seinen eigenen Beinen. „Dad, gib mir bitte auch eine Waffe. Ich möchte mich zur Wehr setzen können, wenn nötig." „Hier, nimm die Walther. Ich habe keine schallgedämpfte Pistole mehr." „Kein Problem." Mahmud übernahm die Waffe, prüfte sie und lud sie durch. Plötzlich lief alles wie in einem Film ab, jedoch mit dem Unterschied, dass jeder Fehler tödliche Folgen nach sich zog. Mehrere Explosionen von gezündeten Nebelgranaten strapazierten arg die Trommelfelle aller Beteiligten. Franks Männer hatten sich bereits vor Beginn ihrer Aktion durch Ritzen im Holztor ihre Ziele ausgesucht. Entsprechend hoch waren die Verluste bei Ramirez Leuten, als der Beschuss begann. Frank verriegelt noch rasch den Zugang zum Kellergeschoss, damit die restlichen Gegner ihnen nicht folgen konnten und rannte als Letzter die Treppe hoch in den Dielenbereich des Hauses. Peter und Mahmud hielten sich gleich neben der Türe zum Wohnbereich auf. Sie warteten darauf, dass Brightman den Trakt mit der Energieversorgung in die Luft sprengte. Die folgende Detonation war so heftig, dass ihrem Team kurzfristig die Luft zum Atmen wegblieb. Überallhin flogen große Steinbrocken, die die Explosion aus dem Mauergefüge gerissen hatte. Eine riesige Staubwolke waberte über das Gelände. Glücklicherweise hatte das Verwaltungsgebäude, in dem sich die Mädchen aufhielten, welches nur unweit vom Energietrakt gelegen war, keinerlei Schaden genommen. Peter hatte durch den immensen Knall nicht bemerkt, dass sich hinter ihm die Türe öffnete. Ein leichter Windzug, der seinen Nacken berührte, ließ ihn herumfahren. Genau in diesem Moment spürte er den Einstich rechts unterhalb seiner schusssicheren Weste. Langsam sickerte Blut ins rechte Hosenbein. Er benötigte nur wenige Millisekunden, um sich ganz herumzudrehen und dem Angreifer Paroli zu bieten. Doch es war schon zu später. Hinter ihm stand Emanuela Ramirez mit hasserfülltem Blick und hielt in ihrer Armbeuge den Kopf von Mahmud. „Wie schön. Die McCords beim Familientreffen." Frank hatte bemerkt, welches Drama sich hinter ihm abspielte und trat herbei um zu helfen. „Bleib, wo du bist sonst breche ich dem Jungen das Genick", schrie sie Frank Maison fast wie von Sinnen entgegen. Peter nutzte den Moment ihrer Unaufmerksamkeit. Mit der linken Hand zog er rasch sein Kampfmesser aus der ledernen Scheide, die an seinem linken Bein befestigt war und rammte es Emanuela Ramirez tief in ihren rechten Oberschenkel. Durch den Schmerz löste sie die Umklammerung um Mahmuds Kopf, der sich sofort befreite und ihr direkt mit voller Wucht seinen Ellenbogen ins Gesicht stieß. Emanuela taumelte. Mahmud drehte sich um und schoss sofort. Stöhnend brach sie zusammen.

Frank kontrollierte, ob sie noch Waffen bei sich trug. Doch sie war clean. Er winkte seinem Sanitäter zu, der bereits einige verwundete Kameraden behandeln musste. Blitzschnell zerschnitt er Peters Kampfanzug und legte ihm einen provisorischen Druckverband an. Emanuela Ramirez nutzte das Durcheinander aus und schleppte sich schwer verletzt einem Kommodenschrank im Eingangsbereich entgegen, dessen rechte Türe sie unter Aufbringung letzter Kräfte öffnete. Mahmud erkannte die tödliche Gefahr zuerst. Als er die Mündung des Revolvers sah, die sie seinem Stiefvater entgegen streckte und ihren rechten Daumen, der bereits den Abzug zurückzog, drückte er erneut ab. Mahmuds Projektil durchschlug

Emanuela Ramirez Lederkombi ein weiteres Mal und traf direkt ihr Herz. Schwer getroffen sank sie in sich zusammen. Peter schwitzte stark und seine Wunde schmerzte nun heftig. Wie es schien hatte er eine ganze Menge Blut verloren. Mahmud schaute wie versteinert zu der Ramirez hinüber. Immer wieder drückte er ab. Projektil für Projektil drang in den Leib seiner Peinigerin. „Hör auf, Mahmud", schrie Peter ihn an und erst jetzt bemerkte der Junge, was er tat. Er ließ seine Waffe sinken und ging zu Peter. „Danke, Mahmud, du hast mir das Leben gerettet." „Das war nichts gegen das, was du für mich getan hast, Dad. Es war einfach nur furchtbar hier." Mahmud weinte hemmungslos. Peter nahm ihn in seine Arme. „Es ist vorbei, Mahmud." „Ich möchte euer trautes Familienleben ja nicht stören, aber wir müssen hier weg. Draußen sammeln sich immer mehr Kämpfer", mahnte Frank Maison. Vorsichtig halfen sie Peter auf die Beine, der starke Schmerzen zu haben schien.

Kapitel 32

Franks Team hatte hinter dem Haus einen alten Armee-LKW entdeckt und kurzgeschlossen. Angus, Nathan und Frank schleppten Peter unter Feuerschutz der übrigen Männer zu dem alten Gefährt. Einer der Jungs saß bereits hinter dem Lenkrad und gab Gas, als der letzte des Teams aufgesprungen war. Der betagte MAN schaffte es bis kurz vor den Eingang des Verwaltungsgebäudes, bis ihm die Salve aus einer Maschinenpistole der Verteidiger den Garaus bereitete. Zischend aus verschiedenen Einschusslöchern dampfend, gab der LKW seinen Geist auf. Das Team reagierte sofort. Sie sprangen von der Pritsche und aus der Kabine, halfen unter Feuerschutz Peter von der Ladefläche herunter und verschanzten sich im Verwaltungsgebäude. „Wie viele sind es, Frank?" „Ich schätze so um die dreißig Männer. Uns geht aber langsam die Munition aus. Wir geben gerade die letzten Reste aus der ungeöffneten Kiste aus, die wir hier hatten stehen lassen." „OK, ich gehe mit Mahmud runter zu den Mädels und hole Min Thai hoch. Ruf Francis an, damit sie uns hier rausholt. Sie soll mit ihren Bordwaffen so viele Männer wie möglich ausschalten. Ich glaube nämlich nicht, dass unsere alte Bell sehr stabil ist und einem Kugelhagel lange standhält." „Soll ich nicht besser mitkommen?" „Nein, Frank. Kümmere du dich darum, dass hier alles klappt." Gestützt von seinem Stiefsohn nahmen die beiden Männer die Stufen ins Kellergeschoss. Eine unwirkliche Stille empfing sie. Nur das Rattern einiger automatischer Waffen drang dumpf aus der Ferne an ihre Ohren. Kerzenlicht flackerte ihnen aus dem Aufenthaltsraum der Wachleute entgegen, da die Versorgung mit elektrischem Strom von ihnen zerstört worden war. Mahmud stützte Peter und hielt in der linken Hand eine schwere Taschenlampe. Als sie die Türe zum Wachlokal erreichten bot sich ihnen ein Bild des Grauens.

„Francis, hörst du mich?" „Roger, Frank laut und deutlich. Was gibt's?" „Wir brauchen dein Taxi. Du findest uns am Verwaltungsgebäude auf der Karte als Gebäude null zwo gekennzeichnet. Und Vorsicht, wir befinden uns immer noch im Gefecht mit den Leuten der Ramirez." „Roger, Frank. Ich starte so schnell als möglich und hole euch da raus." Als hätte eine Feder die kleine Frau in Bewegung gesetzt, machte sich Francis sofort an die Arbeit. Sie legte ein paar Schalter um, schaltete die Benzinpumpen ein und betätigte die Startertaste. Doch die Triebwerke der Bell sprangen nicht an. Da es sich um ein Elektrikproblem zu handeln schien, klopfte Francis wieder mehrfach auf das Armaturenbrett. Nach dem vierten Versuch fauchten die beiden Triebwerke los. Ein gewaltiger Stein fiel Francis vom Herzen. Bevor sie startete entsicherte sie noch die beiden schweren Maschinengewehre an den

Seiten des Hubschraubers und stellte die Rohre senkrecht nach unten. Als sie am Pitch zog machte die Bell ein Satz wie ein junges Reh und stieg in die Luft. „Na, mein Mädchen, geht jetzt flott nach oben ohne die schweren Kerle im Bauch. Das kenne ich." Francis schob das Sonnenvisier nach unten, da die noch tief stehende Sonne stark blendete. Triebwerk zwei lief etwas zu fett und sorgte für eine kleine dunkle Abgasfahne am Heck. Doch sonst war Francis mit ihrem betagten Vogel zufrieden. Sie drehte zuerst eine kleine Runde und überflog dann die Mauer der Anlage. Sie passierte die noch rauchende Ruine des Versorgungsgebäudes, dass Brightman in die Luft gesprengt hatte. Rechts davon lag das Verwaltungsgebäude. Francis konnte wegen der geringen Flughöhe die beiden Stellungen der Ramirez-Leute genau erkennen. Sie legte die Bell leicht auf die Seite und überflog die beiden Sandsackstellungen. Per Fernauslösung jagte sie alles an Munition heraus, was ihr in den Behältern zur Verfügung stand. Die beiden ebenfalls schon betagten MGs ratterten unaufhörlich los, bis ihre Verschlüsse keine Patronen mehr in den Gurten fanden. Die Gegenwehr der Verteidiger versiegte umgehend. Francis drückte den Pitch nach unten und ließ die Bell wenig später etwas unsanft aufsetzen. Sie sah, dass sich die Türe des Gebäudes öffnete und einige Jungs von Franks Truppe auf sie zuliefen, um die Maschine zu sichern. Francis winkte ihnen zu. Zu spät bemerkte sie das Aufflackern des Mündungsfeuers eines Gewehrs schräg gegenüber. Das Glas der Kanzel vor ihr splitterte und etwas Heißes, Hartes drang mit Wucht in ihren Körper ein. Wie gelähmt fiel sie in ihren Sitz zurück. Francis nahm den Gestank von Kupfer wahr und das sich eine warme Flüssigkeit unter ihrer Fliegerkombi ausbreitete. Sie verspürte keinen Schmerz. Nur die Angst, ihrem Baby könnte etwas zugestoßen sein, durchzuckte ihre Gedanken. Wie in Zeitlupe zog sie den Handschuh von der rechten Hand herunter und tastete ihren Körper ab. Plötzlich fühlte sie die Stelle an dem Blut aus einer Wunde ihren Körper verließ. Francis biss auf die Zähne. Vorsichtig beugte sie sich nach vorn. Langsam zog sie den Verbandskasten unter ihrem Sitz hervor dem sie mehrere Verbandspäckchen entnahm. Ein heftiger, stechender Schmerz durchzuckte plötzlich ihren ganzen Körper. Francis schob eines der Päckchen zwischen ihre Zähne und riss es auf. Mit letzten Kräften drückte sie die sterile Fläche auf die Einschusswunde unterhalb ihrer letzten, rechten Rippe. Immer wieder wurde ihr schwarz vor Augen. „Reiß dich zusammen, Francis", sprach sie leise vor sich hin, während sie mit Fixierpflaster das Verbandspäckchen auf ihrem Bauch festzukleben versuchte.

Eine gewaltige Blutlache bedeckte einen Großteil des Fußbodens. Die Mädchen wirkten wie in Trance, als Mahmud als erster den Raum betrat. Einigen von ihnen klebte eine Menge Blut an den Händen, andere hatten zusätzlich noch ihre Kleider beschmutzt. Als auch Peter in den Wachraum eintrat, bemerkte er sofort, was geschehen war. Die Mädchen hatten offensichtlich im Kollektiv den vier gefesselten Vertrauten von Emanuela Ramirez die Geschlechtsteile abgeschnitten und ihnen beim langsamen Sterben zugeschaut. Mahmud hielt Min Thai in seinen Armen und drückte sie fest an sich. „Wir müssen sofort hier weg. Ich benachrichtige gleich die Polizei, damit auch Ihnen geholfen werden kann", sprach Peter die Mädchen an, die ihn immer noch ausdruckslos anblickten. „Kommt jetzt, wir müssen los", forderte er Mahmud und seine Freundin auf, die ihm sofort folgten.

Jeder Schritt bereitete Peter erhebliche Schmerzen und doch rannte er so schnell es ging mit Mahmud und Min Thai dem wartenden Helikopter entgegen. „Türen zu", kommandierte er und nahm vorsichtig auf dem rechten Pilotensitz Platz. „Sehen Sie dort, Commander", da kommen mehrere Lastwagen mit vielen bewaffneten Männern den Weg hoch gefahren." „Ja, wir hauen ab. Gib Gas, Francis." Ihre Pilotin saß schweißnass und mit blassem Gesicht in ihrem Pilotensessel und bewegte sich kaum. Jetzt sah Peter genauer hin und erkannte das Einschussloch in der Frontscheibe. „Verdammt, Francis, alles OK?" Er griff zu ihr herüber. Sofort wurde das ganze Ausmaß ihrer Verletzung sichtbar. „Sanitäter, kommen Sie schnell nach vorn. Wir haben hier eine Schwerverletzte. Festhalten, Jungs, ich übernehme die Maschine." „Oh Gott, Peter, wann bist du denn das letzte Mal eine Bell Hue geflogen?", rief Frank ihm zu. „Bis ich all die Jahre zurückgerechnet habe, wie lange das wohl her sein mag, haben uns unsere Verfolger bereits zu Sieben verarbeitet. Also, bleibt still sitzen. Ich versuch`s mal." Peter gab Volllast auf die beiden Treibwerke und zog am Pitch. Da er das Spiel mit den Pedalen etwas vernachlässigte, schaukelte der wieder schwer beladene Hubschrauber beim Start hin und her. Die ersten Gewehrsalven ihrer Verfolger verfehlten die Bell nur um Haaresbreite. Dann erhob sich ihr Heli endlich über die Köpfe hinweg. Peter brachte die Maschine auf knapp dreitausend Meter Höhe und zog davon. Um neugierigen Blicken zu entgehen, flog Peter über den Atlantik Richtung Pousada. Zwischenzeitlich hatte sich Angus neben Peter gesetzt. Interessiert verfolgte er, wie Peter den schweren Hubschrauber nach Hause dirigierte. „Commander, Sie müssen schneller fliegen. Misses McHillcock ist kollabiert." Peter schaute sich um. Francis Gesicht wies genau die Farbe auf, die er nur allzu gut kannte, und die er schon häufig betrachten musste. Es war die wächserne Blässe, die nur der Tod einem Menschen auf sein Gesicht hauchen konnte. Peter schaute wieder nach vorn und gab Vollgas. Die Turbinen gaben ihr Bestes, doch waren sie dazu nicht sehr lange in der Lage. Schon nach wenigen Minuten zog die Bell auf der rechten Seite eine schwarze Rauchfahne hinter sich her, ein Zeichen dafür, dass die Turbine endgültig ausgebrannt war und vor sich hin kokelte. Peter nahm das Funkgerät in die Hand und rief Sam: „Mayday mayday mayday, hallo, Sam, hörst du uns?" „Roger Peter, laut und deutlich. Was ist los?" Auf einmal wurde Peter schwarz vor Augen. Schwindel ließ ihn kurz die Orientierung verlieren. Langsam machte sich der hohe Blutverlust aus seiner Stichwunde bemerkbar. „Peter, was ist los. Bitte melden." „Sam, Francis ist schwer verletzt und unserer Bell geht es nicht bedeutend besser. Wir brauchen Notärzte auf der Pousada. Schnell Sam. Ankunft in circa acht Minuten." „Roger, Peter, ich organisiere alles." Peter schaute sich noch einmal um und sah, dass zwei der Soldaten und der Sanitäter im Wechsel versuchten, Francis mit lebenserhaltenden Maßnahmen dem Tod zu entreißen. Glücklicherweise befand sich ein Rubenbeutel im Gepäck des Sanitäters.

Als die zweite Turbine allmählich zu stottern begann, befanden sie sich etwa fünfhundert Meter vom Landepunkt entfernt. Peter warf all seine fliegerischen Kenntnisse in die Waagschale und konnte nur so verhindern, dass die Bell wie ein Stein vom Himmel stürzte. Entsprechend hart setzte der alte Helikopter auf dem eingezeichneten Rund im Gelände der Pousada auf. Blinklichter von Notarztfahrzeugen sorgten für ein unwirkliches Szenario. Laute Befehle wurden gerufen und die Türen der Bell aufgerissen, doch von all der Hektik bekam Peter schon nichts mehr mit. Ohnmächtig lag er im

Pilotensitz, den Kopf gegen die Kopfstütze gelehnt. Die kräftigen Hände von Angus und Nathan griffen nach ihm und legten seinen leblosen Körper auf eine Trage. Zwei geschulte Rettungssanitäter schleppten zusammen mit den beiden Schotten Peter in eines der Rettungsfahrzeuge. Theresa wuselte wie ihre anwesenden Kollegen mit einem weißen Arztmantel bekleidet umher und versuchte zu helfen, wo sie konnte. Ihre größte Sorge jedoch galt Peter und Francis. Mit einem kurzen Sprung überwand sie die beiden Stufen zur Ladefläche des Rettungswagens. Ein Sanitäter bereitete eine Infusion vor, während der Notarzt das Überwachungsgerät für die Vitalfunktionen aktivierte. Theresa griff nach Peters Hand, die leblos an der Trage herunterhing. „Ich bin bei dir, Peter. Sei stark und komm zu uns zurück." Doch ihre Worte erstickten im Schluchzen und in den Tränen, die an ihren Wangen herunter liefen. „Wird er durchkommen?" „Ich weiß es nicht, Frau Kollegin. Wir tun unser bestes. Aber wir müssen jetzt los." „Ja, sicher. Ich bleibe hier und kümmere mich um die anderen Verwundeten." Als der Fahrer die beiden Flügeltüren des Rettungswagens zuwarf, überfiel Theresa die Angst, ihren Peter vielleicht nie wieder lebend zu sehen. Weinend und wie zur Salzsäule erstarrt stand sie minutenlang so da und schaute den immer kleiner werdenden Blinklichtern des Krankentransporters hinterher, bis Mahmud zu ihr lief.

„Mum, komm schnell, Francis stirbt." „Oh nein! Bitte, bitte lieber Gott, lass sie und ihr Baby nicht sterben", rief sie und rannte hinter Mahmud her, der zu einem weiteren Sanka lief. Ganz still und mit geschlossenen Augen lag Francis rücklings auf der fest verankerten Trage im Rettungswagen. Ein Schlauch, der durch einen Tubus in ihrem Rachen in ihre Luftröhre führte, versorgte sie künstlich mit Sauerstoff. Wächsern schimmerte ihre Gesichtshaut. Ein Sanitäter hatte ihre Wunde freigelegt und die Umgebung gesäubert. Ein schwerer Druckverband sollte weiteren Blutverlust verhindern. Theresa wischte sich ihre Tränen aus dem Gesicht und versuchte, so sachlich wie eben möglich mit der Kollegin zu reden. „Wie steht es um Senhora McHillcock?" „Ich kann hier nichts mehr für sie tun. Wir haben einen Rettungshubschrauber angefordert, der sie in die Uniklinik nach Lissabon bringt. Wir haben getan was wir konnten, Frau Kollegin." „Notieren Sie bitte noch für den Empfangsarzt in Lissabon, dass Senhora McHillcock im dritten Monat schwanger ist." „Mache ich, Frau Kollegin." Wenige Minuten später traf bereits der Rettungs-hubschrauber ein. Theresa blieb bis zum Abtransport neben Francis sitzen, die immer noch regungslos auf der Trage lag.

Sam, Mahmud und das ganze Team versammelten sich kurz vor Mittag auf der großen Terrasse der Pousada. Jeder von ihnen hatte während des Einsatzes etwas abbekommen, wenn auch niemand wirklich ernsthaft verletzt wurde. Theresa übernahm die medizinische Betreuung der Männer. Sie reinigte Wunden, versorgte tiefe Schürfwunden, legte Verbände und schiente zwei einfache Knochenbrüche. Mehr als einfühlsam untersuchte sie auch Min Thai, deren Verletzungen im Genitalbereich zum Glück nicht gravierend waren. Schlimmer dagegen waren ihre psychischen Wunden, die sie alleine nicht heilen konnte. Mahmud schien sein Martyrium völlig schadlos überstanden zu haben. Jedenfalls kam ihm zu den Geschehnissen der letzten Tage nicht ein einziges Wort über die Lippen. Still ertrug er seine Schmerzen, die nur allmählich nachließen. Dafür kümmerte er sich äußerst liebevoll um seine Freundin und versuchte ihr über die furchtbaren Dinge, die sie hatte ertragen müssen, hinweg zu helfen.

Kapitel 34

Auch den ganzen Nachmittag lang versorgte Theresa noch die Blessuren von Franks Männern. Sie telefonierte mit Francis´ Lebensgefährten in Australien und berichtete ihm von der tragischen Entwicklung. Der erfahrene Buscharzt wusste nur allzu gut, wie es jetzt um seine Freundin und um das Leben des Babys bestellt war. Er bedankte sich bei Theresa für ihren Anruf und kündigte seinen sofortigen Flug nach Portugal an. „Sag mir Bescheid, wann du landest, Paul, wir holen dich vom Flughafen ab." „Danke dir, Theresa, aber ich fliege direkt nach Lissabon. Wenn ich noch Zeit finde, komme ich euch besuchen. Lass uns die Daumen drücken, dass alles gut wird." Nach dem Telefonat ging Theresa in das Speisezimmer. Dort saßen alle Männer des Einsatzes mit Mahmud beisammen. Mit nur mäßigem Appetit nahmen sie ihr Abendessen zu sich. Schweigen lag über der Runde. „Theresa, ich bringe diese Nacht die Waffen an den Strand, die ein U-Boot der britischen Marine abholen wird. Ich habe den Termin mit dem Oberkommando auf heute vorverlegt. Morgen um 09:00 Uhr fliege ich mit meinen Junges zurück nach London. Wir sind sehr stolz, dass wir Mahmud und das Mädel aus den Fängen dieser Wahnsinnigen befreien konnten, auch wenn Peter und Francis jetzt nicht bei uns sein können. Wie geht es den beiden? Hast du noch neue Infos für uns?" Theresa erhob sich langsam von ihrem Stuhl. Jeder Anwesende sah ihr sofort an, wie schlecht es ihr ging. Das weiße, hoch geschlossene Kleid, dass sie trug, machte sie noch blasser. „Liebe Freunde", hob sie zu einer kleinen Rede an. „Erstmal danke ich euch von ganzem Herzen für eure Hilfe. Wenn es je einmal etwas gibt, was wir für euch tun können, lasst es uns bitte umgehend wissen. Jeder von euch kann hier gern Urlaub mit seiner Familie machen und uns besuchen kommen. Ihr müsst euch nur melden.

Francis wurde von den Ärzten der Universitätsklinik in Lissabon in ein künstliches Koma versetzt. Ob sie und ihr Baby überleben werden, kann noch niemand sagen. Peter bekommt mehrere Blutkonserven, um seinen Blutverlust auszugleichen. Er wird aber durchkommen." Der Jubel über die gute Nachricht hielt sich ob dem Zustand von Francis jedoch in Grenzen. „Du wirst uns aber auf dem Laufenden halten, nicht wahr, Theresa?" „Das mache ich ganz sicher." Wenig später traf Fabio Mugalla auf der Pousada ein und erkundigte sich ebenfalls nach dem Gesundheitszustand von Francis und Peter. „Habt ihr das Nest endgültig ausgeräuchert, Fabio?", erkundigte sich Sam bei dem Polizeichef. „Ja, das haben wir in der Tat. Wir haben alle Kämpfer festgenommen. Die Einsetzung des Ramirezgeländes als Botschaftsniederlassung war eine Finte. Die Ramirez hat es tatsächlich geschafft, den Schriftwechsel mit der Botschaft so zu fälschen, dass ihr jeder den Botschaftsstatus für das Areal abnahm. Der Staat Kolumbien jedenfalls hat sich bereits offiziell bei unserer Regierung für unser Einschreiten bedankt. Außerdem haben wir beinahe vierzig Tonnen der künstlichen Droge Christal Meth sichergestellt, die wir sofort zu einer Verbrennungsanlage transportierten und dort entsorgten. Alles in allem ein echter Erfolg für uns, zumal wir auch die Mädchen befreien konnten, die in den nächsten Tagen in ihre Heimatländer ausgeflogen werden." „Und was geschieht mit den verhafteten Kolumbianern und der Leiche von der Ramirez?", erkundigte sich Sam weiter. „Die kolumbianische Regierung hat heute ein Auslieferungsersuchen per Fax geschickt. Die Typen werden kurzfristig abgeschoben. Die Leiche der Ramirez haben wir nicht gefunden." „Aber die muss doch im Dielenbereich des Wohngebäudes gelegen haben. Der Junge hat sie dort erschossen?" „Es gab aber keine Leiche, Frank. Wir haben jedenfalls keine gefunden." „Merkwürdig."

Noch vor acht Uhr am nächsten Morgen startete Theresa wieder in ihrer Praxis durch. Mahmud, Angus und Nathan waren ebenfalls mitgekommen. Die beiden Schotten hatten es sich im Aufenthaltsraum gemütlich gemacht. Ihr Flug nach Edinburgh ging heute erst gegen fünfzehn Uhr, und weil Mahmud die beiden Brüder zum Flughafen bringen wollte, waren sie gleich am Morgen mitgefahren. Die Stimmung war äußerst gelöst. Theresa hatte ganz früh am Morgen erfahren, dass Peter bereits in wenigen Tagen das Krankenhaus verlassen durfte, und das der Zustand von Francis als stabil bezeichnet wurde und ihr Baby noch lebte. Theresas Mädels amüsierten sich prächtig über die beiden Männer aus Schottland, die statt Hosen Röcke trugen. Mahmud schien die Entführung soweit ganz gut überstanden zu haben. Er hatte Theresa gebeten, noch für ein paar Tage bei ihr arbeiten zu dürfen, worüber sich seine Stiefmutter natürlich mehr als freute. Sicherlich war dies die beste Therapie, das Erlebte so schnell als möglich zu vergessen. Min Thai ließ sich von ihrer Familie zu Hause pflegen. Theresa hatte mit ihrer Mutter telefoniert und angekündigt, dass sie so bald ihr Mann wieder gesund sei, mit der ganzen Familie bei ihnen im Restaurant zum Essen kommen wollten. Mahmud freute sich, dass auch die Familien allmählich Kontakt zu einander aufnahmen. Sein Opa hatte Min Thai und ihm sogar eine zweiwöchige Urlaubsreise nach Ibiza spendiert, worauf sich Min Thai und Mahmud schon sehr freuten. Doch sie wollten erst wieder ganz fit werden, bevor sie ihre Reise antreten.

Theresa ging ihre Arbeit nach den positiven Nachrichten richtig leicht von der Hand, und durch die Unterstützung von Mahmud schafften sie es gemeinsam, einer Menge kleiner Patienten Hilfe zukommen zu lassen. Doch kurz vor Mittag spürte sie ihren verspannten Rücken und sehnte sich ihrer Pause entgegen. Gerade hatte sie dem tapferen, achtjährigen Joao eine Spritze für seine Schutzimpfung gesetzt, ohne dass er auch nur eine Träne vergoss, da stürmte ihre Helferin Maria atemlos in den Behandlungsraum. „Frau Doktor, kommen Sie schnell. An der Rezeption steht eine Frau, die ganz in der Nähe von einem Auto angefahren wurde und dringend Hilfe benötigt. Sie blutet aus zwei Wunden." „Ich komme, Maria. Setzen Sie die Frau in die drei und bleiben Sie bei ihr." Der kleine Joao erhielt für seine Tapferkeit natürlich noch eine bunte Kinderzahnbürste und ein kleines Spielauto. Beides nahm er dankend und strahlend entgegen, wobei er die Zahnbürste gleich seiner Mutter in die Handtasche steckte. Theresa verabschiede sich schnell von ihrem Patienten und seiner Mutter und betrat den Behandlungsraum drei. Eine sehr schlanke, sportliche junge Frau mit tief schwarzen Haaren, die sie zu einem kräftigen Zopf zusammen gebunden hatte, lag auf der Behandlungsliege und Maria saß daneben. „Hallo, mein Name ist Theresa Sanchez-McCord. Ich bin Ärztin. Sie hatten einen Unfall. Was ist geschehen?" „Hallo, Frau Doktor. Ich wollte die Straße überqueren. Der Fahrer eines Autos hat mich wohl übersehen und angefahren. Danach ist er einfach weggefahren." „Haben Sie Schmerzen?" „Ja, hier und hier und aus zwei Wunden kommt Blut." Die junge Frau, die ein dunkles, langes Kleid trug deutete auf eine Wunde am Oberschenkel und am Unterleib hin. Ihr schmerzverzerrtes Gesicht ließ nichts Gutes erahnen. „Kommen Sie, ziehen Sie das Kleid aus. Ich schaue mir Ihre Wunden mal an. Die Erstversorgung mache ich hier. Wir bestellen dann, wenn erforderlich einen Krankenwagen, der sie ins Krankenhaus bringt."

„Kommen Sie, wir helfen Ihnen das Kleid vorsichtig auszuziehen." Die junge Frau stellte sich aufrecht hin und ließ ihr Kleid an ihrem Körper herunter gleiten. Nur noch mit einem winzigen Slip und halb hohen Cowboystiefeln bekleidet stand sie da. Theresa bemerkte sofort, dass der Körper der jungen Frau mit punktförmigen Hämatomen förmlich übersät war. Selbst ihre festen Brüste wiesen kleine Blutergüsse auf. Knapp über dem linken Beckenknochen erblickte Theresa ein großes Pflaster wie auch recht weit oben am rechten Oberschenkel. „Ihre Wunden sind ja bereits versorgt. Sie hatten im Leben keinen Unfall. Wie mir scheint sind sie ein Opfer häuslicher Gewalt geworden. Ist es so? Lassen Sie mich mal die Wunden anschauen." Die junge Frau ließ sie gewähren. Theresa entfernte das Pflaster am Bauch und staunte nicht schlecht. Das ist ja eine Schusswunde!", entfuhr es ihr. „Genau, Lady, die hat mir dein Sohn beigebracht, und die Stichwunde am Oberschenkel stammt von deinem Mann, und genau dafür wirst du jetzt sterben." Maria schrie laut auf, als sie den Revolver sah, den die Frau aus ihrem rechten Stiefelschaft gezogen hatte. „Halt`s Maul, Mädel, du bist als nächste dran. Hier kommt niemand mehr lebend raus."

„Warum hat die Frau nebenan so laut geschrien, Mahmud. Hat die auch Angst vor Spitzen?", fragte der kleine Pedro Theresas Stiefsohn, der ihm gerade seinen Verband wechselte. „Da muss ich gleich mal schauen gehen. Dir wünsche ich jedenfalls gute Besserung. Bis übermorgen, Pedro." Mahmud sorgte dafür, dass der kleine Patient mit seiner Mutter schnell die Praxis verließ, denn auch ihm kam der Schrei von Maria, denn nur sie besaß eine solch helle Stimmlage, merkwürdig vor. Auch Angus und Nathan verließen den Aufenthaltsraum und trafen auf Mahmud an der Rezeption. „Da stimmt etwas nicht; Mahmud, Deine Mutter ist mit der Frau, die angeblich einen Unfall hatte und Maria in der drei. Aber warum schreit Maria denn so laut?", fragte Joana bei Mahmud unnötigerweise nach. „Lass mich mal auf deinen

Monitor schauen. Ich habe auch die Befürchtung", entgegnete Mahmud und schaute mittels der Überwachungskamera in drei. „Da seht mal. Das ist doch....", Mahmud schien fassungslos. Auch Angus und Nathan schauten mehr als erstaunt auf den Bildschirm. „Das ist doch die Ramirez. Aber die muss doch tot sein nach den vielen Schüssen, die auf sie abgefeuert wurden." Angus vermied vor der Helferin zu erwähnen, dass Mahmud mehrfach auf den Körper von Emanuela Ramirez gefeuert hatte. „Ich rufe sofort Fabio an." „Bleibt alle, wo ihr seid, Junge. Wir rücken mit einer SEK Einheit an", lautete Fabios Anweisung. „Aber das ist doch unmöglich, das die Ramirez überleben konnte." Mahmud traute einfach seinen Augen nicht. Er war sich ganz sicher, die Ramirez erschossen zu haben. „Wenn diese Hure Theresa auch nur ein Haar krümmt, breche ich ihr alle Knochen einzeln", ließ Nathan verlauten, und wenn man sich seinen Oberkörper betrachtete, konnte man seiner Aussage uneingeschränkt Glauben schenken. „Ich geh da jetzt rein und hol Mum raus." „Bleib bitte hier, Junge. Du hast gehört, was Fabio gesagt hat. Nicht, das du mit einer unbedachten Aktion deine Mutter und das Mädel unnötig in Gefahr bringst.

Kapitel 35

Sie vernahmen keinen Laut einer Polizeisirene und nirgendwo wurde auch nur ein Zipfel einer Polizeiuniform sichtbar, und doch gingen die Spezialisten von Fabio Mugalla ganz in der Nähe in Stellung. Mahmud und die übrigen Arzthelferinnen von Theresa sorgten rasch dafür, dass alle Patienten und deren Begleiterinnen so lautlos als möglich die Praxis verließen. Angus starrte wie gebannt auf den Monitor. Leider gab es keinen Ton, sodass sie nicht verstehen konnten, was in Raum drei gesprochen wurde. Plötzlich geschah etwas

Unerwartetes. Maria, die mit dem Rücken gegen ein Sideboard gelehnt stand, schien sich klammheimlich ein gebrauchtes Skalpell hinter ihrem Rücken aus einer Abfallschale gegriffen zu haben. Maria stürzte sich in einem unbeobachteten Moment auf Emanuela Ramirez und stach ihr das Skalpell in den Hals. Diese wand sich sofort zu Maria um und schoss auf die junge Frau, die kurz darauf blutüberströmt zusammenbrach. Reflexartig ergriff Theresa den Briefbeschwerer, der auf dem Schreibtisch neben ihr stand, das Präsent eines Pharmavertreters, der einen Kinderbackenzahn auf einem kleinen Sockel darstellte und schlug diesen der Ramirez gegen ihr Gesicht. Daraufhin durchschlugen mehrere Projektile abgefeuert aus Polizeiwaffen die gläserne Türe zum Garten. Mahmud, Angus und Nathan beobachteten das Szenario auf dem Monitor und mussten mit ansehen, wie augenblicklich drei Frauen im Behandlungsraum drei blutend auf dem Boden lagen. „Los, Jungs, wir gehen rein", schrie Mahmud und rannte bereits los. Die beiden Schotten folgten ihm umgehend. Das Bild, das sich ihnen bot war völlig unübersichtlich. Maria lag auf dem Rücken und blutete stark aus einer Wunde im Bauchraum. Mahmud sprang gleich zu ihr und drückte ihr eine sterile Wundauflage auf die Einschussstelle. Emanuela Ramirez lag mit gebrochenem Blick in der Ecke gegenüber. Ihr Körper sowie ihr Kopf wiesen mehrere Einschusslöcher auf. Theresa hatte es am linken Oberschenkel erwischt. Obwohl es sich nur um einen Streifschuss handelte, litt sie unter höllischen Schmerzen. Zu Fabio Mugallas Truppe gehörte auch ein Notarzt, der sich zuerst um Maria kümmerte, die Blutung stoppte und gleich die Rettungssanitäter zu sich rief, die Maria umgehend in das nächste Krankenhaus brachten. Mahmud kniete neben Theresa. Er hatte fachgerecht ihre Wunde freigelegt und diese sorgsam verbunden.

Als wieder Ruhe in der Praxis eingekehrt war, versammelten sich Fabio Mugalla, Mahmud, Angus und Nathan und Theresa in ihrem Büro. „Das ist ja alles noch mal haarscharf gut gegangen. Deine Helferin ist außer Lebensgefahr. Das Projektil hat kein Organ verletzt. Nach einem kurzen Krankenhausaufenthalt steht dir das Mädel bald wieder zur Verfügung. Die Ramirez ist nun endgültig ausgeschaltet. Wir haben gegenüber ihr Fahrzeug gefunden und einen Kevlaroverall darin, was die vielen kleinen kreisrunden Blutergüsse auf ihrer Haut erklären dürfte. Jeder Schuss, der auf sie abgegeben wurde, hinterließ ein solches Hämatom. Lediglich an einer Stelle ist ein Projektil durch das Gewebe gedrungen und hat die Schussverletzung im Oberbauchbereich verursacht. Den Messereinstich von Peter konnte der Anzug nicht verhindern, da er nur ihren Körper schützte und nicht die Gliedmaßen. Wie geht es dir, Theresa?" „Keine Sorge, das wird schon wieder. Es tut ein bisschen weh, aber ich denke morgen, habe ich den Kratzer wieder vergessen." „Das ist schön zu hören. Wir nehmen noch die Spuren auf und rücken dann ab." „Kommst du alleine klar, Mum? Ich fahre jetzt Angus und Nathan zum Flughafen." „Mach das, Mahmud. Mir geht es gut." Die beiden Schotten verabschiedeten sich sehr liebevoll von Theresa und drückten sie fest an sich. Mahmud hatte bereits große Sorgen, dass der Streifschuss für seine Stiefmutter weniger gefährlich war als die innigen Liebkosungen der beiden Kraftpakete. „Grüß Peter und Francis von uns, Theresa. Wir freuen uns schon darauf, wenn ihr uns bald wieder in den Highlands besuchen kommt", übernahm Angus die Abschiedsrede. „Ja, werde ich gern ausrichten. Ich freue mich auch schon darauf, meine Kinder und die ganze Familie wieder zu sehen. Nochmals vielen Dank für eure Hilfe." „Keine Ursache, Theresa." Sie blieb sitzen, um die Zahl der blauen Flecken, verursacht durch die schottischen Liebkosungen in Grenzen zu halten.

Mahmud gab seiner Stiefmutter noch einen Kuss und verließ mit den beiden Riesen die Praxis.

Tiefe Stille umgab Theresa plötzlich. Nur das Summen der Klimakompressoren sowie des Servers sorgten für eine gewohnte Geräuschkulisse. Langsam erhob sie sich aus ihrem Schreibtischsessel. Die Wunde schmerzte heftig. Wie in Zeitlupe schlich sie zum Praxiseingang und verschloss die Türe. Es war keine wirkliche Angst, die sie immer wieder leicht zusammenzucken ließ, wenn zum Beispiel der Kühlschrank im Aufenthaltsraum ansprang oder das Telefon summte. Es war ein Gefühl des Unwohlseins, dass sie überfiel. Theresa wankte langsam in den Aufenthaltsraum der Praxis und nahm sich eine Flasche Wasser aus dem Kühlschrank. Sie schraubte den Verschluss auf und trank, entgegen ihrer sonstigen Gepflogenheit, gleich einen großen Schluck direkt aus der Flasche. Als sie sich umdrehte sah sie jemanden hinter sich stehen. Theresa zuckte zusammen. Doch sie blickte nur in ihr Spiegelbild. Sie betrachtete sich von oben bis unten. Ihr Blick blieb an ihrem linken oberen Hosenbein hängen. Die tiefrote Verfärbung und der ordentliche von Mahmud vorgenommene Einschnitt in ihre weiße Hose erinnerten sie daran, dass sie eben wahrscheinlich so gerade noch einmal mit dem Leben davon gekommen war. Hätte die Ramirez ihre Waffe eine handbreit höher gehalten, das Projektil hätte ihre Bauchschlagader zerfetzt, und sie wäre innerlich verblutet. Theresa wurde schwarz vor Augen. Sie hielt sich zwar noch einen Moment an einem Stuhl fest, doch ihre Ohnmacht schritt weiter fort. Wenig später fiel Theresa zu Boden und blieb liegen.

Mahmud parkte den Mercedes Kombi auf dem Arztparkplatz genau vor der Türe der Praxis ein. Ein wenig wunderte er sich, dass noch Licht in den

Räumlichkeiten brannte. Er zog seinen Schlüssel aus der Tasche und öffnete die Türe. Ihn erwartete ein pausenlos nervendes Telefon. Als er auf das Display schaute bemerkte er, dass Fabio der Teilnehmer war, der versuchte die Praxis zu erreichen. „Hallo, Fabio, Mahmud hier. Was ist los, warum rufst du pausenlos an?" „Weil meine Spurensicherung schon dreimal bei euch vor der Praxistüre gestanden hat und niemand öffnete. Wo ist Theresa?" „Weiß ich nicht. Ich bin aber jetzt im Haus. Du kannst deine Jungs vorbei schicken." „Alles klar, danke Mahmud." Er legte auf und schaute sich um. Weil ihm der Verbleib seiner Stiefmutter auch unklar war, ging er von Raum zu Raum. Als er den Aufenthaltsraum betrat, fand er Theresa. Ihr Kopf wies eine dicke Beule auf und auch der Verband am Oberschenkel schien durchgeweicht. Sofort kniete er neben Theresa nieder und klopfte gegen ihre Wangen. „Hee Mum, hörst du mich?" Theresa stöhnte ein wenig, öffnete sodann aber ihre Augen. „Mahmud? Was machst du hier? Wieso bist du nicht in der Schule?" Sie hob ihren Oberkörper und wollte aufstehen, doch war ihr dies nicht möglich. Mahmud hob seine Stiefmutter auf und trug sie in ihr Büro, wo er sie auf ihrer Liege ablegte. Als es an der Türe schellte, öffnete er. Zwei Männer der Spurensicherung betraten die Praxis und ließen sich von ihm den Raum drei zeigen, wo sie gleich ihre Arbeit aufnahmen. Die Beule an Theresas Kopf forderten Mahmuds medizinische Vorkenntnisse nicht im Besonderen heraus. Er drückte seiner Stiefmutter einen kühlenden in Gaze gewickelten Eisbeutel darauf. Theresa war zwischenzeitlich wieder ganz zu sich gekommen. Nach etwa einer Stunde verließen die beiden Männer der Spurensicherung die Praxis. „Lass uns nach Hause fahren, Mum", schlug Mahmud vor. Theresa gefiel dieser Vorschlag sofort. Vorsichtig zog sie sich um und folgte Mahmud zum Auto.

Mahmud bemerkte sofort das Strahlen auf den Gesichtszügen seiner Stiefmutter, als sie nach so langer Zeit der Abwesenheit endlich wieder ihr eigenes Haus betraten. Der Spuk war vorüber. Auch wenn sich Theresa recht schnell an die Annehmlichkeiten gewöhnt hatte, dass ihre Mutter ihr all die Dinge des Lebens abnahm, die sie sonst zu Hause neben ihrem harten Job als Kinderärztin noch beinahe alle selber erledigen musste. Die Luft stand stickig in den Räumen. Theresa und Mahmud rissen sofort alle Fenster auf und lüfteten ihr so vertrautes Heim. „Wir müssen dringend den Pool von den Blättern befreien, sonst setzen sich die Umwälzpumpen zu, Mahmud" rief sie ihrem Stiefsohn zu, der gerade die Post aus dem Briefkasten nahm. „Ja, mach ich, Mum", gab er ihr zur Antwort, während er die Umschläge nach Wichtigkeit sortierte. Ein schwarz eingefärbtes Kuvert fiel ihm gleich auf. Als er es genauer betrachtete bemerkte er, dass der Umschlag mit blutroter Schrift beschrieben war. „Mum, schau dir das mal an", rief er ihr zu. Theresa hatte sich bereits ihrer Schuhe entledigt und lief barfuß herum. „Bin ich froh wieder zu Hause zu sein. Was hast du denn außer Rechnungen gefunden?" „Hier schau dir mal diesen Brief an." Theresa nahm den schwarzen Umschlag in die Hand und betrachtete ihn vorsichtig von allen Seiten. „Warte, Mum, ich hole dir ein Einmalhandschuhe. Wer weiß schon, wer uns da geschrieben hat." Theresa wartete ab, bis sie von Mahmud ein Paar Einmalhandschuhe gebracht bekam. Sie schlüpfte mit ihren kleinen Händen in die PVC Handschuhe und öffnete den Umschlag. Schmunzelnd las sie vor. „Auch wenn ich meinen Rachefeldzug vielleicht nicht überlebt habe, glaubt bloß nicht, dass es jetzt vorbei wäre. Ein Geschöpf der Hölle wird meine Arbeit vollenden. Emanuela Ramirez." „Jetzt ist es aber langsam gut. Vor wenigen Stunden haben wir den von Kugeln durchsiebten Körper der Ramirez dem Wagen der Gerichtsmedizin übergeben.

Von ihr wird keine Gefahr mehr ausgehen. Wir legen den Umschlag mit dem Brief in die Schublade und geben ihn Fabio, wenn er uns das nächste Mal besucht. Weißt du was? Jetzt koch ich uns Spaghetti mit Tomatensauce. Oma und ihre Köchin bereiten wirklich die leckersten Speisen zu, aber ich freue mich jetzt auf ganz einfache Nudeln. Magst du auch welche?" „Gute Idee, Mum. Bis du fertig bist, kümmere ich mich um die Blätter im Pool. Hast du eigentlich noch Kopfschmerzen?" „Nein, du hast meinen Kopf wirklich sehr gut versorgt. Ich ziehe mir jetzt erstmal etwas Luftiges an und dann koche ich für uns."

Auch Mahmud schlüpfte erst einmal in seine Badehose. Er hatte gerade den rechten Fuß in den Garten gesetzt als sein Handy summte. „Hallo, Mahmud, ich bin`s, Min Thai." „Hallo, Min Thai. Ich freue mich riesig, dass du dich meldest. Wie geht es dir?" „Mir geht es schon viel besser. Der Arzt sagt, ich hätte großes Glück gehabt und würde keine bleibenden Schäden davon tragen, und Babys kann ich auch weiter bekommen." Sie ließ ein lautes Lachen folgen. „Was machst du gerade, Mahmud?" „Ich ziehe mir meine Badehose an, weil ich den Pool sauber machen möchte." „Wann sehen wir uns wieder?" „Wenn du magst, komme ich dich heute Abend besuchen." „Au ja, so gegen sieben?" „Ja, bis später. Ciao." „Ciao, Mahmud." Alle Dinge, die er zum Reinigen des Pools benötigte, entnahm er dem Gerätehaus am Ende des Gartens. Der Pool wirkte tatsächlich vernachlässigt. Alleine der kräftige Sturm vor drei Tagen hatte seine Spuren hinterlassen und eine Menge Blattwerk auf der Wasseroberfläche verteilt. Wie es aussah würde sein nächster Job darin bestehen, die von seinen kleinen Geschwistern im Garten verteilten Spielzeuge einzusammeln. Er brauchte nicht allzu lange, um den Pool zu reinigen. Beflügelt wurde er von den Düften aus der Küche. Theresa schlug offensichtlich gerade eine leckere Tomaten-Kräutersauce mit frischer

Sahne auf. Mahmud vernahm auch schon ein leises Grummeln in seiner Magengegend, was er als deutliches Zeichen wertete: Er verspürte richtig Hunger.

Kapitel 36

Das goldene Licht der Spätsommersonne am frühen Nachmittag sorgte für eine behagliche Atmosphäre. Als er die Reinigung des Pools beendet hatte, kehrte Mahmud noch die Terrasse und verstaute alles Spielzeug, das sich auf der Rasenfläche verteilte, in der großen Box neben dem Gerätehaus. Er betrat das Haus und wusch sich in der Gästetoilette seine Hände. Der Duft, den die Kräutersauce im Haus verteilte, ließ ihm das Wasser im Munde zusammen laufen. Nun trennten ihn nur noch wenige Meter vom Eingang zur Küche. Er wollte schon losprinten und Theresa freudestrahlend mitteilen, dass der Garten wieder clean sei, als er auf den Bodenfliesen zur Küche hin etwas kriechen sah. Sofort verlangsamte er seinen Schritt. Er vermied es ebenfalls fest aufzutreten, denn das was er dort auf dem Boden bemerkte, identifizierte er eindeutig als den Schwanz einer Schlange, und diese reagierten häufig unberechenbar auf jede Erschütterung. Mahmud nahm allen Mut zusammen und schaute in die Küche hinein. Der mit Terracotta-Bodenfliesen ausgelegte Raum mit seinen weiß gestrichenen Wänden war einer der größten Räume des Hauses. Rechts von der Türe, die nach außen führte, stand ein massiver, grob gehauener Holztisch den die Familie häufig zum Essen nutzte. Mehrere Fenster an der linken Wandseite sowie auch der Stirnseite sorgten für viel Tageslicht. Auf der umlaufenden Küchenplatte über den Unterschränken stand eine Vielzahl an Geräten. Etwa drei Meter von der Stirnwand entfernt befand sich die gewaltige und mit sechs Kochplatten ausgestattete Kochinsel, die rundum begehbar war mit dem

Absaugelement darüber. Und genau dort stand gerade Theresa mit dem Rücken zur Küchentüre. Sie trug nur ein dunkles Poloshirt sowie eine kurze Shorts. Immer wieder rührte sie mit einem Holzlöffel im Topf mit der Sauce und achtete gleichzeitig darauf, dass die Spaghetti nicht überkochten. Ein wenig wirkte sie wie ein Dirigent, der gerade ein Musikwerk einstudierte.

Mahmud vergaß regelrecht zu atmen. Zwischen ihm und seiner Stiefmutter richtete sich gerade eine gewaltige Schlange auf. Mahmud musste kein Serpentologe sein um zu erkennen, dass es sich keinesfalls um eine der einheimischen, ebenfalls martialisch anmutenden, jedoch ungiftigen Schlangen handelte, sondern um eine gut und gern zweieinhalb Meter lange Königskobra. Das Tier wirkte gereizt. Je nachdem wie lange sich das Reptil bereits ohne Futter und Wasser im Hause aufhielt, war es ganz sicher sehr hungrig. Fakt jedoch war, dass Theresa nicht den Hauch einer Chance besaß, einem Angriff der Schlange auszuweichen falls diese darauf aus war. Mahmud versuchte sich all sein Wissen über Kobras ins Gedächtnis zu rufen, doch das war nicht eben viel. Kobras galten nicht als besonders aggressiv und Menschen gehörten schon gar nicht zu ihrem Beuteschema, doch war dies dieser Königskobra bewusst? Ihr Biss endete unbehandelt stets tödlich und das häufig nach nicht einmal fünfzehn Minuten. Ohne Antiserum bestand für den Menschen immer Lebensgefahr. Mahmud brach der Schweiß aus. Sein ganzer Körper fühlte sich plötzlich feucht an. In seiner alten Heimat im Iran gab es auch eine Menge Arten von Giftschlangen, doch flohen diese meist sofort, wenn man sich ihnen näherte. Gebissen wurde man eigentlich nur dann, wenn man unbemerkt auf sie trat. Theresa im Überschwang ihrer Gefühle endlich alle Gefahren überstanden zu haben, tänzelte vor ihrem Herd hin und her. Der breit aufgestellte Kopf des Reptils folgte unhörbar jeder Bewegung ihres Körpers. „Mum ... ?" „Da bist du ja. Wir können gleich essen", fiel sie Mahumd gleich ins Wort und drehte sich unvermittelt um. Sofort beendete auch die Schlange die Schaukelbewegungen ihres Kopfes. Dafür begann sie heftig zu zischen. Theresa erstarrte. Ihr wurde sofort bewusst, was die Ramirez mit Geschöpf der Hölle in ihrem Brief gemeint hatte. Theresa versuchte ganz langsam, die Kochinsel als Bollwerk zwischen sich und das Reptil zu bringen, doch die Kobra ließ sofort ihren breit aufgeplusterten Kopf vorschnellen und ihre gespaltene Zunge nahm Witterung auf. Theresa war sich der drohenden Gefahr genau bewusst. Sie wusste aber auch, dass die nächste Stelle in Portugal, die ein Antiserum gegen Kobragift bevorratet, der Zoo von Lissabon sein dürfte und die Zeit für sie verdammt knapp werden würde, wenn das Reptil zubiss. Vorsichtig wand sich Mahmud um und verließ die Küche. Sofort drehte auch die Kobra ihren Kopf um nachzuschauen, ob ihr Ungemach drohte. Theresa nutzte umgehend die Ablenkung der Schlange für sich und sprang hinter die Kochinsel. Ohne das gewaltige Reptil dabei aus den Augen zu lassen versuchte sie, hinter ihrem Rücken eines der Fenster zu öffnen, doch alle ihre Versuche blieben erfolglos. Auch der große Messerblock mit den extrem scharfen japanischen Keramikmessern stand nicht mehr an seinem gewohnten Platz. Die Ramirez schien wirklich an alles gedacht zu haben. Theresa sah Mahmud fortrennen. Sogleich wand die Kobra ihren anthrazit glänzenden, breiten Kopf wieder ihr zu. Gemächlich rutschte das Reptil ihr lautlos entgegen.

„Wann kommt uns Mami wieder abholen, Opa?" „Wieso? Gefällt es dir nicht mehr bei uns, Raoul." „Oh doch, aber ich möchte Mami mein Pony und meine Rüstung zeigen." „In ein paar Tagen, also wenn du noch so drei, vier Mal geschlafen hast, kommt sie euch sicher abholen." „Sie soll uns nicht abholen. Sie soll sich nur meine Rüstung und mein Pony ansehen." „Na, schauen wir mal. Wo ist deine Schwester?" „Die ist bestimmt wieder bei Tom im Stall und knutscht mit ihm." „Ja, dann muss ich aber mal nachsehen gehen." „Ja, Opa, mach das." Peters Vater brauchte sich ganz bestimmt keine Sorgen zu machen, da seine Frau ständig ein Auge auf Gina warf. Doch weil Vertrauen gut war, Kontrolle jedoch immer besser, marschierte der alte Earl zu den Stallungen und fand dort Gina und Tom, den Sohn von Angus beim Striegeln der Pferde vor. „Hallo, ihr Beiden. Seid ihr brav?" Zwei völlig unschuldig in die Welt schauende Jugendliche sahen ihn an. „Dachte ich mir", antwortete der Besitzer des Herrenhauses und drehte sich lächelnd um. Noch während er wieder dem Eingang entgegen lief, summte sein Handy. „Hallo, Dad, wie geht es euch und den Kindern?" „Gut, obwohl Raoul schon nach seiner Mutter gefragt hat, weil er ihr seine Rüstung und das Pony zeigen möchte. Doch wie geht es dir und Francis?" „Ich bin schon auf dem Weg der Besserung, jedoch noch etwas schwach. Die Wunde wächst gut zusammen. In drei Tagen werden die Fäden gezogen. Ende kommender Woche kann ich dann endlich wieder nach Hause. Francis ist außer Lebensgefahr und ihr Baby lebt. Ihr Mann ist an ihrer Seite und wenn alles gut verläuft, kann sie in ein paar Wochen die Klinik verlassen." „Das sind ja durchweg gute Nachrichten. Wie geht es Mahmuds Freundin und dem Jungen selbst?" „Laut Theresa ist Mahmud wieder ganz der alte und Min Thai ebenfalls auf dem Weg der Besserung. Du Dad, da erscheint die Oberschwester. Wenn die mich mit meinem Handy telefonieren sieht, droht sie mir wieder mit einem Einlauf. Mach es gut. Ich melde mich." „Ist ok, mein Junge, bis bald." Lachend beendete der Earl das Gespräch. „Scheint ein alter Drachen zu sein, die Oberschwester", flüsterte er vor sich hin.

Kapitel 37

Mahmud entschied sich spontan für die große Plane, mit der sonst bei schlechtem Wetter die Gartenmöbel abgedeckt wurden. Jetzt musste er nur noch versuchen, diese möglichst lautlos in die Küche zu schaffen, um sie der Schlange überzuwerfen. Bevor er jedoch loslief, rief er bei der Feuerwehr an. „Sie haben was in Ihrer Küche? Eine Königskobra?" „Ja, kommen Sie schnell. Wie es aussieht wird die Schlange meine Mutter beißen." „Sag mal, Junge, wie alt bist du?" „Mein Name ist Mahmud McCord. Ich bin achtzehn Jahre alt." „Ist ihr Vater etwa Peter McCord, der Chef der Firma Sanchez?" „Ja, genau und nun kommen Sie bitte schnell. Es geht um Leben und Tod." „Wir sind schon unterwegs. Bleiben Sie ruhig und erschrecken Sie das Tier nicht. Kobras sind äußerst gefährlich." Mahmud beendete das Gespräch und lief zurück zur Küche. Vorsichtig lugte er um die Türzarge herum. Drohend und laut zischend stieß das Reptil seinen Kopf in seine Richtung. Mahmud bekam panische Angst. Mit der Plane alleine würde er der Kobra ganz sicher nicht Herr werden. Unerwartet kam ihm das kleine, hässliche Fellkissen in den Sinn, dass im Keller auf den Abtransport als Sperrmüll wartete. Wenn er dies der Schlange hinwarf, würde sie es vielleicht für ein Beutetier halten, sich darauf stürzen und hoffentlich ihr Interesse an Theresa verlieren. Theresa stand immer noch wie versteinert an ihrem Spülbecken hinter der Kochinsel und hoffte auf ein Wunder. Weil sie sich schon während ihres Studiums für Tropenkrankheiten gerade bei Kindern und die Behandlung nach Bissen giftiger Tiere in Asien und Afrika interessiert hatte, wusste sie nur allzu gut, was ihr blühte, wenn die Kobra ihr eine Ladung ihres Nervengiftes applizierte. Theresa begann unvermittelt vor Angst zu zittern. Mahmud spurtete derweil in den Keller. Dort fand er neben dem kleinen Kissen auch die Ursache für die

Anwesenheit der Kobra. Die Stahltüre zur Straße stand eine Handbreit offen. Das Schloss schien mit Säure zerstört worden zu sein. Auf diesem Wege also war die Ramirez ins Haus eingedrungen. Doch was nutzte Mahmud jetzt diese Information. Er musste irgendwie versuchen, Theresa zu retten. Mit dem Kissen unter dem Arm rannte er die Kellertreppe hoch. Alle möglichen Gedanken schossen ihm durch den Kopf und eine starke Angst überfiel ihn, doch er verdrängte sie. Jetzt wollte er nur noch Theresa helfen. Eine gefährliche Stille lag in der Diele. Vorsichtig lugte er in die Küche hinein. Theresa stand immer noch wie angewurzelt mit dem Rücken gegen das Spülbecken gelehnt. Die große Schlange hatte sich ihr bis auf einen halben Meter genähert. Sie schien darüber nachzudenken, ob Theresa wirklich ein Beutetier darstellte. Dann bewegte sie sich plötzlich auf der gegenüberliegenden Seite der Kochinsel ein Felltier auf den Fliesen. Sofort wand die Kobra ihren Kopf in die entgegen gesetzte Richtung und ließ ihn wie ein Fallbeil auf das Beutetier in Kissenform fallen. Gnadenlos schlugen dabei ihre beiden gewaltigen Giftzähne in die gegerbte Ziegenhaut. Ein lebendes Tier oder auch Theresa hätten keine Chance gehabt, dem Reptil zu entkommen. Mahmud warf sofort die Plane über die Schlage. Theresa löste sich aus ihrer Starre und sprang ihrem Stiefsohn in die Arme, der sie sogleich aus der Küche trug. Mit einem heftigen Ruck schlug Mahmud die Türe zu. Die Gefahr war vorerst gebannt.

Theresa stand immer noch zitternd bei Mahmud, der seine Stiefmutter liebevoll in seinen Armen hielt. Wenig später vernahmen sie die Sirenen der Feuerwehrfahrzeuge, die sich ihrem Haus näherten. Der Einsatzleiter sowie eine junge Notärztin betraten als erste das Haus. „Hallo, Frau Kollegin. Wurden Sie von der Schlange gebissen?", erkundigte sich die Notärztin zuallererst bei Theresa. „Nein, es ist noch mal gut gegangen." „Was für ein Glück! Wir haben ein Antiserum von einem privaten tropenärztlichen Institut in Porto angefordert. Antiserum gegen Bisse von Königskobras befinden sich keine in öffentlichen Beständen. Ein Hubschrauber ist bereits damit hierher unterwegs. Der Zoo von Lissabon darf seine sehr geringen Vorräte nicht an Privatleute abgegeben, damit die eigenen Pfleger im Falle eines Bisses behandelt werden können. Bevor das Präparat nicht eingetroffen ist, dürfen wir keinesfalls einen Versuch starten, das Reptil einzufangen. Züchten Sie schon lange Kobras? Sie wissen hoffentlich, dass Sie stets ein Antiserum vor Ort verfügbar haben müssen, wenn Sie solch gefährliche Tiere halten." „Ich züchte keine Schlangen, Frau Kollegin. Das Tier wurde von einer verwirrten Mörderin in unserem Haus ausgesetzt, um meine Familie und mich zu töten." Die Notärztin stand staunend mit offenem Mund vor Theresa. „Das kann ich jetzt kaum glauben." „Das ist jedoch die traurige Realität. Wir haben Kontakt mit Direktor Fabio Mugalla bei der Polizeibehörde in Faro aufgenommen, der bereits mit einem Team hierher unterwegs ist", griff der Leiter der Feuerwehr in das Gespräch ein. Noch vor dem Hubschrauber trafen Fabio Mugalla und eine ermittelnde Kollegin ein. „Hallo, ihr beiden. Die Ramirez hält uns in der Tat sogar noch nach ihrem Tod mächtig auf Trapp. Sonst soweit alles OK? Wie geht es Peter?", erkundigte sich Fabio bei Theresa. „Peter bekommt schon in zwei Tagen die Fäden gezogen und wird wohl Ende der kommenden Woche entlassen." „Und wie geht es deiner Kleinen, Mahmud?" „Soweit ganz gut. Ich sehe sie später noch." „Dann grüß sie bitte."

Das Rotorengeräusch eines Hubschraubers beeinträchtigte ihre Unterhaltung. Stetig nahm der Lärm der Turbine zu, bis der Helikopter vor dem Anwesen der

Sanchez-McCords aufsetzte. Der Co-Pilot verließ mit einer großen Kühlbox in der Hand die Maschine und eilte dem Hauseingang entgegen. Dort nahm ihm die Notärztin das Kühlbehältnis mit dem Antiserum ab und stellte es für den Notfall bereit. „Wir warten noch auf den Serpentologen aus Lagos. Er muss die Kobra einfangen. Doktor Paolo Caesari ist Wissenschaftler und Spezialist für Giftnattern und Ottern. Er fing bereits in verschiedenen Ländern Asiens Kobras. In Lagos betreibt er mit seiner Kollegin ein Labor mit einer angeschlossenen Schlangenfarm. Ein echter Hochsicherheitstrakt sag ich Ihnen. Dort produziert er mit verschiedenen Arten von Giftschlangen Seren für die pharmazeutische Industrie zur Herstellung von Medikamenten aller Art. Ein lohnendes, wenn auch sehr gefährliches Geschäft", erklärte der Leiter der Feuerwehr. Wenig später rollte ein Kleintransporter vor dem Eingang des Hauses vor. Ein älterer Mann mit Jeans und einem Leinenhemd, auf dessen Rücken ein Firmenlogo aufgedruckt war, sowie eine junge Frau in gleichem Outfit sprangen aus dem Fahrzeug. „Hallo, mein Name ist Paolo Caesari, das ist meine Assistentin Dr. Maria Muthi. Sie stammt aus Indien und ist mit dem Umgang von Königskobras bestens vertraut. Sind Sie denn sicher, dass es sich um eine Königskobra handelt?" „Ja, die Schlange ist riesig und bläht ihren Kopf auf", meldete sich Mahmud zu Wort. „Ja, das stimmt. Ich habe noch nie eine so große Giftschlange gesehen", erklärte Theresa. „Es sind Rückenwirbel, die das Reptil seitlich wegschiebt, um damit ihren Kopf zu vergrößern. Die Königskobra ist die größte Giftschlange der Welt, jedoch nicht die giftigste. Trotzdem ist höchste Vorsicht geboten. Der Biss einer solchen Schlange kann innerhalb weniger Stunden zum Tod führen. Ihr Gift lähmt das zentrale Nervensystem, indem es die Kommunikation zwischen den Nervenzellen unterbindet. Wo ist das Tier jetzt?", hinterfragte die Schlangenexpertin. Mahmud erklärte, was er mit ihr gemacht hatte. „Das hat sie jetzt ganz sicher sehr aggressiv gemacht. Schauen wir mal, wie wir sie fangen." Die junge Tierärztin streifte sich große Handschuhe über und griff nach einem gebogenen Eisenstab. „Gehen wir es an, Paolo?" „Ja, dann los. Wir haben übrigens unser eigenes monovalentes Serum bei uns, dass speziell für Königskobras hergestellt wird. Das polyvalente Präparat aus Porto ist nur bedingt geeignet, weil es für die Behandlung nach Giftbissen verschiedenster Giftschlangenarten hergestellt wird und nicht speziell bei einem Biss einer Königskobra wirkt. Es ist sozusagen ein Allheilmittel gegen Schlangenbisse, jedoch nicht spezialisiert. Man braucht sehr große Mengen davon, wenn man von einer Kobra gebissen wird." Vorsichtig verschwanden die beiden Wissenschaftler nach der Kurzbelehrung über Antiseren in der Küche und verschlossen die Türe hinter sich. Fabio Mugalla und seine Kollegin suchten derweil Raum für Raum des Hauses ab, ob die Ramirez eventuell noch weitere Überraschungen für die Hausherren bereit hielt, doch das Haus war ansonsten sauber. Zwanzig Minuten später verließen die beiden Tierärzte die Küche mit einem Jutesack in ihren Händen. „Es ist noch ein recht junges Tier mit einer Länge von etwa drei Metern. Ausgewachsen können Königskobras gut fünf Meter lang werden. Doch sollte man sich davon nicht täuschen lassen, da die Giftmenge selbst bei gerade geschlüpften Kobras schon ausreicht, einen Menschen zu töten. Wir nehmen die Schlange mit und stellen einen Antrag bei der Landesregierung, dass wir sie behalten dürfen." Die beiden Wissenschaftler verabschiedeten sich und fuhren zurück nach Lagos. Auch die Feuerwehr sowie der Helikopter traten die Heimreise an. „Braucht ihr mich noch?" „Nein, Fabio, wir kommen jetzt alleine klar. Danke, dass du und deine Kollegin so schnell gekommen seid."

„Das ist doch mein Job. Also dann, schönen Abend und viele Grüße an Peter."

Kapitel 38

Der Appetit war Theresa und Mahmud allerdings vergangen. Die ursprünglich so lecker duftende Tomatensauce war am Topfboden angebacken und nicht mehr genießbar. Von den Spaghetti blieb nur noch ein in lauwarmem Wasser schwimmender Klumpen Teig übrig. „Weißt du was, Mum? Wir fahren jetzt Peter besuchen und anschließend lade ich dich im Restaurant von Min Thais Eltern zum Essen ein." „Das ist eine sehr gute Idee. Dann machen wir hier noch eben sauber, und schon kann es losgehen." Während sie die Töpfe spülten und wieder in den Schränken verstauten, fanden sie auch den großen Messerblock sowie diverse Brieföffner in Messerform wieder. „Schau dir das mal an: Die Ramirez hat alle Gegenstände, mit denen man die Schlange hätte töten können, versteckt. Sie hat an alles gedacht. Ich rufe gleich noch Mario an, damit er unten ein neues Schloss in die Türe einbaut."

Peter war einfach entsetzt, als er hörte, mit welch perfiden Mitteln die Ramirez noch versucht hatte, seine Familie auszulöschen. „Ich bin froh, wenn wir wieder alle zusammen sind. Ach übrigens: Raoul möchte dir seine Rüstung und sein Pony präsentieren und fragt, wann du ihn besuchen kommst. Gina scheint etwas mit Angus Sohn angebändelt zu haben. Dad hält aber sein strenges Auge auf die beiden." Mahmud musste heftig lachen. „Jetzt wird meine kleine Schwester auch noch langsam flügge." „Tja, so ist das im Leben. Möchtest du die Kinder alleine holen oder soll ich mitkommen?" „Ich denke mal, ich fliege Anfang kommender Woche mit Mahmud nach Schottland und hole die Kinder wieder nach Hause. Ich freue mich schon darauf. Deine Eltern habe ich ebenfalls lange nicht gesehen." Nach einer guten Stunde fielen Peter langsam die Augen zu. Auch wenn er es nicht so ganz zugab, hatten die Verletzungen und der hohe Blutverlust ihn schon merklich geschwächt. „In einer Woche komme ich wieder nach Hause." „Wir freuen uns schon sehr darauf, Dad. Weiterhin gute Besserung."

Theresa und Mahmud waren bei bester Laune, als sie die N 125 in Richtung Alvor fuhren. Endlich konnten sie mal wieder mit geöffnetem Dach dahin gleiten, ohne Angst vor einem Anschlag zu haben oder immerwährend von einem Fahrzeug mit Sicherheitsleuten begleitet zu werden. Theresa hatte Peters Cabrio für ihren Ausflug ausgewählt. Gegen halb neun erreichten sie den kleinen Touristenort Alvor, der neben einer winzigen Altstadt hauptsächlich aus Hotelburgen bestand. Mahmud rangierte das offene Coupe lässig in eine Parklücke. In einem kleinen Blumenladen erstand er noch einen Strauß Rosen. Theresa beobachtete schmunzelnd seine Aktivitäten. Überglücklich, seine Freundin wieder sehen zu können, hakte er sich bei seiner Stiefmutter unter und schlenderte mit ihr die zwei Straßen weiter zum Restaurant. Min Thai wartete erst gar nicht bis Mahmud ihren Platz erreichte. Sie rannte gleich auf ihn zu, als sie ihn in der Ferne erblickte. Theresa konnte sich gerade noch in Sicherheit bringen, um nicht auch umarmt und geküsst zu werden. „Hallo, Frau Doktor", begrüßte sie Theresa. „Hallo, Min Thai. Sag einfach Theresa zu mir, ja?" „Ja, gern. Kommt herein." „Wir haben Hunger", kündigte Mahmud an. Min Thai führte ihre Gäste zu einem der wenigen noch freien Tische. Wenig später gesellten sich auch ihre Eltern dazu. Es folgte ein wirklich gemütlicher Abend und wie es schien, freundeten sich Min Thais Eltern ebenso wie Theresa mit der Partnerschaft der beiden Jugendlichen an. „Die Ramirez hat uns eine Königskobra ins Haus geschleppt. Wir hatten Glück, nicht von ihr gebissen zu werden." „Eine sehr giftige und große Schlange, wie sie sehr häufig in meiner Heimat vorkommt. Sie gilt nur als aggressiv, wenn sie ihr Nest bewacht. Die Königskobra wurde vor einigen Jahren in meinem Heimatland unter Artenschutz gestellt und darf nicht mehr gejagt werden. In der thailändischen Küche gilt Kobrafleisch als Delikatesse und das Blut soll die Potenz heben." Mahmud und Theresa schauten sich angeekelt an. „Jetzt macht mal nicht so ein Gesicht. Wir verarbeiten hier in unserer Küche kein Schlangenfleisch. Unsere Gerichte bestehen nur aus einheimischen Fisch- und Fleischspezialitäten." „Das beruhigt mich jetzt aber sehr", antwortete Mahmud grinsend.

Den gemütlichen Abend ließen Theresa, Mahmud und Min Thai auf der Terrasse ihres Hauses ausklingen. Sie tranken alle zusammen noch ein Glas Rotwein. „Ich bin so glücklich, dass das jetzt alles vorüber ist. Mir kommen immer wieder die Bilder ins Gedächtnis zurück, wie wir gekidnappt wurden und sie uns in den Kofferraum des Wagens gesperrt haben. Ganz schlimm wurde es dann, als man uns trennte, uns ständig schlug und sexuell belästigte." „Das stimmt. Wir wurden stets einzeln gefoltert, sodass wir immer die Schreie des anderen mit anhören mussten", fügte Mahmud noch an. „Es war furchtbar." „Und dann der Abend, bevor Peter uns retten konnte, als ich mit ansehen musste, wir die Schweine dich …?" Mahmud traten Tränen in die Augen. Auch Min Thai weinte und schmiegte sich ganz fest an ihn. „Die Männer haben auch martialische Dinge mit den anderen Mädchen gemacht. Dafür haben sie sich aber furchtbar an ihnen gerächt." „Es war ein grausamer Anblick, und doch hatte ich kein Mitleid mit den Typen", sprach Mahmud leise vor sich hin. Theresa sprang von ihrem Stuhl auf und setzte sich sogleich zu den beiden Jugendlichen. „Jetzt ist es vorbei. In ein paar Wochen sind sicher alle physischen Wunden verheilt. Ich wünsche euch beiden von ganzem Herzen, dass ihr das Geschehene schnell vergessen lernt und eine schöne gemeinsame Zukunft findet. Außerdem steht ja noch euer Urlaub auf Ibiza an, den Opa gestiftet hat. „Ja, darauf freue ich mich schon sehr", strahlte Min Thai nun wieder, und auch Mahmud konnte seine übergroße Vorfreude nicht verbergen.

Kapitel 39

Am Nikolaustag im Dezember fand im Hause Sanchez-McCord eine große Familienfeier mit Freunden statt. Peter hatte sich prächtig erholt. Gleich nach seiner Entlassung aus dem Krankenhaus stürzte er sich wieder in seine Arbeit. Mahmud und Min Thai verbrachten einen traumhaften Urlaub auf Ibiza und nahmen im Anschluss gemeinsam an der Universität in Loule ihr Medizinstudium auf und büffelten seitdem eifrig zusammen. Francis McHillcock wurde noch recht lange im Krankenhaus behandelt, damit sie ihr Kind behalten konnte. Um das Risiko einer Frühgeburt während des langen Fluges nach Australien zu minimieren, verbrachte sie ihre Reha noch auf der Pousada von Theresas Eltern in Portugal. Paul, ihr Mann kam extra zur Nikolausfeier an die Algarve geflogen und freute sich riesig, seine Frau nun endlich mit nach Australien nehmen zu können, da die Ärzte dazu grünes Licht gegeben hatten. Die gute Nachricht, dass Francis nun gefahrlos den Flug nach Hause antreten konnte, beflügelte die allgemein fröhliche Stimmung noch mehr. Sam, der die richtige Statur als Weihnachtsmann mit Bart besaß, wurde entsprechend eingekleidet und jeder der Anwesenden bekam vom heiligen Mann sein Fett weg. Auch Frank Maison, der Leiter der SAS-Truppe, reiste extra aus England mit seiner Verlobten, der Oberstärztin Nora Redcliff, die Peter aus dem Gefängnis in Teheran befreit hatte, an, um an der Feier teilzunehmen. Er wurde rasch vom Weihnachtsmann angewiesen, doch endlich seiner langjährigen Freundin einen Heiratsantrag zu machen. Tatsächlich ergriff Frank die Initiative und bat Nora vor allen Gästen um ihre Hand. Natürlich nahm sie dankend an. Wie es schien bahnte sich da die nächste große Feier an. Weit nach Mitternacht kuschelte sich Theresa im Bett an Peter. „Ich bin so glücklich, dass jetzt endlich alles vorbei ist. Versprich mir bitte, nein, besser schwöre mir, dass es dein letzter Einsatz war, Peter." Peter grinste seine Frau an. „Ich denke, Ramirez hat keine weiteren Nachkommen. Damit sollten wir von weiteren späten Racheakten verschont bleiben. Ich schwöre dir, dass ich jetzt nur noch die Geschicke der Firma lenke und keinen Einsatz mehr durchführe." Theresa bemerkte jedoch nicht, dass Peter während seines Schwurs hinter seinem Rücken wie ein Lausbub den Zeige- sowie den Mittelfinger gekreuzt hielt.